空色の小鳥

大崎 梢

目次

おまえはちがうから。

ずっと昔から、ことあるごとに言われていた気がする。でも、よくよく考えてみると最初で最後だったのかもしれない。

古い家の薄暗い廊下で、呼び止めるようにして言われた。相手の口元はほころんでいた。笑っていたのだろう。

表情や声音を注意深く冷静に観察したいのに、廊下が寒くてうまく頭がまわらない。ほんの少し前、仏壇に供《そな》えられた菓子折に、調子を狂わせられたというのもある。母の好物だそうだ。聞いたことのない店の、カタカナ名前の焼き菓子について説明された。どういうつもりだろう。意味がわからない。とまどう自分がもどかしかった。

ここから出て行くことを考えろ。

他にも何か言っていたが、はっきり耳に残ったのはそれだけだ。

廊下の突き当たりには明かり採《と》りの窓があり、そこだけが妙に明るかった。灰色の空の下、いつの間にか庭の植木には分厚く雪が降り積もっていた。道理で寒いはずだ。はだしの爪先《つまさき》から両手の指先まで凍り付き、立ち去りたくても動けない。

けれど、ほんとうはそんなわけがなかった。

あの日のことを思い出すたびに首を傾《かし》げてしまう。

兄と最後に言葉を交わしたのは九月下旬。白い萩《はぎ》の花が咲きこぼれる頃だった。

一章　たったひとり

1

蒲田《かまた》駅のホームに降り立つのはそれが三度目だった。土曜日の午前十時半を少しまわったところ。この時間ならば家にいるだろうと踏んでいた。

茶色や灰色の上着をはおった人たちと共に階段を上がり、改札口を抜けて西口に降りる。駅前の横断歩道を渡ると、バス道路に沿って歩いた。

十月も下旬とあって、駅ビルのディスプレイはハロウィンの飾り付けがにぎやかだったが、少し歩いた道沿いには目や口のついたカボチャもコウモリの姿もなく静かなものだ。パチンコ店やゲームセンターの前を通りすぎるときだけ、騒がしい音が漏《も》れ聞こえる。夜になればまた別の顔を見せるのだろうか。蒲田という町に馴染《なじ》みはない。

西尾木敏也《にしおぎとしや》は曇《くも》り空に目をやりながら、大通りから離れて路地に入った。初めて訪れたときは、詳細な住宅地図を手にしていてもさんざん迷い歩いた。目印になるような建物に乏《とぼ》しい場所だ。さすがに三度目ともなると、そこかしこに見覚えができる。年季の入ったクリーニング店、床屋、ラーメン屋、商品が歩道まではみ出したドラッグストア、歯科医院、整骨院、調剤薬局。軒《のき》を連《つら》ねるような商店街はなく、ぽつぽつと点在している。間を埋《う》めるのは一軒家と低層マンションだ。

細い路地をいくつか曲がり、コインランドリーの角を左に折れ、玄関口に花の咲く家の前を歩いて、目当ての袋小路に行き着く。

今までは人目を気にして遠巻きに眺《なが》めるだけだったが、今日は歩調をゆるめず奥まで突き進む。まわりには小綺麗《こぎれい》な一戸建てや真新しいマンションも建っているのに、ひときわ古びてみすぼらしいアパートが敏也の訪問先だった。

門のない門柱のようなブロック塀に、「わかば荘」とある。名前にそぐわず肌色の外壁には深い亀裂《きれつ》が走り、曇天《どんてん》の下で見るとレトロを通り越して廃屋《はいおく》さながら。一階と二階に茶色のドアが三枚ずつはめ込まれ、全六室のうち入居者がいるのは四軒と聞いた。家賃は月額四万二千円。駅から徒歩圏で、２Ｋの風呂付きにしては破格の安さだが、築三十五年の物件となると相場のようだ。

建物全体を見渡し、入り口付近に植えられた貧相な植木を尻目に、敏也は外階段へと足を向けた。手すりには錆《さび》が浮いている。できることなら触りたくなかったが、足元の鉄板が歪《ゆが》んでいる上に狭《せま》くてバランスが取りにくい。物音も立てたくない。手すりを摑《つか》み、冷たくざらついた感触に眉《まゆ》をよせて、二階へと上がった。

十四段。感傷《かんしょう》にとらわれる間もなく、たどり着いてしまう。大宮《おおみや》の自宅を出てから一時間半。思えば、たったこれだけの距離なのだ。

植木鉢や空き瓶《びん》の並んだ廊下を歩き、「２０３」とプレートの貼り付いたドアの前に立つ。チャイムを押して耳を澄ますと物音が聞こえた。よかった。いるらしい。とっさに浮かんだ笑みをすぐさま引っこめ、神妙な面持《おもも》ちとやらをこしらえる。

ドアの内側から「はい」と女性の声がした。

「どなたです？」

「いきなりすみません。西尾木と申します。西尾木敏也です」

返事がない。かまわない。用意していた言葉をかける。

「こちらにお住まいだとわかって、訪ねて参りました。お話をさせてもらえませんか」

「西尾木さん……？」

探るような女性の声に、誰なの誰なのと子どもの声がかぶさった。敏也の胸にとろりとした柔らかい物が流れ込む。舐《な》めることができればさぞかし甘いだろう。

「お話って？」

「以前、お会いしたことがありますよね。ぼくは西尾木雄一《ゆういち》の弟です」

ドアの向こうで今、彼女はどんな顔をしているのだろう。再び沈黙に包まれた。辛抱《しんぼう》強く待っていると鍵の外れる音がしてドアが開いた。痩《や》せた女の人が現れる。化粧っ気はないがもともとの顔立ちの良さがあるのだろう、見苦しくはない。ぱさついた髪の毛とくたびれたカーディガンの方がよっぽど残念だ。

おそるおそる視線を向けてきたその人と、目が合うなり敏也は丁寧に会釈《えしゃく》した。驚かせてはいけない。恐がらせてもいけない。それを頭に服装や持ち物は爽《さわ》やかな好青年に見えるよう意識してきた。白いシャツと濃紺のブルゾン、茶色のチノパン、スニーカー。外してないはず。

「弟さん?」

「お会いしましたよね。向原《むかいはら》の家のそばで」

覚えているらしい。否定せずに目だけ泳ぐ。

「あのときは失礼しました。否定せずにすぐに気がつけばよかった。追いかければよかったんです。でもぼんやりしてしまい、あとからひょっとしてと」

「どうしてここが?」

「調べさせてもらいました。ああ、心配しないでください。誰にも言ってません。ここを知っているのはぼくだけです」

不安げに肩をすくめた女性の腰のあたりから、小さな顔がのぞいた。あわてて押し戻そうとするも、その腕をかわして女の子が飛び出す。

敏也はすかさず腰を折り曲げた。

「こんにちは。はじめまして。君は結希《ゆき》ちゃんだよね」

黒目がちの瞳が嬉しそうに輝いた。かわいらしい子だ。女性はぎょっとした様子で女の子を自分の方に引き寄せた。

「すみません。名前も知ってるんです。ここの住所と同じように。今年、六歳になるんですよね」

もう一度、折り入って話がしたいと言うと、女性は観念したように首を縦に振った。


２Ｋのアパートにあがりこむつもりは最初からなかった。あらかじめ駅近くのファミレスを調べておいたので、待っていますと言い残して引き上げた。ひと足先に店に入り、のんびりコーヒーを飲んでいると、三十分ほどして女性が現れた。娘は近所の人に頼んできたという。

敏也は向かいの席を勧《すす》め、いきなり押しかけた非礼を詫《わ》びた。頭を垂《た》れて情けない顔を作ってみせると、女性の表情がようやくほぐれた。ウェイトレスからメニューを受け取り、敏也のコーヒーを見ながら自分は紅茶を頼む。

ファンデーションくらいは塗《ぬ》ってきたのだろうか。頬《ほお》が少しだけピンクがかっている。

カーディガンの色は灰色からベージュに替わっているが、布製の手提《てさ》げ鞄《かばん》といい、ぺったんこの黒い靴といい、似たりよったりの安物だ。

名前を佐藤千秋《さとうちあき》という。今年、三十歳。身寄りはない。女手ひとつで娘の結希を育てている。

兄が生きていれば、少なくとも築三十五年のアパートには住んではいなかっただろう。

敏也が千秋の姿を見かけたのは、不慮の事故により兄が急逝《きゅうせい》し、その四十九日が営《いとな》まれた直後だった。熊谷《くまがや》の先、向原にある実家の近くで、女性がひとり心細げにたたずんでいた。知らない顔だった。兄の知り合いだろうか。学生時代のクラスメイト、あるいは職場の友だち？　事故死を聞きつけ、焼香にでも現れたのかもしれない。

そんなことを思いながら散歩させていた犬と共に近づいた。行きつ戻りつする女性と目が合い、兄のことを訊かれた。亡くなったと話すと女性は華奢《きゃしゃ》な肩を震わせて嘆《なげ》いた。たったそれだけのやりとりだった。家に寄るよう勧めたが遠慮され、女性は名前も関係も告げずに、文字通り逃げるように立ち去った。

ひょっとして友だち以上の間柄、付き合っていた人ではと犬を小屋に戻しながら思い立った。あわてて家のまわりや裏の墓地を探したが姿はなく、駅に向かうバスも出た後だった。

あれがかれこれ三年前。

「もっと早くに気がついて、ご挨拶《あいさつ》にうかがわなくてはなりませんでした」

「私の方こそ、名乗りもせずに失礼しました」

「あのときも、おひとりでしたね」

「娘は置いていったんです」

「兄の死を、ご存じなかったんでしょう?」

気の毒そうに言うと、佐藤千秋はうつむいて、消え入るような声で「すみません」とつぶやいた。

「謝るのはこっちです。兄が無理やり連れ戻されていたのは知っていましたか? 向原にある西尾木の家は、兄にとってふつうの実家ではありません。反発して飛び出し、東京で暮らしていたのに、仕事先を突き止められたんですよね。渋々、いやいや、帰った家です」

千秋はこっくりとうなずいた。

「父は雄太郎《ゆうたろう》と言いまして、お聞きになっているかもしれませんが、家庭の中でもワンマン社長を地で行く人です。久しぶりの帰宅なのに顔を見るなりがみがみ怒鳴りつけ、兄にしてみれば不愉快な過去に逆戻りです。さぞかしうんざりしたでしょうが、まわりに説得され、しばらく実家に留《とど》まることになりました。今思えば、あなたや結希ちゃんのことを、みんなに打ち明けたかったんだと思います。大事な話があると言ってましたから。でも学生時代の友だちに誘われ、久しぶりに飲みに行った夜、雑居ビルの火災に巻きこまれ……」

話の途中で千秋に目をやると、運ばれてきたばかりの紅茶をみつめ、きつく唇を結んでいた。

「誰もあんなふうになるなんて思ってませんでした。火の勢いは強くなかったそうですが、煙がすごかったようで。兄がいたのは火元の店ではなかったのに、あっという間にビル全体を駆《か》けめぐり、倒れているのを発見されました。病院に担《かつ》ぎ込まれ、二日間生死の間をさまよい、結局意識は戻らなかった」

敏也の脳裏に父の慟哭《どうこく》がよぎった。医師が臨終を告げたときの、放心した顔が忘れられない。その記憶も今は頭の隅に押しやる。

「兄がもう少し早くに話してくれていればと思います。あなたとお嬢さんのことを、西尾木家の面々は誰も知りません。そのせいで連絡ひとつ、差し上げられなかった」

「私も気づくのが遅れたんです。もっとちゃんと新聞記事やニュースを見ていればよかった。しばらく経ってから知り合いに聞かされてびっくりしました。何かのまちがいだと思い、元気な姿を見たい一心で、向原にあるという実家を訪ねたんです。そしたら」

千秋はバッグからハンカチを取り出し、目元にあてがった。

「すごく立派なお屋敷で。どうしていいのかわからずうろうろしていたら、あなたが気づいてくれました。そして雄一さんは亡くなっていた」

「ぼくも未《いま》だに信じられません。悪い夢の中にいるようです。あの店に行かなければ、あるいは時間がずれていれば、煙がちゃんと遮断《しゃだん》できていれば、そんなことばかりを考えてしまいます。失ったものが大きすぎる。本人が一番口惜《くや》しいんだとは思うんですけれど。いつまで経ってもあきらめがつかないです。ただ、その兄には、あなたと結希ちゃんがいたんですね。それを知ったときの喜びを、どう表していいのか……。救われる思いがしました。まさに、兄が生きた証です。忘れ形見です。会えてよかった。ほんとうに胸がいっぱいで」

てらいなく、不器用なまでに切々と訴えたが、千秋は緊張をほどくどころかますます身を硬くした。手にしたハンカチを握《にぎ》りしめる。

その理由には心当たりがある。敏也は焦《あせ》らずひと呼吸を置いた。ぬるくなったコーヒーをすする。千秋も紅茶のカップに口を付けた。

「一方的に自分の話ばかりしてすみません」

「いいえ」

「もしかして兄からほんとうにいろんなことを聞かされてるんじゃないですか。だったら警戒されるのも無理ないです。さっきも言ったように父は横暴な上に、跡取りである長男に多大な期待をかけ、一から十まで思い通りにしようとしてました。兄はそれに応《こた》えようとしたし、我慢もしたんですけれど、あるときついに家を飛び出した。そして千秋さんと出会い、新しい生活を手に入れたのだから、それはもう何がなんでも守りたかったでしょう。生まれた子を伸び伸び育てたいと、ことあるごとに話していたんじゃないですか。ちがいますか?」

千秋が初めて敏也をまっすぐ見た。慎重に、距離を取ろうと身構《みがま》えていたのが、ふいにゆるむ感じ。兄はいったいどれだけ、実家を旧態依然とした恐ろしい牢獄もどきと吹き込んだのだろう。あながち嘘や冗談ではないのが困ったものだ。

「心配しないでください。今すぐ、あなたや結希ちゃんのことを父に話すつもりはありません。父は兄の突然の死に、未だに打ちのめされています。結希ちゃんのことを知れば大喜びするでしょうが、気持ちが先走り、兄の身代わりにしかねない。そういう人なんです。だから知らせるのは今ではなく、父が落ち着くまで時間をかけなくてはなりません。結希ちゃんのことを第一に考えて」

千秋はすがるような顔でうなずいてから言った。

「私はあの子が大事なんです。ほんとうに、ほんとうにそれだけで」

「わかっています。ぼくは味方です。結希ちゃんのための秘密ならば、必ず守ります。父にだって負けません。兄はぼくにとって、たったひとりの兄弟。代わりはハナから無理ですけど、兄がいればできたことの数分の一、いや、数十分の一でもさせてください。今日はそのお願いに来ました」

「え？」

「ですから」

再び身を乗り出したそのとき、足音がして女の子が駆けよってきた。結希だ。後ろから髪の毛にくるくるパーマをかけた小太りのおばさんが追いかけてくる。千秋が懇意《こんい》にしている近所の人、報告書によれば野村正子《のむらまさこ》だろう。

兄が亡くなるまでは今よりもうひと部屋広い、大森《おおもり》のアパートに住んでいたようだが、千秋ひとりでその家賃を払うのは厳しかったのか、結希を連れて二年半前、わかば荘に移り住んだ。正子と知り合ったのはそれからだ。

なんでも、遠方に嫁《とつ》いだ娘に千秋が似ているとかで、正子の方から話しかけたようだ。たくさん買いすぎたからと野菜や果物を分けたり、近くで開かれるバザーに誘ったりしているうちに親しくなり、互いのアパートを行き来するようになった。正子が風邪をこじらせ寝込んだときには千秋が食べ物や飲み物を差し入れし、それがとても嬉しかったらしい。

六十七歳のひとり暮らしとは、そんなものだろうか。結希を孫のようにかわいがっていると報告書にはあった。

「ごめんなさいねえ。どうしてもお母さんのところに行くって聞かなくて」

敏也は腰を浮かし、笑顔でふたりを招《まね》き入れた。女の子は母親のとなりに滑《すべ》り込む。

「お客さんって聞いたけど。ほんとうなのね、旦那さんの弟さんって」

「はい。敏也と言います。いつもお世話になっています」

「あらやだ。こちらこそなのよ」

「どうぞ、よかったらお座りください」

「ううん。いいのいいの。大事なお話をしてるんでしょ」

探るように上目遣《づか》いに言われ、敏也は首を横に振った。

「おかげさまで話はできました。ああ、そうだ、そろそろお昼の時間じゃないですか。ですよね。えーっと、場所を変えますか？　ここでもいいですか？　よかったら、なんでもご馳走《ちそう》します。させてください」

ウェイトレスがメニューと水を持ってやってきた。「悪いわあ」と言いながら正子は千秋の顔色をうかがい、敏也はかいがいしく結希の前にメニューを広げた。

「何が好き？　一緒にお昼を食べよう。お腹、空いてるよね？」

「うん」

結希は母親にくっつき、そのとなりに正子が腰を下ろした。

「お客さんなんてめったにないもんだから、私までごめんなさいねえ。でもほんと、お若いわあ。おいくつ？」

「二十七です。兄とは五歳ちがいの兄弟でした」

「まあ」

何が「まあ」なのかわからないが、突然現れたふたりがご機嫌なので、千秋も笑顔をのぞかせる。

初めての食事はまわりのにぎやかさも手伝って、明るく和《なご》やかなものだった。ハンバーグやグラタンが運ばれてくると、正子は敏也のとなりに移り、照れ隠しなのかあれこれ尋《たず》ねてきた。独身で住まいは大宮。勤め先はさいたま市内。兄弟は雄一とふたりきり。母は他界している。何を言っても「まあ」と返ってくる。

お子様ランチを注文した結希は、オムライスやフライドポテトを食べているうちに調子が出てきたようで、フォークを振り回しておどけた顔を作ったり、ころがったウィンナーを追いかけてコップを倒したり、スパゲティを手でつまんだりとじっとしていない。母親に叱《しか》られても小突《こづ》かれても、おとなしくなるのはわずかな時間だ。口に入れたプチトマトを出したり引っこめたりしてふざけている。

敏也が思い描いていたのは繊細で恥ずかしがり屋な女の子だったが、じっさいは活発で元気がいいらしい。デザートをすすめるとパフェやプリンの写真を眺めて、いちいち「おおっ」と目を見張る。

食事の後、ファミレスの前では別れず、アパートまで四人で歩いた。正子は気を遣ったのか結希と手を繫《つな》いで前を行く。結希は敏也が気になってたまらないらしい。何度も振り返ってこちらを見ていた。ときどき手を振って応えつつ、どうしても言わなくてはならない大切なことを千秋に切り出した。

「さっき、話の途中だったんですけれど、兄の代わりにできることはやらせてください」

千秋は「そんな」と控《ひか》え目に首を振った。

「ちゃんと医者にかかってください」

ゆっくりとした歩調がぴたりと止まる。

「体を大事にしてほしいんです。検査でも入院でも、必要なことはなんでもしてください」

敏也も立ち止まり、見上げてくる双眸《そうぼう》を見返した。結希はわからないが正子には聞こえたようだ。彼女もまた強《こわ》ばった顔で振り向いた。子どもの前でする話ではない。道端でする話でもない。よくわかっている。でも千秋と寝食を共にしている結希なら、それを身近で見ている正子なら、彼女の体調の悪さはいやというほど思い知らされているだろう。

ピンク色のチークをはたいただけでは隠しようもない顔色の悪さ。尋常ではない痩せ方。さっきの昼食もキノコ雑炊を半分も食べられなかった。すでに勤め口も失っている。フルタイムで働けなくなりドラッグストアから食堂へと職場をかえ、週四日、三日と勤務日を減らし、それもままならなくなって辞めざるを得なくなった。家賃の支払いも滞《とどこお》っている。公共料金の引き落としはいつまでもつだろう。

調査会社はほんとうによく調べてくれた。推察しうる病名まで。ステージ4の膵臓癌《すいぞうがん》だそうだ。

「明日、もう一度来ます」

敏也はそう言って、がりがりに痩せた千秋の腕に触れた。いたわるようにそっと。なだめるように、なるべくやさしく。

「兄のためにも、結希ちゃんのためにも、どうか元気になってください。そのためなら、ぼくにできることはなんでもします。本来なら、兄がしなければならなかったことです。だから、遠慮なんかいらないんです」

千秋はうつむき、両手をだらりと下げた。いつの間にか母にしがみついている結希は、顔をくしゃくしゃに歪め、今にも泣き出しそうだ。敏也は腰を落とし、子どもの目の高さに合わせて話しかけた。

「心配しなくていい。ぼくは君のお父さんの弟、叔父さんだ。これからは力を合わせ、お母さんに元気になってもらえるよう、一緒に頑張ろう」

手のひらを小さな頭に乗せ、さらさらの髪の毛を撫《な》でた。つぶらな瞳が潤《うる》んで揺れる。白桃を思わせる頬に雫《しずく》がつたう。

「おじさん……」

「ん？」

「結希のお父さんの、おとうと？　きょうだい？」

「そうだよ。よろしくね」

指を伸ばし、涙を拭《ぬぐ》ってやった。冷たい頰の奥に、ほのかなぬくもりが感じられた。健《すこ》やかな手応えがたしかにある。やかな手応えがたしかにある。敏也の心に満ち足りた思いが広がった。

2

翌日、昼過ぎに敏也がアパートに行ってみると、千秋は体調を崩《くず》し臥《ふ》せっていた。玄関口には待ちかねたように正子が出てきた。ため息がちに「目眩《めまい》がするんですって」と言う。彼女の肩越しに部屋の中をうかがうと、千秋が寝ているらしい布団の枕元に結希が立っていた。敏也と母親の顔を見比べ、どうしていいのかわからない様子だ。

「結希ちゃん」

名前を呼んで、手招きした。すぐに駆け寄ってくる。敏也は提《さ》げていた紙袋を結希に手渡した。適当にみつくろった子ども向けのお菓子が入っている。

「お母さんが寝ているなら、そっとしておいた方がいいね。おじさん、また来るよ」

「えっ、かえっちゃうの？」

「また来るって。野村のおばさんにちょっと話があるんだ。ひとりでお留守番できる?」

口を尖《とが》らせながらも結希はうなずき、正子はとたんにいそいそとサンダルをつっかけた。そして外階段を下りて袋小路に出るなり、堰《せき》を切ったようにしゃべり始めた。

小さな子を抱え無理がたたったのか、千秋は体を壊した。かれこれ一年前のことだ。ろくに治療も受けられず、みるみるうちに痩せ衰《おとろ》え、仕事もできなくなった。今では役所から支給される手当が頼り。自分も看病してもらったことがあり、何くれとなく世話を焼いてきたが、それにも限界がある。年金暮らしの身とあっては、結希の相手をするのがせいぜいだ。

「千秋ちゃんに身よりがないのは聞いていたの。でも、亡くなった旦那さんの方に頼れる人はいないのかって、これでもずいぶん言ったのよ。結希ちゃんとふたりきりになって、そりゃかわいい女の子だものね、自分ひとりで育てたいという気持ちはわかるわ。でも病気になってはどうにもならない。なのに千秋ちゃん、頑《がん》として聞かないの。亡くなった旦那さんは実家とうまくいってなかった。当てにできないって」

敏也は「はあ」と恐縮してみせた。

「兄と父のそりが合わなかったのはほんとうです。でもぼくはちがいますから。当てにしてほしいです。今ごろのこのこ出てきて、合わせる顔がないんですけども」

「そんなことないわよ。神さまってほんとうにいるのねえ」

言いながら正子はポケットからティッシュを出し、鼻を押さえた。

視線を感じて顔を上げると、結希がアパートの窓から身を乗り出していた。「危ないよ」と引っ込むように言ってから正子に話しかける。

「さっそくですけれど、千秋さん、病院に連れて行かなくてはいけませんね」

「そうよ。さすがにね、明日は行くって言ってたわ。ただその、先立つものがねえ。検査費だけでも馬鹿にならないらしい。入院ともなれば保証人がいるんですって」

「そういうのは大丈夫です。明日は仕事なので、朝からは無理ですけど、昼過ぎには病院に行くようにします。それを伝えてもらえますか」

正子がうなずくのを見て、敏也は上着のポケットから白い封筒を取り出した。

「お願いばかりで申し訳ないんですけれど、今日の夕飯、これで何か見繕《みつくろ》ってください。出前でもなんでも。お菓子しか持ってこなかったので」

差し出されるまま受け取って、正子は厚みに気づいたらしい。怪訝《けげん》そうな顔になる。

「ぼくにできるのはこんなことくらいです。今までほんとうにお世話になったと思います。これからも力を貸していただけるとすごくありがたいです」

「あらやだ、待って、これって」

「千秋さんには黙っておいてください。心配するといけないので」

「でも」

中身は十万円だ。びっくりするような額ではないが、弟は金持ちだと思ってもらえるならそれもいい。おろおろする正子に笑いかけ、アパートに目をやると階段のてっぺんに結希が立っていた。こっそり出てきたらしい。手を振って、またねと言った。がっかりしたような顔と、すねたような仕草がかわいらしかった。

体調を崩した千秋は近所の開業医にかかり、そこからの紹介状を持って地域の総合病院に移っていた。敏也が昼過ぎに訪れると、内科病棟のベッドに横たわり、点滴の管《くだ》に繋がれていた。正子が付き添って来たそうだが一旦家に帰り、夕方、保育園で結希を引き取った後に顔を出すらしい。

「具合はどうですか？」

「だめなの。今日は帰れないかもしれない」

パジャマではなくダンガリーシャツを着た千秋は悲しげに答え、目をつぶった。六人部屋の一番窓際のベッドで、白いカーテンの引かれた向こうに空が横たわっていた。七階建ての三階なので、見とれるような眺望《ちょうぼう》は期待できない。

「佐藤さん、ご家族？」

点滴の様子を見に来た看護師が、敏也に気づくなり愛想良く話しかけてきた。

「亡くなった主人の弟です」

「あらそう。よかったじゃない。ゆっくり休まなきゃいけないと先生からも言われているでしょ。今ならちょうどベッドも空いているし。さっき渡した入院の書類はどこかしら。弟さんが来てくれたのなら、ちゃんと相談してね」

千秋は返事をせずに横を向いた。掛け布団を顔の近くまで引き上げる。相談したくないらしい。

ベッドのまわりにそれらしいものがなかったので、枕元にあるチェストの引き出しを開けると、「入院の手引き」というパンフレットが入っていた。看護師は立ち去らずに出入り口付近で目配《めくば》せしたので、敏也は廊下に出た。

「お昼過ぎに身内の方がいらっしゃると、午前中、付き添ってきたご近所の人から聞いてたんですよ」

正子だろう。

「お世話になります」

「お若いのねえ」

褒《ほ》め言葉ではなさそうだ。もっと年のいった、頼りがいのありそうな身内を期待していたのだろう。それでもいないよりましだと思ったのか、談話コーナーの奥へと連れて行かれた。

「さっきも言ったとおり、今ならちょうどベッドに空きがあって。病状は聞いてます?」

「とてもよくない、というのは知っています」

「ええ。とにかく入院して、治療なり緩和《かんわ》ケアなりを受けなくては」

「よろしくお願いします」

「手続きがあるんですよ。ただちにしてもらえますか？」

うなずいて、パンフレットをめくっていくと提出書類が挟《はさ》まっていた。入院に際しての注意事項とそれを遵守《じゅんしゅ》するという同意書、保証人の署名と捺印《なついん》を求める書類、さらには五日以上の入院が想定される人向けに、十万円の内金を前払いする説明書も添えられていた。

ただちに現金が必要らしい。病院経営にはいろいろシビアな現実があるのだろう。元気になったところで逃げられ、かかった費用を踏み倒されるのもさることながら、あとになってどうしても払えないと泣きつかれる場合もあるにちがいない。千秋のような天涯孤独は珍しくない。

すっからかんの患者をどうするのか、後学のために訊いてみたかったが、今はそれどころではない。

「病院代はぼくが払います。金銭面でのご迷惑はかけませんので、入院の手続きをお願いします。たしか一階にＡＴＭがありましたよね」

看護師は敏也の服装や持ち物に目を走らせつつ、まあまあの合格点を出すかのように、

ATMの場所を教えてくれた。

現金を調達し、持参したハンコを押して書類を入院受付に提出すると、病室へと引き返した。千秋は薄日にふくらむカーテンをぼんやりみつめていた。

「手続きをすませてきたので、しばらく治療に専念してください」

声をかけると「でも」と小さな声がして、表情に影が差す。どういう意味の「でも」だろう。迷惑をかけて申し訳ない、なのか、結希がひとりになってしまう、なのか、どうせ自分は助からない、なのか。

「入院となると身の回りのものがいりますね。パジャマとか」

「パジャマならそこに」

キャビネットを指さすので、物入れの扉を開けると手提げ袋が入っていた。

「野村さんが持って行った方がいいって」

「よかったです。ぼくは男なのでぜんぜん気が利かなくて。ああ、これからはなんでも言ってください。あまり頼りにならないでしょうが、十いくつの子どもでもないので」

「すみません」

「弟ですよ。そのつもりで、こき使ってください」

着替えるように勧め、ベッドごとのカーテンを引いた。自分もその外に出る。同室には痩せ細った老人や、イヤホンをつけ、ずっとテレビを見ている人や、編み物をしている人、カーテンを閉ざしたままの人など、いろんな人がいる。

「敏也さん」

しばらくして名前を呼ばれた。着替えが終わったらしい。中に入ると千秋はベッドに座っていた。

「お仕事は大丈夫なんですか?」

「半休をもらってきました。ただ、毎日というわけにはいかなくて」

「それはもちろんです。私のことで迷惑をかけて、ほんとうに申し訳ないです」

数日接しただけだが、千秋はとことん遠慮深い人のようだ。細い肩を精一杯すぼめているところが、そっくりそのままこの人の肩身の狭い人生を物語る。不仲の両親の間に生まれ、どちらかの祖父母に預けられて育ったが、その祖父母も亡くなり、小学校の頃から児童養護施設に入れられたと報告書にはあった。

さんざん苦労した揚げ句、せっかく巡《めぐ》り合った男に先立たれ、必死に子どもを育てていたのに今度は自分が病に倒れる。どんな不幸の星の下に生まれたのだろう。

「ぼくのことよりも結希ちゃんですよ。これからどうします?　大宮ではひとり暮らしなので、連れて帰って預かるというのもできなくて。頼めるような知り合いもいないんです。向原の実家ならば人手はいくらでもあるんですが、この前話したように父に知られると厄介《やっかい》で」

「平日の昼間は保育園があります。夜は野村さんが見てくれるかも。お願いしてみます」

「そうしてもらえると助かります」

しばらくは手渡した十万円が効くだろう。

「ぼくからも野村さんに相談してみます。そうだ、家政婦さんみたいな人がいるといいかもしれませんね。調べてみます」

結希と正子が現れるのは夕方なので、それまで間が持ちそうになく帰ることにした。病院というのはただでさえ長居が楽しいところではない。生気が吸い取られそうだ。また来ますと言って、携帯の番号とアドレスを手渡した。

「大宮に住んでいるんですね」

別れ際、ぽつんと言われた。挨拶したときから話しているのに、今さらなんだろう。

「雄一さんが言ってました。弟は向原の家から離れた方がいいと。そしてなるべくお父さんの影響力のないところで働いた方がためになると。三年前、火事に巻きこまれる少し前に、雄一さんから電話があったんです。他の話もしましたけど、敏也さんのことも言ってた。お父さんにかけ合うんだって」

「兄さんが？」

まったく知らなかった。そして意外だった。兄が亡くなった翌年、父から今の仕事先をあてがわれ、大宮の、西尾木家の所有するマンションへと転居させられた。兄の言葉など聞かされていない。

「雄一さん、敏也さんのことが心配だったのね。自分が勝手に飛び出してしまったから、あとに残された弟がどうしているのか、ずっと気になっていたんだと思う」

「そんなはずはない」

「どうして？」

「だから……」

素朴《そぼく》に尋ねられ、敏也は自分の中に返事を探す。

「兄がそんなふうに気にかけてくれていたのが、想像できないんですよ。いや、その、ことさら仲の悪い兄弟ではなかったですよ。でも年が離れていたんで深く関わることもなくて。大宮の件はどうだろう。兄が言ってくれたからなのか、父の気まぐれなのか、ぼくにはわからない」

「敏也さんは、実家を出たくなかったのですか？」

「いいえ、自由になれました。のんびりひとり暮らしを堪能してます」

だから今、勝手なことができる。ありがたいと思う。西尾木家の面々の誰も知らないところで、雄一が家を出てからの空白の数年間に立ち入れる。

願ってもないチャンスを、他ならぬ雄一がくれたらしい。

六歳になる結希の保育時間外をどうするかについては正子がもうひとり、元保育士という知り合いを連れてきた。六十三歳になる斉藤美奈江《さいとうみなえ》という人だ。手を貸してくれるという。

願ったり叶《かな》ったりのありがたい申し出だが、他の人を雇《やと》うくらいなら私たちで、という言い方をされた。謝礼の話をすると、遠慮は形ばかりだった。いい小遣い稼《かせ》ぎになると思ったらしい。それならそれで話が早い。ウィークデーは任せることにした。

土日はそうもいかない。安普請《やすぶしん》の狭い二部屋と薄汚れた風呂場、台所、せんべい布団は全力で回避したかったが、何もかも人任せでは誠意が問われるというものだ。大宮に連れて帰るのも面倒。見舞いにも行かなくてはならない。幸い週末は一時退院がゆるされることもあるとのことで、そのときはたっぷり親子水入らずの時間を過ごしてもらうことにした。

3

土曜日の朝、敏也は電車に揺られて蒲田に向かった。正子のアパートで結希を引き取り、まずはわかば荘の２０３号室に入る。鍵は預かっていた。結希は嬉しそうに古びた畳《たたみ》の上ではしゃぎ、さっそく玩具《おもちゃ》や絵本の出し入れを始めた。

朝晩、おばあさんたちの家で過ごしたので、子どもながらにストレスが溜《た》まったのだろう。放っておくことにした。すべてほったらかしにしたい。部屋にある細々した生活雑貨にも千秋の持ち物にもなんの興味も持てない。指一本、触れずにすむならそうしたい。

「あ、お母さんがね、ジャージを持ってきてって言ってた。それと靴下。あと、顔を拭《ふ》くタオルも」

「ふーん。駅ビルで買っていこうか」

「買うの？　うちにあるよ」

使い古しの安物だろう。このさいすべて捨てて新調した方がいいのではと思うが、言うのもおっくうなので好きにさせることにした。「お母さんに持っていくもの」で、たちまち紙袋はいっぱいになる。

靴下やタオルだけでなく、ぬいぐるみや画用紙、クレヨンまで入っていた。ポケットティッシュはうさぎの絵がかわいいので貸してあげるそうだ。レースのカーディガンは夏物だけれど似合うから着るべきだと言う。ハート形のクッションは病院の枕よりずっとふかふかしているとのことだ。

荷物が用意できたところでアパートを出発した。紙袋は敏也が提げ、もう片方の手で結希と手を繋いだ。ふたりきりで長い道を歩くのは初めてだ。

繊細で恥ずかしがり屋な女の子という当初の想像を裏切り、結希はよくしゃべる。表情もくるくる変わる。

保育園の誰それちゃんがどうしたこうした、受け持ちの松田《まつだ》先生だか松尾《まつお》先生だかが滑った転んだ、野村のおばあちゃんと斉藤のおばあちゃんがああ言ったこう言った……。いったい誰に似たのだろう。千秋ではないと思う。かといって雄一ともちがう気がする。

駅前のマックでランチがてらハンバーガーを食べ、お見舞いのおやつにクッキーとゼリーを買い、千秋の待つ病院へとたどり着いた。

入院して六日目になる千秋はいくらか顔色も良くなり、病状も安定しているという。飛びついて甘える結希を抱きしめ、頭を撫でて頰ずりした。紙袋の品物ひとつひとつに喜び、ぬいぐるみにもティッシュにも歓声を上げた。

「お母さん、いつ帰れるの？」

この質問のときだけは結希も湿《しめ》った声になり、千秋も目を潤ませた。

「ごめんね。もう少しかかりそうなの。お母さんもがんばるから、結希も元気で待っていてね」

「うん」

「そうだ、かわいいレターセットを持ってきてくれたから、これでお母さん、毎日結希にお手紙を書くね」

「結希も書く！　明日持ってくる。お母さん、いっぱい書いてね。むずかしい漢字もいいよ。松田先生に訊いたら教えてくれるもん」

硬いベッドに飛び乗るような勢いでぴょんぴょん跳《は》ねていた結希が、ハッとした顔で振り向いた。

「おじさんもいる。おじさんも漢字、読めるよね」

たまたま近くにいた看護師が口元をにやつかせた。おじさん呼ばわりを面白がっているのか、あんまりな質問を冷やかしたいのか。

「まあね。読めるよ。だいたいは」

「えーっ、全部は読めないの？」

失望の声を出され、千秋も看護師も相好《そうごう》を崩して笑った。


夕方、スーパーに寄って晩飯用の弁当やアルコール類を買ってからアパートに戻った。薄い壁越しにテレビの音が聞こえる。となりではなく、向かいのアパートかららしい。

十月の末とあって日の暮れるのが早い。あたりは真っ暗だったが時計を見ると六時前だ。夕食にはまだ早い。手持ちぶさたですることもなく、テレビを点けてバラエティ番組を流していると、いつの間にか結希は寝ていた。元気にしていたが、慣れない病院に疲れたのだろう。布団を出してかけてやった。

ついでに缶ビールも開けて喉に流し込む。弁当を買ってきたので夕食の準備もない。パソコンもなく本もなく、敏也は時間を持てあまし、子育てというのは案外ひまなんじゃないかと思った。

六畳間には小さなこたつが置いてあり、足を突っ込んでテレビのチャンネルを変えていると、写真立てが目に入った。近寄って手に取れば、家族写真だ。

千秋のとなりに雄一がいて、今よりもっと小さな結希を抱っこしている。背後は白い壁、魚の絵が描かれている。イルカだろうか。家族で出かけたときのものらしい。

敏也の知らない兄がそこにいた。面長で、一重まぶたの垂れ目、大ぶりの鼻、小さな口元。おっとりとした総領らしい顔立ちと言えなくもないが、家にいるときはしばしば激昂《げっこう》し目が吊り上がっていた。噛《か》みしめて歪んだ唇もよく見たものだ。

けれど今手にしている写真の中では、大らかに楽しげに目を細めている。西尾木家を飛び出した後は、居酒屋の皿洗いやら宅配便の仕分けセンターやら深夜の道路工事やらで日銭を稼いだらしい。いかにもな噂《うわさ》話を耳にしたが、少なくとも写真の雄一に生活疲れは見受けられない。思えば三年前、無理やり連れ戻されたときも、やつれていなかったし顔色も悪くなかった。日に焼けて逞《たくま》しくなった顔で、菓子折の説明をしたのだ。なんとかというカタカナの店の焼き菓子。

他にも写真があるだろう。棚や物入れをあさるとフォトアルバムが四、五冊出てきた。その日付の一番古いものを開くと、お腹の大きな千秋がはにかんだ笑みを浮かべていた。そのお腹に片手をあてがい、ピースサインをしているのは雄一だ。セルフタイマーで撮ったのだろう。

生まれたばかりの、おしめしか着けていない赤ん坊も写っていた。こわごわとそれを抱っこしている雄一。聖母のようなやさしい顔で、小さな頭を撫でている千秋。赤ん坊は結希か。そう思っていると、「命名　結希」と書かれた紙を持つ雄一がいた。

アルバムのページをめくるごとに赤ん坊は大きくなり、お座りして、ハイハイして、立ち上がり、やがて走って三輪車にもまたがる。すぐそばに両親の笑みがあった。明るい笑い声が聞こえてきそうだ。誕生日ケーキを囲み、クリスマスツリーを飾り、チューリップの花の横で弁当を広げる。

幸せのひとつの形が写し取られていた。敏也の脳裏に西尾木家の人々がよぎる。あの人にもこの人にも見せてやりたい。もちろん父にも。けっして認めることはないだろうが、雄一はお仕着せではない幸福を探し求め、自分の力で摑み取ったのだ。

ケーキ作りの真っ最中なのか、泡立てた生クリームを人差し指ですくい、結希の鼻の頭にちょこんとつけた雄一の、はじけるような笑顔をみつめながら敏也はつぶやいた。

「兄さんはえらいよ。正直、こんなふうになってるなんて思いもしなかった。尊敬するよ。でも」

胸に溜まった息をすべて吐き出し、天井に目を向けた。蛍光灯《けいこうとう》の輪っかがまぶしい。

「死んじまったらだめだろ。煙に巻かれてあの世に逝《い》っちまうなんてあっけないもいいとこだ。どうする、この子」

生クリームをつけて大笑いしていた女の子は、黄ばんだ畳の上でこんこんと眠り続けている。やさしい母もそばにいない。

「兄さんの娘なのにね。誰にも知られず日陰者で終わるんじゃ、勿体《もったい》ないと思わない？だから、おれが代わりになんとかしてやろう」

文句があれば化けて出ればいい。敏也は缶ビールを飲み干し、アルバムを閉じた。元の場所に片づけ、布団の塊《かたまり》を揺する。七時を回っていた。

「結希ちゃん、起きな。晩ご飯、食べてないよ。一緒に食べよう」

うーんと唸《うな》ったきり体を丸めてしまうので、もうひと声、かけてやった。

「お母さんへの手紙、書くんだろ。なんて書く？　明日はかわいいレターセットを探しに行こう」

もぞもぞしていたのが止まり、頭が持ち上がる。「お母さん」に反応したのか、「かわいい」の方なのか、わからないがどちらでもかまわない。ぼんやりしたふたつの瞳に、活気が戻るのを敏也は黙って見守った。

4

千秋の入院は二週間、三週間と延び、十一月に入った。街路樹のてっぺんが色づき始め、北風に飛ばされた木の葉がアスファルト道路を横切っていく。花屋の店先にポインセチアが並び、町の飾り付けは早くもクリスマス一色だ。

結希を預かるおばあさんふたりは平日のローテーションを分け合い、時間のやりくりはなんとかなるものの、次第に我《わ》が儘《まま》になる六歳児に手こずっていた。母親の不在が長引いて、子どもながらに鬱憤《うっぷん》が溜まるのだろう。寂しさや不安はもちろんのこと、おばあさんふたりの異なる流儀を押しつけられるのも、なかなかにヘビーだったらしい。

最初の一週間は我慢しても、二週目からは辛抱がきかない。風呂をいやがったり、着替えをごねたり、食べ物を粗末《そまつ》にしたり、洗面所をびしょ濡れにしたり、絵本を投げたり、クレヨンで畳に落書きしたり、保育園からの帰り道に行方不明になったり。

敏也はその都度ふたりの文句に付き合わされ、申し訳ありませんをくり返した。三週目の半ばには、正子から切羽《せっぱ》詰まった電話がかかってきた。お母さんに会いたいと言われて病院に連れて行ったところ、帰りたくないとベッドの柵《さく》にしがみついて離れない。あれこれ言い聞かせているうちに千秋の具合が悪くなり、看護師も当直医も駆けつけ騒ぎになったという。電話口ではもう面倒みきれないと正子がわめく。

敏也は大宮市内で食事中だったが仕方なく病院に向かった。到着したとき、千秋の容態《ようだい》は安定していたものの、同じフロアの談話コーナーで正子と結希はぐったりしていた。さんざん騒いで疲れ果て、結希は微熱まで出していた。敏也は看護師たちに頭を下げ、同室の患者たちにも詫びを入れた。あとは逃げるように、結希を抱き上げ正子を急かし、階下に降りた。

タクシーに乗ると言うと、正子がぎょっとする。いくらかかるのかと嚙みつかれる。いくらでもいいだろう。倍額支払ってやるから呼びつけないでほしい。言ってやりたいが大声になりそうで飲みこむ。

週の真ん中の木曜日だったが、この日はわかば荘に泊まるしかなかった。結希は敏也にしがみつき、正子はこれみよがしにため息をつく。ふたりを説得するのとせんべい布団を秤《はかり》にかけ、苦渋の選択だった。

微熱気味だった結希は冷凍庫にあったアイスクリームを半分食べ、おとなしく布団に入った。少しは申し訳ないと思っているらしい。

「おじさん」

「ん?」

「怒ってる?」

弱々しい声で訊いてきた。

「ううん。みんなも怒ってないよ」

結希に対してもっともらしい小言をいうのはそれまでも控えていた。畳にクレヨンで真っ赤な太陽を描こうが、焼き魚にケチャップをかけて遊ぼうが、トイレットペーパーを丸ごと便器に突っ込もうが、叱ってなんとかなるものでもないだろう。

寛容なのではなく、いずれこの子が身につけるであろうあきらめが、今から透《す》けて見えるだけだ。反抗するに足る気力も体力も徐々にすり減っていく。行き先はどう転んでも暗い穴の底だ。未来は変えられない。

「病院に、もう連れて行ってくれないかな」

正子のことらしい。

「頼んでおくから大丈夫だよ。でも帰るときはまた寂しくなっちゃうかもね」

毎回ぐずられたら、正子よりも千秋が参る。

「お母さんと一緒に帰りたい」

「だよねえ。あともう少ししたら、一時退院があると思うよ。そしたらこの部屋で、またお母さんと一緒に寝られる」

「病院に行かなくてもよくなる？　ずっと一緒にいられる？」

それが一番大きな、結希にとってたったひとつの望みだとわかるだけに、まともな返答はできなかった。

「そうなるようにお母さんもお医者さんも看護師さんたちも、がんばっているよ。おじさんは神さまじゃないから、先々のことはわからないんだ」

「おじさん」

「ん？」

それきり黙って布団の縁《ふち》を摑む。じっと敏也をみつめていた目が、やがて力なくそらされた。

おばあさんたちにぶつけられる我が儘や乱暴な態度が、敏也に向けられることはほとんどなかった。そばにいる気安さでおばあさんふたりに甘えているのもあるだろうし、敏也への気持ちが自分の中でうまく整理されていないのかもしれない。母親まで頼みとしているお父さんの弟に、見放されたらという恐れと、その人が母親の回復を保証してくれない不安に、小さな心は苛《さいな》まれている。

「お父さんとおじさん、埼玉県ってところに住んでいたんでしょう？」

「うん。埼玉県の、北のはじっこだ」

「同じ小学校に通っていた？」

「うん。高校はちがったけれど、小学校と中学校と大学は同じだよ」

自分の方が偏差値の高い高校に合格した。喜んだのは母だけだ。

「行ってみたいな」

向原に、か。父はどんなに驚くだろう。目を細めてぼんやりしていたところ、結希はいつの間にか寝息を立てていた。

訪れたことのない土地では夢にも出てこないだろうが、春の向原ならば小さな女の子の夢にふさわしいかもしれない。桃の花が咲き、黄色い菜の花が川辺を彩《いろど》り、モンシロチョウが飛び交う。実家には犬も猫もいる。自分に懐《なつ》いていた飼い犬を思い出し、田んぼのあぜ道や地平線の上に横たわる青い峰の姿が、珍しく脳裏をよぎった。

今ごろもう、頂《いただき》に白い雪をかぶっているだろう。


翌日は不本意ながらも会社を休み、平熱に戻った結希を保育園に連れて行き、今後のことについて正子や、もうひとりの助っ人、美奈江を呼び寄せてファミレスで話し合った。病状からしても千秋の入院は長引きそうだ。臨時の応援では持たなくなる。プロのベビーシッターや、一時預かりの施設も検討しなくてはならない。

あらためてふたりの意向を訊いてみると、美奈江の方が続けたいと言ってきた。昼間にやっていたパートの仕事がほとんどなくなり、年が年だけに他がなかなかみつからない。どうせ手が空いているので、結希の面倒ならば見られるという。これを聞いて、正子も週に一日二日ならと言い出した。

結希に振り回され手を焼くことはあっても、素直でかわいらしいところもあると、取って付けたように言う。放り出してしまうのは寝覚めが悪いらしい。お母さんが病気で可哀そうにと泣かれると、敏也にしても若干鬱陶《うっとう》しいが、新たな預け先を探すのも手間だ。美奈江が思いの外しっかりしているので、もう少し任せることにした。

謝礼についてもベースアップを取り決めた。保育園の送り迎えに朝晩の二食と洗濯で、これまで一晩三千円だったところを四千円に。見舞いに連れて行ってくれたらプラス千円。交通費は別途支給する。タクシー可。外食も別途精算。

交渉成立の後、敏也は病院に向かった。主治医からの呼び出しだった。千秋は同席せず、敏也ひとりが中年の内科医よりたいへん厳しい病状を聞かされた。膵臓から肝臓、胃へと癌細胞の転移がみつかり、入院した段階で手の施《ほどこ》しようがなかった。先日の検査により新たな診断が下された。もって三ヶ月だと言う。

十一月の半ばだったので、タイムリミットは二月になる。春から結希は小学校に上がるが、ランドセルを背負い通学路を歩いて行く姿は見られないのだ。

話を聞いてから病室に寄ると、千秋は敏也に気づいて目を開けた。

「夢を見てたわ」

頬がふっくらしているのは、薬のせいでむくんでいるだけかもしれないが、どこか楽しげにおっとりと微笑む。敏也はベッドサイドに丸椅子《まるいす》を持ってきて腰かけた。窓にかかるカーテンは半分だけ開き、薄雲のかかった空が見えた。上着がいらないほどの暖かな日で、病院の庭にはベンチでくつろぐ人や、車椅子での散策を楽しむ人もいたが、紅葉《もみじ》の葉の赤みは確実に増していた。

「雄一さんが出てきたの」

そこからほのぼのとした夢のシーンが語られるのかと思ったのだが、そうではなかった。

「あなたの知っている雄一さんはどんな人だった?」

「どんなって……」

トシと、呼びかける声が耳をかすめた。

「敏也さんとは仲が悪くなかったのよね」

「と思います。年が離れていたせいか、けんかもほとんどなかったし」

「なんでお父さんとそんなに合わなかったのかしら」

訊きたかったのはそっちか。

「ひと言で言えば、やっぱり価値観の相違かな。兄が一番嫌がったのは、友だちを悪く言われることでした。ほとんどがふつうの子だし、問題があっても大げさなものじゃないのに、父はあれこれ難癖をつけるんです。家がよくない、親がよくない、性根がよくないと。兄が反論するとむきになってもっとひどいことを言う。最後は決まって、何不自由なく育ったおまえはどうせ世間知らずのぼんぼんだと笑うんですよ。あれは口惜しかっただろうな。言い返せなくて。父は若い頃に苦労してほとんど一代で財をなしたせいか、強烈な自信があるんですよ」

「ほんとうに大きなお屋敷だった。話には聞いていたけど、実物を見てびっくり」

「千秋さんにとって、兄はどんな人でしたか」

生々しい親子げんかの話よりも、敏也としてはそちらが聞いてみたい。

「優しかったわ。私は高校を卒業して勤めた会社が潰《つぶ》れてしまい、それからファミレスでウェイトレスをやっていたの。雄一さんは宅配便の仕分けセンターで働いていて、ときどきそのファミレスに来てた。でも、言葉を交わすようになったのは図書館がきっかけよ」

「図書館?」

千秋はうなずいて目を細めた。

「私も雄一さんもお金がなかったから、図書館の本をよく借りていたの。あるとき棚の前で互いにウェイトレスとお客さんだと気づいて、話をするようになった」

「付き合い始めたんですか?」

「ううん。私はその頃、他に付き合っている人がいたから。でも結局、捨てられた。もともと身寄りのない人間だから、誰とも結びつくことなく永遠にひとりぼっちかと思ったら死にたくなるほど寂しかった。何もかも、おしまいにしたくなった。それを口にしたわけでもないのに、雄一さんは気づいたように話しかけてくれたわ。絶対ひとりじゃない、ぼくがいると」

病でやつれていても、千秋はそこそこの美人だ。元気だった頃はもっときれいだっただろう。のぼせて一途《いちず》になったのはありありと想像できる。

「兄の猛アタックにほだされたんですね」

男に捨てられた直後とはいえ、美人を振り向かせたのだ。兄もやるではないか。

「雄一さん、どこに行っても何をしても、ほんとうに楽しそうな顔をしてくれるの。駅までの道を歩くときでもコンビニの棚の前でも近くの公園で話すときでも。一緒に暮らすようになってからはもっと優しい。私の作るものを美味しい美味しいと食べてくれて、食器洗いも洗濯物干しも手伝ってくれる。結希が赤ちゃんの頃は、おむつ換えもしてくれるし、お風呂だって上手だったのよ。ぐずっていつまでも泣き止まないと、あやしながら近くを散歩しに行ったり。そんな人、めったにいないわ」

「アパートの部屋に写真立てがありますよね。親子三人のスナップ写真が入ってた。あんな幸せそうな兄の顔を見たのはぼくも初めてです」

「そう言ってもらえると嬉しい。私こそたくさんの幸せをもらったの。一生分の幸せよ。生まれてきてよかったと心から思える。だから」

千秋は言葉を切り、視線を敏也に向けた。

「先生から聞いたでしょう？　残り少ない命について。私は雄一さんが待っていてくれるから寂しくない。恐くない。ほんとうよ。ただ、結希が。あの子のことだけが心配で、どうしていいかわからない」

敏也は目を伏せた。深呼吸をゆっくりくり返す。胸の鼓動《こどう》をしずめ、両手の指を固く組み合わせる。椅子に腰かけたまま、噛みしめるようにうなずいた。重たい空気から逃れるように視線を泳がせる。

窓の外、夕陽が町を薄紅色に染めていた。やわらかなパステル色の、どこか懐かしさを覚える風景だ。家々の屋根や窓ガラスが歌うようにきらめく。遠くのビルが輪郭《りんかく》をにじませる。

桜の花の盛りまで永らえることのできない千秋にも、春の記憶を呼び覚ます眺めであればいいなと思う。

5

十一月の下旬、外泊の許可がおりて千秋はアパートに帰った。結希にとっては待ちに待った嬉しい日だったが、思いの強さや深さに比べて二泊三日は短い。病院に戻る日が不安だと千秋に言われ、敏也は三日目にあたる日曜日の朝、わかば荘を訪れた。

上機嫌の結希はせっせと千秋を手伝い、昼食には錦糸卵《きんしたまご》ののった混ぜご飯が出来上がった。それを食べた後、おやつは駅ビルのワッフルにしようと三人で外に出た。途中の公園でひとしきり遊んでやったが結希は駅に行きたがらない。そのまま病院に向かうことをわかっているのだ。

まわりの滑り台やブランコでは、健康そうな親子連れが明るい笑い声を響かせていた。その人たちが見た目通りの満ち足りた家庭を築《きず》いているとはかぎらないのに、千秋には応《こた》えたらしく、ジャングルジムから下りてこない結希にかける言葉をなくした。今さらだろうが、あきらめるのに慣れるにも時間はかかる。

待っているわけにもいかず、敏也は半分までよじ登り手招きした。「いい子だから」という常套句《じょうとうく》は口にしづらい。どんなにいい子にしていても、大好きな母はもうすぐいなくなる。

てっぺんの鉄棒に腰かけた結希を見上げると、小さな肩越しに鉛《なまり》色の空が広がっていた。木枯らしが音を立てて渦巻《うずま》いている。雲は刻々と形を変え、今にも雨粒が落ちそうだった。

お母さんの具合が悪くなるからというのが、結局は一番効く言葉だ。下りてきた結希を片腕で支えると、羽が生えたように軽かった。そっと地面に下ろし、思わず大丈夫だよと肩に手を置いてしまった。うつむく千秋の背中にも腕をまわした。

健康そうな親子連れは雨の気配に駆け出し、敏也たちは駅に向かわずタクシーで病院に戻った。

その翌週、敏也は茶封筒を手に病室を訪れた。結希がいないのを確認した平日の夜、面会時間終了のぎりぎりだった。まわりに聞かれないよう、千秋には誰もいない談話コーナーまで来てもらった。

封筒に気づいて顔を曇らせる。敏也が口ごもると、千秋はすまなそうに家賃の件を切り出した。溜まっていた分を支払ったばかりだった。最近出入りしている男がいる、弟だってさ、身内なら払わせなきゃ、というやりとりがあったようで大家に待ち伏せされたのだ。一部始終を見ていた正子から聞いたらしい。

「ほんとうに申し訳ありません。何から何まで」

「それはいいんですけれど」

「他にも何か……」

保育園や公共料金の支払いも、このさいかまわない。

「友人に詳しいのがいまして、結希ちゃんのことを相談したんです。そしたら今のままではとてもまずいんだそうです」

まわりに誰もいないのをたしかめて、口を開く。

「言いにくいことを、言ってもいいですか」

「はい」

「千秋さん、兄とは正式に結婚してないですよね」

雄一の戸籍は向原から移されていなかった。

「おそらく自分の居場所を知られたくなくて、実家から動かさなかったんだと思うんです」

「ええ。三年前、家族に話す、そしたら入籍しようと言われました」

アパートの部屋で、兄のサインとハンコの押された婚姻届をみつけた。ほんとうに入籍間近だったのだろう。

「届け出がなかったので、ぼくと結希ちゃんは法律上、無関係です。赤の他人です。そういった人間が保護者になるのはむずかしい。いえ、なれないわけじゃないんです。ぼくは成人した社会人ですし、大宮に引っ越すときに戸籍を独立させました。ややこしいことは何もないです。ただ、結希ちゃんは小さな子どもなので、ぼくが親権者にふさわしいかどうか、審査その他、時間がかかるそうです。千秋さんにもしものことがあったとき、すぐには引き取れない。このままだと施設に預けられてしまいます」

敏也の説明に、千秋は顔色を変えた。肩を大きく上下させ、唇を噛んでうつむく。見知らぬ人に手を引かれ、とぼとぼと歩く我が子の後ろ姿でもよぎったのだろうか。児童養護施設はかつて自分のいた場所でもある。

「落ち着いてください。そうならないための方法はあるんです。ぼくが早い時期に親権者になればいい」

「あなたが？」

「結希ちゃんを、ぼくに託《たく》してくれる気持ちが千秋さんにあるのなら、手続きをしてもらえませんか」

脇に置いておいた封筒を両手に持つ。敏也は続けた。

「こんなことは言いたくないです。もしものときの話を千秋さん本人にするなんて。でも来年の春、結希ちゃんが小学校に上がるときのことを思うと」

ぽたぽたと千秋の双眸から涙がこぼれた。施設はいやだと駄々をこねるように言う。通りかかった看護師が足を止めたので、大丈夫ですと片手で合図した。気づかうような顔をしながらも、敏也が落ち着いているのがわかったのか会釈をして立ち去る。

「千秋さん」

「私のことはいいんです。もう、ほんとうに。それより敏也さん、本気で言ってるんですか。あの子は手のかからない子じゃないです。我が儘ですし、気まぐれだし頑固。子どもはたいていみんなそうなんですけれど、生意気な口も利きます。我が子だって育てるのは大変。うんざりして捨ててしまう親はたくさんいます」

「とりあえず、住むところなら問題ないです。大宮のマンションは広めの４ＬＤＫで、父の所有なので家賃も管理費もかかりません。給料だけでじゅうぶんやっていけます。そのマンションだって、考えようによったら結希ちゃんにも住む権利があるんですよ。おじいちゃんの持ち物なんだから。そこから近所の小学校に通い、もう少し大きくなったら今後のことについて考えればいい。ぼくは子育ての経験もないですし、家事も得意じゃない。何かと頼りなく見えるでしょうが、結希ちゃんはなついてくれてるので、そこそこうまくやっていけるんじゃないかと思います。うちの父よりかは、子ども心がわかりますよ」

千秋は赤くなった目で敏也を見返した。真意を探るようでもあり、すがれる命綱を見出そうとしているようでもあった。

「自由に伸び伸び育てたいという兄の遺志を、ぼくなら受け継げる。考えてもらえませんか。お願いします」

敏也は頭を深く下げ、捧《ささ》げるようにして封筒を差し出した。手からそれが離れていく。むげにはねのけたりしない。迷おうが悩もうが、どうせ彼女には受け取るしかないのだ。

その日を境に折に触れ、千秋からプライベートな質問をされた。「結婚の予定はないの？」とか、「付き合っている人はいないの？」とか、「お父さんがマンションを訪ねてきたりしないの？」とか、「どんな仕事をしてるの？」とか。

不安がらせるような答えをするつもりはなかったが、唯一ごまかしたのは付き合っている女性の有無くらいだ。ひとつ年上の土谷亜沙子《つちやあさこ》という女性で、大宮に越してきてすぐの頃に知り合った。結婚願望がまったくないと公言しているだけに、男女の関係になってもさばさばしている。たまに同性の友人と錯覚してしまうほどだ。秋以来、にわかに忙しくなり、約束をすっぽかしたときだけ怒られたが、「そのうち話す」のひと言にしつこく訊いてこない。

千秋が想像するような恋人はいない、という意味ではまんざら嘘でもないだろう。もうひとり、親戚に無理やり押しつけられた婚約者もどきもいるが、向こうにその気がないのでこれも心配いらない。

勤務先は父が筆頭株主になっているさいたま市内の会社だ。総務部に所属している。入社三年目のぺーぺーでも大株主の息子とあって、同僚にも上司にも煙《けむ》たがられている。将来の社長さまかよと揶揄《やゆ》され、本物の現社長から不自然に話しかけられ、お世辞にも居心地の良い職場ではないがわざわざ打ち明ける話でもない。休みは取りやすく、給料もそこそこだ。

そして父も親戚筋も、マンションにやってくることはない。

「ほんとうにいいんですか」

敏也の説明のひとつひとつに耳を傾け、いかにも心苦しそうに念を押し、ときに詫びの言葉を口にしつつ、千秋は自ら外出許可を取り関係部署に足を運んだ。親権を移すというより、つまりは養子縁組だ。敏也の戸籍に結希を迎え入れ、敏也は養父となり、結希に対して扶養《ふよう》の義務が生じる。申し立てる先は家庭裁判所。養親として敏也がふさわしいか審査され、実親の同意を確認した上で許可が下りる。

6

必要書類を提出したのち、十二月の半ばを過ぎる頃、千秋の容態は一時安定し、今のうちに行きたいところに行くよう医師からすすめられた。そうは言っても先立つものに乏しい親子だ。十二月はすでに寒い。見かねて敏也は大宮から車を出した。ふたりの希望を聞いて、行き先は江《え》ノ島《しま》の水族館。お父さんとの思い出の場所だそうだ。

幸い風もなく穏《おだ》やかな日で、車の中では結希の好きなディズニーメドレーをかけ、千秋の体調も良くふたりは楽しそうだった。到着してからは回遊型の大きな水槽を見て、イワシの大群に歓声を上げ、ひらひらと舞うエイの姿を指さした。ショーアップされた餌《えさ》やりのパフォーマンスでは最前列を陣取り観覧した。

結希は大水槽の前でも、ペンギンやクラゲの前でも、「お父さんは見た？」「お父さんはなんて言ってた？」とくり返す。ここに来たのは二歳のときで、写真はあっても記憶に残っていない。千秋はそのたびに、お父さんの好きだった魚や、ペンギンが見えるように結希を抱っこした話を披露《ひろう》した。

イルカのショーもふたりが楽しみにしていたイベントのひとつだった。以前と同じらしい場所に腰かけ、同じように海岸線や江ノ島を眺め、イルカの華やかなジャンプに手を叩《たた》いた。海から吹いてくる風は冷たかったが、親子のつかの間の幸福を守るかのように明るい陽差しが注いでいた。はしゃぐ結希を前に、このまま時が止まってしまえばいいと、千秋は思ったにちがいない。それとも雄一のいたかつての日々に戻りたかったか。

水族館を出た後、三人で波打ち際を歩いた。

「ねえ知ってる？『えのしま』を書いたときの真ん中の『の』、平仮名とカタカナと二種類あるでしょ。どっちが正式なのか」

言われて「ノ」と「の」を宙に書いてみる。

「そういえばどっちもありますね。さっきのは新江ノ島水族館。江ノ島の灯台があそこにあって、走っている電車は江ノ電。でも道路マップでは江の島だった」

「昭和四十年代に、住居表示として平仮名の『の』に決まったんですって。でも昔から使われているものについては変更しなくてよくて、未だにどっちもあるの。両方ともまちがいじゃないのよ。江ノ島に古くからある有名な神社は、間の『の』がない江島神社。みっつあるとも言えるわね」

初耳だったので「へえ」と間の抜けた声を出した。

「今の、雄一さんから聞いた話の受け売り。あ、そんなことだろうと思ったって顔してる」

千秋は明るい笑い声をたて、その千秋と敏也の間で手を繋ぎ、結希は砂浜で跳んだりぶら下がったりとはしゃいだ。

その日拾った貝殻《かいがら》も、水族館のお土産《みやげ》も、たくさん撮った写真も、六歳の女の子の宝物になる。泣かずに眺められるようになるのはいつだろう。

クリスマスプレゼントにと千秋が選んだのはピンク色のランドセルだった。雄一の残したお金が少しだけあるからと、わざわざ封筒を見せられた。なんだろうと思ったら、家賃に充《あ》てなくてはいけないのにと謝られる。新品のランドセルを買うにあたって、千秋はほんとうに今さらながら遠慮しているらしい。

ランドセルはお父さんとお母さんからの贈り物にするように言い、サンタクロースからは帽子と手袋を敏也が調達した。どうせこれからは着る物も食べる物もすべて買い与えなくてはならない。どれだけの出費になるか予想も付かないが、目の玉が飛び出るような額でもないだろう。

年が明けて一月の半ば、養子縁組の手続きが無事に完了した。結希は正式に西尾木の姓を名乗ることになる。ほっとしたわけではないだろうが千秋の病状は悪化し、食事もほとんど摂《と》れなくなった。

最後かもしれないと言われ外出許可が下りた日に、敏也は再び車を出して親子を山中湖《やまなかこ》に連れて行った。真っ青な晴天のもと、雪をかぶった富士山《ふじさん》は美しくも力強く、孤高でありながら何人《なんぴと》をも受け容《い》れているように見えた。

結希は千秋から片時も離れようとせず、べったり甘えきっていたが、その千秋に押し出される形で雪遊びも楽しんだ。小さな雪うさぎの目にするために、南天の赤い実をみつけたときだけは結希も無邪気に喜んでいた。大切な時間を少しも無駄にしたくなかったのか、帰り道でも「ぜったい眠らない」と頑張っていたが、八王子《はちおうじ》のインターを過ぎるころには後部座席で膝枕《ひざまくら》をされていた。千秋は結希の髪の毛を撫でながら、たくさんのことを語りかけているようでいて、ほんとうはたったひとつをくり返していたのかもしれない。

そのひと月後の二月の下旬、危篤《きとく》の報を受けたのは日曜日の明け方だった。蒲田のアパートに泊まっていた敏也はあわてて身支度を調《ととの》え、結希と共に病院に駆けつけた。間に合ったものの、息を引き取るまでほんのわずかしかなかった。

千秋は三十歳という若さで逝った。

母親を包む布団の縁を摑み、結希はしおれた花のようにうなだれていた。微動だにせず、細い肩だけが呼吸に合わせてかすかに上下する。さらさらの髪の毛の先も静かに揺れる。待ってと言いたげに掛け布団にすがりついたが、止めることはできなかった。

敏也は目を閉じた千秋をみつめ、そこに白い布がかぶせられる前に、とうとう最期まで口にできなかった言葉を心の中でなぞった。

あなたはどこまで知っていましたか。

西尾木敏也は西尾木雄一の、実の弟ではないことを知っていましたか。

お願いしますという懇願《こんがん》に嘘はなかっただろう。

他に託せる相手がいない。

かわいい我が子が、どうかひどい目に遭《あ》いませんように。

祈る思いが細かい雪になって、灰色の空からはらはら舞い散っていた。

二章　桜と若葉

1

西口駅前にかかる高架橋《こうか》にもたれ、敏也は見慣れた町並みに目をやった。

真下に道路が延びている。銀行や英会話塾の入る高層ビルとそごうデパートとの間を、駅前ロータリーから出たバスがそれぞれの行き先を掲《かか》げて走り去る。よく見かける地名もあるけれど、市内のどのあたりなのかはわからない。越してきてまだ二年だからというわけではなくどこに住んでも似たようなものなのだろう。

数日前、冷たいみぞれが降ったばかりだというのに、今日は寒気が緩《ゆる》み、春を思わせる風が吹いていた。遅れていた開花宣言が大宮にも出るのかもしれない。ビルの間に植えられた桜の木も今は黒い枝しか見えないが、一週間も経たないうちに様変わりするだろう。

毎年のことだ。けれど今年は今までとちがう春になる。この先の夏も、秋も、冬も、そして来年以降も。目の前の空模様と同じく、前途は厚い雲に覆《おお》われ予測しづらい。

敏也は体を反転し、手すりに背中を押しつけてポケットをまさぐった。取り出したのは小さな紙切れだ。帰り道に買うべき食材が書き連《つら》ねてある。ピーマン、タマネギ、ウィンナー、ニンジン、卵、ケチャップ、カップスープの素。

オムライスを作ると約束してある。ネットで調べたところによれば、少しもむずかしくない。野菜を細かく切って炒《いた》めて残りご飯を入れて、塩こしょうとケチャップで味付けをする。それをいったん皿に移し、フライパンに溶《と》き卵を広げてご飯を戻し、くるんで出来上がり。

たったこれだけ。簡単じゃないか。すでに暗記している。

けれど先週挑戦したクリームシチューは鍋底《なべぞこ》に焦《こ》げ付き、昨日のハンバーグは生焼けだった。なぜだ。どうして。けっして不器用な方ではないし、大げさな料理音痴でもない。野菜炒めはうまいし、りんごの皮もむける。なのにここにきて、楽勝と信じたメニューに裏切られる。オムライス作りにも、火加減だの切り方だの、小賢《こざか》しい知恵が必要なのだろうか。

スーパーの食品売り場が脳裏をよぎり、ため息がこぼれたところで近づく人影に気づいた。

「わあ、ほんとうにいた。トシ、トシ、嘘みたい。きゃ、元気?」

「相変わらずだな」

「でしょう。いつも綺麗《きれい》よ。ちゃんと努力してるもん。ありがと」

「褒《ほ》めてないって」

肩先で飛び跳《は》ねる茶色の巻き毛から、まわりの空気に紛《まぎ》れようもないはっきりとした香水の匂いが振りまかれる。高校時代のクラスメイトだ。

顔を見た瞬間、珍しくも口元をほころばせてしまったが、それが引きつって固まるまで数十秒。黒いロングカーディガンはともかく、豹《ひょう》柄のミニスカートはいかがなものか。そこから伸びた足を包むのは紫色のタイツ。足元はハイヒール。化粧の厚塗りに磨《みが》きがかかっている。いったいどれくらいの時間をかけた身支度なのだろう。見当も付かない。

「どういう風の吹き回しよ。そっちからメールをくれるなんて。びっくりしちゃった。でも嬉しい。すごくすごく会いたかったわ。一年ぶり？　夏前に会ったたっけ」

「離れろよ」

体をくっつけてくるので、敏也は逃げるように横にずれた。身長はほとんど変わらないので、ヒールの高さとふくらんだ髪の毛の分、圧迫感が増す。

「ちょっと訊きたいことがあってさ」

「やだ、恥ずかしい。何かしら」

「あのさ」

「待って。ここで話そうっていうんじゃないでしょう？　どこかに入りましょう。もう四時よ。コーヒーよりも一杯がいいわ。ねえ」

肩をすくめてしなを作る様をうつろな目で眺《なが》め、敏也は手にしていた買い物メモをポケットにねじ込んだ。

「悪いけど、ゆっくりしてる暇《ひま》はない。おまえさ、昼間の時間は空いてるって前に言ってたよな。今はどう？」

「何よ、いきなり」

「あれから忙しくなった？　なら、いいんだ」

「ちょっと。せっかちね。こうやってのこのこ出てくるくらいには暇よ。昼間だけでなく、この頃は夜も。トシ相手にかっこつけてもしょうがないから言うけど、景気の善し悪《あ》しより、若い子がダメなの。私よりぜんぜん綺麗じゃないのに、えらそうで図々しくて、欲張りで。若いってだけで持ち上げるのもいるのよ。入る日を削《けず》られて、商売あがったり。バイトの口を紹介してくれるならありがたいわ。だいたい受けちゃう。素敵なパトロンの紹介ならもっと嬉しい。そうだ、あなたのお父さまは相変わらずのご活躍ね。景気のいい噂《うわさ》をよく聞くわ。ああいう人がお店に来てくれたら私もどんなに鼻が高いか。まさに雲の上の人だけど」

「まだ生きてるよ。地上にいるはずだ」

「ちょっと、へんな言い方しないで」

軽く睨《にら》まれて、敏也は視線を駅前のビル街に向けた。ここから歩いて十分足らずのマンションに、六歳になる女の子がいて自分の帰りを待っている。

彼女もひとりぼっちだが、母親もまさしくそれで、病気で亡くなった後は敏也が葬儀を出してやった。

業者に任せた簡素な式だったが意外にも弔問《ちょうもん》客は多く、近所の人や、結希の通っていた保育園の関係者、保護者が次々に現れた。受け取った香典で、遺骨はさいたま市内の共同墓地に埋葬《まいそう》した。会社に通いながらの作業で何かとバタバタしたが、親子が住んでいた蒲田のアパートも引き払い、三週間前にやっと結希を自宅マンションに連れてきた。

そこで一件落着、とはいかない。六歳児はひとりで留守番もできず、会社に行っている間は駅前の託児所に預けた。この春から小学校に上がるので、学校と学童保育の二段構《がま》えが始まる。両方に手続きやら挨拶《あいさつ》やらをすませ、結希にも今後の生活について言って聞かせた。母親を亡くしたばかりで寂しさも哀しさもあるだろうが、入学式は待ってくれない。保護者となったからには敏也にはすべきことがいろいろある。

学校からもらったプリントと首っ引きで、新入学の備品や文房具を買いそろえ、すべてに「にしおぎゆき」と名前を入れた。入学式に着ていくワンピースも用意した。当日は保護者として参列するため、自分の年休も会社に申請した。

打つべき手を打ち、考えられることをひとつひとつクリアし、新生活が少しでもうまくまわるよう朝から晩まで奔走《ほんそう》した。我ながらよくやったと褒めてやりたいところだが、予想外のことは起きる。

三日前の木曜日、結希は託児所に行かないと言い出した。朝のぎりぎりの時間だった。宥《なだ》めてもすかしても言うことを聞かない。無理やり玄関まで連れて行くと、人のことを突き飛ばしてリビングに走り、ソファーにしがみつく。葬式やらなんやらで急な休みを取ったあとなので、会社での立場は最悪だ。任されている仕事もある。これ以上は休めない。

さらなる説得を試みたがてこでも動かず、いったい誰に似たんだか。託児所にいじめっ子でもいるような口ぶりだった。もっと話を聞いてやればよかったのか。でも聞いてなんとかなる問題か？

今まで通っていた蒲田の保育園の方がいいに決まっている。先生は優しく、友だちもいたらしい。母親の葬儀のときも、引っ越すさいの挨拶でも、みんな目を真っ赤にして泣いていた。親を亡くした子どもを不憫《ふびん》がり、頭を撫《な》でて肩を抱き、別れを惜《お》しんだ。

あそこに帰りたいと思うのが人情だろう。大宮には母親を偲《しの》ぶよすがすらない。などと、木曜日は悠長なことも言ってられなかった。途中であきらめ敏也は家を出た。ずるずると欠勤することだけは避けたかった。かといって残してきた結希をどうでもいいとは思えず、通勤電車の中であてどなく天井を見上げた。

様子を見に行ってほしいと誰かに頼みたい。でも、その誰かが思いつかない。今すぐ電話して、数時間の助けを請《こ》う相手に、心当たりがさっぱりだ。結希の母親である千秋のことを、ひとりぼっちの寂しい人間と哀れんだが、なんてことはない、自分も似たようなものだった。

携帯のアドレスを端から順番に眺め、何度も行ったり来たりして、結局、自分も結希もよく知る人物に連絡した。千秋の入院中に結希を預かってくれた近所の女性だ。ひとりはまったくあてにならないが、もうひとりは元保育士。力になってくれるかもしれない。

電車を降りて電話をかけると、斉藤美奈江はすんなりこちらの状況を理解した。蒲田から来てくれるという。一旦会社に出て、美奈江が大宮駅に着く頃合いを見計らって駅に引き返した。改札口で落ち合い家の鍵を渡す。ためらいはあったが、とやかく言っていられない。会社に舞い戻る頃、結希と無事に会えたとメールが届いた。

気心知れた美奈江が来てくれたことで結希も機嫌を直したらしい。一緒に買い物に出かけ、夕飯はふたりで作ったそうだ。敏也が帰宅すると食卓には子どもの好きそうなおかずが並び、何事もなかったように食事が進んだ。

結希が寝付くのを待って、美奈江は帰り支度を始めた。敏也がマンションの下まで送っていくと、思いがけないことを言われた。

「安心したわ」と。

手厳しい小言や叱責《しっせき》が浴びせかけられるとばかり思っていた。

「あなたは何でもひとりでやろうとするし、実際にこなしてしまう。けど、子どもは大人の思い通りにはならないわ。それはぜったいなの。結希ちゃんとのふたり暮らしでも、必ずどこかで、うんとがっかりさせられる。話が通じず、むかっ腹が立つこともある。頑張った分、裏切られた気になるかもしれない。そんなとき、手が出るのはよくあることよ。力尽《ず》くで思い通りにしようとする。大人の方が、子どもより力はあるものね。私、あなたもそうなるんじゃないかと心配だった。それで今日、電話をもらってほっとしたの」

これからも困ったときは言ってねと、美奈江は続けた。言える相手を増やすことも大事だと。

「結希ちゃんもよ。どうしても我慢できないときは、それを誰かに出せるようでなきゃ。今日はあなたに言えたんだもん。考えようによってはよかったのよ」

敏也にとっては、出したくないSOSだった。かけたくない電話だった。まさか良く言われるとは思ってもみなかった。DV男と疑われていたのも寝耳に水だ。

とまどった顔をしたのだろう。小柄な美奈江は手を伸ばし、敏也の肩を叩《たた》いた。親しみをこめた仕草だった。そしてそれ以上は甘いことを言わず、これからいくらでも急な病気や怪我《けが》があるのだから、学校にあがってからも安心できないと釘を刺された。

美奈江と別れてから、敏也は改めて携帯のアドレスを眺めた。あと数人、電話してみようかと迷った人がいた。

結希は美奈江と約束したそうで、翌日、渋々ながらも託児所に行ってくれた。考えてみれば、通えそうなところをネットで探し、電話一本で了解を取り付けただけだった。評判も何も気にしなかったが、それがまずかったのか。意地悪な女の子と粗暴な男の子と口やかましい先生がいて、ジュースを無断で飲んだ濡れ衣《ぎぬ》を着せられた上に、おやつのカステラを踏みつけられたそうだ。他にもいろいろあると言う。

なるほどね。それはひどいね。作戦を練《ね》ろう。さくせん？　とりあえず懐柔《かいじゅう》かな。かいじゅう？　なんの？　火を噴いたりするの？

結希が思い浮かべたであろうものに気づいて、敏也は笑ってしまった。何食わぬ顔で近づき、うまいこと手なずけようとする策より、ゴジラやモスラを呼び出す方法を考える方が正しいのかもしれない。


「トシってば、どうしたの。黙り込んでないで、話があるならしてよ」

「ああ、悪い。もしも急に頼みたいことができたら、おまえに声をかけてもいいかな」

「え？」

「だからその、何かあったらだよ」

「何かありそうなの？　どうしたの。ちゃんと話してよ」

怪しげな目配《めくば》せと共に瞼《まぶた》がゆっくり開閉する。アイシャドーの塗《ぬ》り方がみごとで、まるでクジャクが羽を広げたようなグラデーションだ。

「今は間に合ってる。ただそのうち、突発的に人手がほしくなるかもしれない。頼みたいのはちょっとした用事なんだ。ぜんぜんむずかしくない」

「たとえばどんなこと？」

「うーん。留守番とか」

目の前の赤い唇が丸くなる。

「留守番？　どこの？」

「うち」

「だったらあの、六階建てマンション最上階角部屋の４ＬＤＫ、床暖房完備よね？」

言われてとっさに首を振った。

「いや、大丈夫だ。今の話は忘れてくれ」

「やだあ。なんでもするする。っていうか、今すぐ行く。あの部屋、大好き。トシはどうせ会社に行くんでしょ。昼間はいないじゃない。私が掃除でも洗濯でもなんでもしてあげる。電話番も空気の入れ換えも得意よ。まかせてちょうだい」

「ありがとう。もしものときは頼む。じゃあな、今日は――」

「いやよ。一緒に行く。置いてかないで」

大きな声を出されて、道行く人の視線が集まる。力尽くで無理やりにも口をふさいでやりたいが、べったりと赤いものがつきそうで躊躇《ちゅうちょ》した。

敏也は上着のポケットから財布を取り出し、千円札と一万円札の間に五千円札をみつけて引き抜いた。

「これ、ここまでの交通費。それと、なんか飲んでけ」

「お金でごまかさないで。私はそんなオンナじゃないわ」

肩をそびやかし鼻の穴を広げ、くってかかる元クラスメイトを、敏也はまじまじと見返した。まつげの長さと毛穴の隠し方は巧《たく》みで褒め言葉のひとつも口にしたくなる。体つきのごつさと、えらの張った顔立ちと、野太い声がなんとかなれば、もう少し稼《かせ》ぎもよくなるだろうに。

「汐野《しおの》」

互いに二十七歳になるということは、出会ってから十年が経っている。あの頃、目の前の友人は白いワイシャツに灰色のズボンとブレザーを着て、顎《あご》には剃《そ》り残しの鬚《ひげ》をくっつけていた。名前は汐野学《まなぶ》。それをもじって、シオブーと呼ばれるのをひどく嫌っていた。

髪の毛を耳の下まで伸ばし、ピアスをつけ、制汗剤を一年中使用し、女の子とファッション誌を眺め、キャラクターものの文房具を好み、携帯にはビーズを連ねた手作りのストラップをつけ、たしかに昔から「おねえ」の気《け》はあった。すでに、そのものだったのかもしれない。

「それで新しい口紅を買えよ。春の新色が出てるんだろ」

「トシィ」

「頼みたいことができたら連絡する。時間が空いてたら手を貸してくれよ。他にあまり、頼めそうなやつがいなくてさ。おまえのことを思い出してわざわざ呼び出したりして馬鹿だな。電話やメールですんだのに」

ヤキがまわったと自分でも思った。これまで誰かにものを頼んだことなどなかったかもしれない。授業のノートを見せてもらうとか、忘れた教科書を借りるとかはあったが、ほんとうの意味での手助けを求めたわけではない。

切羽詰《せっぱつ》まることなどめったになく、あったとしても、助けられてなんとかなるとは思えなかった。汐野のことを思い出したのは、前に一度だけ、新潟の小さな町に行くのに付き合ってもらったからだ。高校二年の秋、十一月の末だった。急死した母親の葬儀を終えた翌週、どうしても母親の生まれ故郷に行ってみたくなった。

理由を話さず「付き合えよ」と、あのときも軽い調子で言った。頼んだのではなく誘った形だ。なぜかひとりで行くのがいやで、電車の中での話し相手がほしかった。汐野は進学をめぐって親と揉《も》めている時期で、顔に青痣《あおあざ》を作っていた。だから声をかけた。温和な家庭でぬくぬくしてるやつとは一緒にいられなかった。

土曜日に出かけ、途中であちこち寄り道し、行き着く前に夜になり、安い民宿に泊まった。翌日の昼前に目的地に着いたが、なんてことのないひなびた町だった。駅前でラーメンを食べ、川沿いの道をぶらぶら歩き、人なつこい汐野が地元のおばちゃんとしゃべるのを横で聞いてから上り電車に乗った。

他界した母親は敏也のたったひとりの肉親で、今の父親は母親の再婚相手だ。自分は連れ子。ほんとうの父親がどこの誰なのかは知らない。母が亡くなり、この先、西尾木の家にいられるのかどうかもわからない。いつ追い出されても不思議はないのだと、一泊二日のどこかで話した。

汐野は黙って聞いていた。しばらくしてぽつんと、どこでも生きていけるよとつぶやいた。他のやつだったら許せなかったかもしれない。わかった風な口を利くなと、逆恨みしたかもしれない。あの頃の自分は胸の奥底に、石油の詰まった一斗缶《いっとかん》を抱えていた。ライターもマッチも身近にちらばっていた。

でも口にしたのが汐野だったから、その一言は安宿の夜の静けさに溶けた。あるいは、がたがた走るローカル線の網棚に収まった。

「どこでも生きていけるよ」

なにかのはずみにふっと耳元に蘇《よみがえ》る。

「どうとでも、生きてやろう」

「生きてみせよう」

そんなふうにも変換され、西尾木の義父の顔色をうかがいながら、親戚連中の追い出し工作にも気づかぬふりをして高校を卒業した。大学にも進学した。

「いいわ。いつでも連絡ちょうだい。待ってる。今日は、あんたの顔が見られてよかった」

マニキュアのぬられた指でほっぺたをつつかれそうになり、慌ててよける。

「これは、駆けつけるときのタクシー代にもらっとく」

「うん」

「今私、気の利いたこと言ったでしょ」

ひらひらと五千円札が揺れる。夕方の空は薄紅色というよりオレンジ色だが、もうすぐ見られる花吹雪を思い出し、敏也は眩《まぶ》しい思いで目を細めた。

帰宅すると結希はテレビを点けたまま、ソファーに寝転がって携帯ゲーム機にかじりついていた。テーブルの上には平仮名練習帳が投げ出されている。床に目をやればお菓子の紙箱やら漫画雑誌やら、脱ぎっぱなしの靴下やら丸められたティッシュやらがちらかっている。敏也は何も言わず買ってきた食料品を冷蔵庫に片づけた。

これまでもちょっとずつ注意はしていたが、良くなるどころかひどくなる一方だ。素直に言うことを聞いたのは、初めの二、三日だけ。二人暮らしでも充分すぎる広さなので、結希にはちらかっている感覚がないらしい。けれど脱いだ靴下も洟《はな》をかんだティッシュも、そのままというのは整理整頓以前に人としてだらしない。寝転がってのゲームは行儀が悪い。

今のうちに、ガツンと言うべきだろう。何事も最初が肝心。けれど、きつく叱《しか》りすぎて嫌われては元も子もない。子どものしつけに関するハウツー本を探そうか。学校の成績はどうでもいいが、生活態度はきちんとしてほしい。一緒に暮らすようになって初めて、洗面所のタオルがくしゃくしゃになっていたり、台所の流しに洗い物が溜《た》まっていたり、床に鞄《かばん》や衣類が散乱していたりするのが、自分には不快なのだと知った。気分が悪いし、苛々《いらいら》する。

実家を出て以来、ずっとひとりだったので意識したこともなかったが、実家にはお手伝いさんがいて隅々まで片づけられていた。あれに馴染《なじ》んでしまったのか。汐野が転がり込んできて居候をしていた時期もあったが、その間の二、三週間は彼のペースに巻きこまれ、タオルの掛け方を気にするひまもなかった。

今度は長い時間を共にする。やはり初めが肝心だ。いろいろ考えながら夕飯の支度を始めると、いつの間にか傍《かたわ》らに結希がいた。

「おじさん」

まな板をのぞき込んでいる。

「ピーマン、おっきいね」

何かと思ったら、適当に切った野菜のサイズらしい。一センチ四方は大きいだろうか。

「火が通ったら小さくなるよ。キャベツもほうれん草も、半分以下にしゅーんって縮まるだろ？」

「ニンジンも？」

すでに切り終えたニンジンも一センチ四方だ。二センチかもしれない。

「小さくなるまで炒めるよ」

「ふーん」

「それよりも、ちらかしたものを片づけておいで。きれいになるまで夕飯はおあずけだ」

何度も細かい指示を受けながら、結希はサインペンをケースにしまい、ティッシュの箱を元の場所に戻し、左右そろえた靴下を洗濯機の中に入れ、膝掛けをたたみ、平仮名練習帳も片づけていたけれど、夕飯はなかなか始まらなかった。

炒めても炒めてもニンジンは硬いままで、タマネギは溶けて、ピーマンは変色した。まともなのは輪切りにしたウィンナーだけだ。業を煮やし、残りご飯を投入したがちっとも混ざらない。無理やりかき混ぜたら多量にフライパンから飛び散った。卵でくるむのを唯一の難関と思っていたが、その手前で力尽きた。今日はケチャップライスだ。

「おいしいよ、おじさん。もっとおいしくないと思ったから、よかったー」

敗北感はニンジンと共に奥歯で噛《か》みしめた。

2

さいたま市立大宮あさひ小学校の入学式の日は、天気予報通りに薄曇《うすぐも》りで風が強かった。

八時半からとのことで、七時過ぎには結希を起こし、ふりかけご飯とバナナで朝食をすませた。リビングのチェストには、結希の両親、千秋と雄一の写真が飾ってある。結希がワンピースに着替えるのを待って、ふたりして手を合わせた。

最後まで馴染めなかった託児所は三月末で終了し、すでに学童保育が始まっていた。こちらは新入生にいろいろ気を遣《つか》ってくれるようで、優しく世話を焼いてもらい、まんざらでもない様子だ。入学式の話題も出たらしく、結希はリボンのあしらわれたワンピースを着ていくと他の子に話したそうだ。全身を鏡に映し、いつまでもスカートをふわふわ揺らす。

スーツに着替えた敏也はとてもかっこいいと褒められた。ネクタイの締め方まで決まっているとのこと。苦笑いで受け流す。母親の最後のクリスマスプレゼントであるランドセルを背負い、結希の身支度も整う。靴下も靴も真新しい。カメラを構えてやると、照れながらも次々にポーズを取った。

何組になるのかな。男の先生かな、女の先生かな。お友だち、できるかな。

ここしばらく、そればかりだ。今日も飽きずにくり返す。

小学校はマンションから、子どもの足でも十分程度の所にある。大宮駅とは逆の方角になるので、交通量の多い道路を渡ることもなく、背の高い商業ビルもない。マンションや一戸建ての並ぶ住宅街が通学路になっていた。行きと帰りは決められたルートをたどらなくてはいけないそうだ。

早咲きの桜は散り始めていたが、ところどころに満開の木が見え、風に吹かれて花びらが舞っていた。曇り空でも入学式日和《びより》と言うのだろう。学校が近づくにつれ、それらしい親子連れが増えてきた。校門には造花に縁取《ふちど》られた立て看板が置かれ、写真を撮るべく人だかりができている。どうするかと訊くと、結希は首を横に振るので通りすぎた。

体育館前に設けられた受付では、スーツ姿の女性に「おめでとうございます」と大きな声を出されて腰が引ける。結希の名前を告げると、組分けを教えてくれた。二組だそうだ。今年の一年生は三組まであるらしい。

受付を済ませると六年生だろうか、年かさの女の子が現れ、結希の胸に花飾りをつけてくれた。新一年生を世話する役目のようだ。手を繋《つな》いで体育館に入り、組ごとに分かれた座席まで連れて案内する。それを見守って、敏也は保護者席に腰かけた。

まわりは年上ばかりというのは覚悟していたが、思ったよりも年齢層は幅広い。祖父母なのか両親なのか、わからない人もいる。やけに若そうな男女もいて、自分だけが浮いているのではなさそうだ。ただ、若いのがひとりきりというのは珍しいかもしれない。

式典はありきたりの面白味のないものだった。暇にあかせて携帯をいじるわけにもいかず周りをそれとなく見まわすと、同じように手持ちぶさたであくびを嚙み殺している人がいる。やっぱりねと思う反面、我が子の入学式でもそれかと冷めた目になる。少なくとも千秋や雄一が生きていれば、時計をちらちら見ることもなく、生真面目《きまじめ》に背筋を伸ばしていただろう。

ふたりは自分になかったものを結希に与えたかったのだと思う。たとえば子ども思いの優しい親とか、平和で温かな家庭とか。そういったものを本気で目指し、少なくとも雄一は自分の人生を懸ける勢いだった。手にしていた多くのものを、結希のために惜しげもなく投げだそうとしていた。

わあっと声があがり、何ごとかと思ったら担任の発表だ。二組は中年の女性教師だった。米本《よねもと》という苗字だけ聞き取れた。どんな人だろう。めんどくさい人でなければいいなと思う。

式が終わると一年生は拍手に送られ、それぞれの教室に向かった。保護者はその場に残り、組ごとに役員決めが始まった。事前にもらったプリントに各種委員の説明があり、引き受けられる時期を書き込んで、今日の受付に渡していた。それをもとに、進行役の人がしゃべり始める。プリントには子どもひとりにつき一度はお願いしますと書かれていた。ネットで調べたところ四年生ぐらいが楽とあったので、敏也もそれに倣《なら》った。

もうひとり候補者が足りないらしく、さかんに「いかがでしょう」と進行役に言われた。みんな居心地悪そうに肩をすくめ、互いの出方をうかがうように視線を動かす。

自分の母親も学校の役員などやったのだろうか。西尾木家に来るまでは高崎《たかさき》市内に住み、敏也は近くの公立小学校に通っていた。母親はちっとも売れなかった元歌手で、歌わせてくれるクラブやスナックの仕事をぽつぽつ入れながら、昼間はブティックの店員をやっていた。

パート扱いなので収入は定まらず、生活はいつもぎりぎり。声がかかるとブティックを休み、地方のクラブにも出かけてしまう。小学生の頃は二日、三日の留守番はよくあった。同じアパートの人や、母親の友だちが様子を見に来たかもしれないが、よく覚えていない。

あんたのママはあんたのために働いているのよ。これはたびたび聞かされた。子ども心にも嘘くさいと思った。きれいな服を着てマイクを握《にぎ》り、みんなの前で歌うのが何より好きな人だった。でもプロとしては半人前。コブつきでなくても歌で食べては行けなかっただろう。日々の暮らしのためならば、昼間の仕事にもっと精を出してほしかった。

あの母親も、小学校の役員をやっただろうか。やれたのだろうか。授業参観に現れたのは覚えているけれど。

「今日はおひとりで?」

ぼんやりしていると、右隣の女性に話しかけられた。「はい」とうなずく。

「奥さまはお仕事か何かですか?」

これは簡単に返事ができない。曖昧《あいまい》に笑っていると、左隣の女性からも尋《たず》ねられる。

「お子さんは男の子? それとも女の子? うちは女の子なんです。学校は初めてで」

「うちも女の子。よろしくお願いします。ひとりっ子なんで、親もまごまごしてます」

「ベテランそうな先生でよかったですよね」

敏也を間に挟《はさ》んで、スーツ姿の女性が言葉を交わす。どうぞご自由にと思っていたら、

「お宅は?」と訊かれる。

「えっと、女の子です」

「あら。よろしくお願いします」

「こちらこそ」

「お名前は?」

「結希です。西尾木結希」

もう少しで自分の名前を言うところだった。ふたりは三十代後半だろうか。顔立ちも背恰好《かっこう》もちがうが、薄化粧にスーツを着て満面の笑みを浮かべているので区別がつかない。敏也のまわりだけではなく、ところどころで私語が交わされ、あとひとりの役員が決まらないまま、進行役が各人に声をかけ始めた。妊娠しているだの、祖母の介護中だの、上の子の役員にすでに決まっているだの、できない理由が続く。フルタイムで働いている人は申し訳なさそうに来年か再来年にはと言う。

ほう、そうですか、という気分で首を小さく振っていると、進行役と目が合った。いかがでしょうと訊かれてしまう。

「今はちょっと無理で」

「ご家庭の事情はあると思いますが」

「はあ」

生返事をしていると、脳裏に授業参観の教室がよぎった。隣の女の子に小突《こづ》かれ、ほらほらと指を指され、うるせーお節介と頰杖《ほおづえ》をつきながら振り返ると、母親は無地のブラウスを着て、ほとんどノーメイクだった。マスカラもつけてない。派手な恰好で学校に来ないでほしいと、何度言っても聞いてくれなかったのに、そのときは「ほらね」と得意気だった。髪の毛が黄色に近い茶色でなかったらもっとよかったのに——。

「みんなでサポートしますから、一年間、なんとかなりませんか」

「いいえその、今はひとりなので」

「ひとり?」

「子どもの母親はこの二月に亡くなりまして。すみません。もう少ししたら、できるようになると思います」

進行役の、どうやら現役員らしき年かさの女性はにわかに目を泳がせ、「まあ」「それは」と口の中でもごもご言い、救いを求めるようにまわりを見まわした。気まずい空気が漂《ただよ》うかに思えたが、やっと手を挙げる人が現れて話し合いは唐突に終わった。

そこからは保護者も教室へと移動する。場所がわからないので人の後ろについていくと、一年生の教室は校舎の一階に並んでいた。親が入っていくと子どもはざわめき、腰を浮かしてそわそわする。黒板には「入学おめでとう」という文字と、桜の花や鉛筆、ノート、子どもの笑顔、上履きや体操着などのイラストがチョークで描かれてあった。教壇には体育館で紹介された先生が立ち、にこやかに教室を見まわしている。

結希は真ん中あたりに座っていた。振り向いて、敏也をみつけると小さな手を振った。笑顔でうなずき、手を振り返す。あの子の人生の中で、授業参観の思い出に母親は出てこない。おじさんで我慢してもらわなくてはならない。

そこから帰り支度をして、子どもも保護者も校庭に出る。記念写真を撮るべく、校舎をバックに椅子や踏み台が並んでいた。みんなぞろぞろとそちらに向かう。小柄な結希は前の方に座り、敏也は一番後ろに立った。カメラマンから角度や向きの指示が飛び、泣き出した赤ちゃんの機嫌を待ち、何枚かの撮影が終了する。やっと解散だ。

校門では朝と同じように看板の横で写真を撮る親子連れがいた。立ち止まった結希の顔つきがいつになく険《けわ》しい。睨むような目をする。何か言うのかと思ったが唇を結んだまま歩き出すので、敏也も黙って通りすぎた。

しばらくして「あのね」と、口を開く。ピンク色のランドセルが背中の動きに合わせて弾《はず》む。

「米本先生、九州生まれなんだって。九州ってどこにあるのか、おじさん知ってる？」

「知ってるよ」

「あとで地図、見せて。しらべてみてねって言われたんだ」

ふーん。うなずいて歩いていると、いつの間にか手を繋いでいた。細い指の感触も、小さな歩幅に合わせて歩くのも、知らず知らず馴染んでしまった。さりげなく話を合わせることにも。

「九州っていえば明太子《めんたいこ》だけど、結希ちゃんには辛《から》すぎるね」

「知ってる。前におにぎりで食べてびっくりした。どうして大人ってああいうのが好きなの？　ほんとうにおいしいの？」

「今にわかるよ。明太子とかキムチとか塩辛とか」

おいしくないよ、うそみたいと言いながら、結希の足取りが少し軽くなる。ほっとする自分がいて不思議だ。柄にもなくひどく優しい顔で小さな女の子を見守っている。

「もうすぐお昼だね。何にしようか」

「作るの？」

結希の声に警戒心がこもっているのは今の流れで辛い料理を心配しているのか、腕前を案じているのか。後者だろうと思ったところで笑ってしまう。

冷蔵庫というより、冷凍庫の冷凍食品を思い浮かべながらマンションの見えるところまで来ると、入り口近くに人影があった。植え込みにもたれかかるようにして、携帯をいじっている。

肩先で広がったくるくるの巻き毛、黒のスタジャン、デニムのミニスカート、網タイツ。派手な恰好だなと思った瞬間、気づく。汐野だ。足が止まり、そんな敏也を結希が見上げた。

「誰？　おじさんの知ってる人？」

「友だちだよ」

なぜ今日この日のタイミングなのだろう。逃げも隠れもできない。汐野の頭が動き、視線を向けるなり口をぽかんと開く。敏也と結希を見比べ、植え込みから体を離し、携帯をポケットにしまった。

　どうなっているのと、声にならない声が聞こえてくるようだ。いざというときのために久しぶりに会ったけれど、できれば知られたくなかった。

「ずいぶんかわいらしいお嬢さんと一緒なのね」

「今日、小学校の入学式だったんだ」

「あら。おめでとう。とってもかわいらしいワンピースね。似合っているわ」

　一応、褒めてくれたのに、結希は身をすくめて敏也にへばりついた。

「どちらのお嬢さん？」

「いろいろ事情があって」

「まさかと思うけどあんた、入学式に出てきたの？」

　スーツ姿なのだから一目瞭然《りょうぜん》だろう。分厚いまつげに縁取られた目から強い光線が発せられたようで、敏也は視線をそらした。結希が「おじさん」と不安げに腕を揺さぶる。

　汐野は耳ざとく聞きつけた。

「おじさん？　トシのこと？」

「うん。ほんとうの叔父さんなんだ」

「どういうこと」

「この子はさ、雄一の娘なんだよね」

結希の手前、正直に答える。ぎごちない笑みだっただろうが、顔を向けると結希は安心したようにうなずいた。

「雄一さんって、西尾木の？　そうよね」

「家を出て東京で暮らしていたときに、できた子だよ」

「そんな馬鹿な。ああ、ごめんなさい。お嬢ちゃんのことをとやかく言うんじゃなくて。あまりにも思いがけないから。待って。いつわかったの。その子とトシがどうして一緒にいるの。ここは大宮で、向原ではないでしょ」

「だから、いろいろあるんだよ」

ほんの数分前まで、誰にも知られないことだけを考えていた。徹底的にすべてを隠し通すと決めていた。特に、西尾木家を知る人、自分側の関係者には絶対に。

けれど今、雄一を、西尾木家を、ほんの少しでも知る人間に驚かれ、啞然《あぜん》としている姿を目の当たりにして、不意に思う。洗いざらいぶちまけてしまいたい。目の前の、化粧の匂いをぷんぷんさせる友人に、飛びつきたい衝動はいかんともしがたい。

中に入ろうと汐野に言った。すぐさま彼はうなずき、それを見て結希がかすかに首を振る。敏也の背中に隠れ、上着を引っぱる。いやだと言いたいのだろう。

風が大きく吹き、どこからともなく白い花びらが降ってくる。大丈夫だよ。見かけは変わっているけれど、君の叔父さんよりずっとまともだ。

3

尻込みする結希とは裏腹に、汐野は勝手知ったる我が家という雰囲気でマンションに入った。大きな顔をしているという言葉が、比喩《ひゆ》にならない男でもある。エレベーターは三人で乗り込み、六階に上がる。

敏也がドアの鍵を開けている間にも、汐野はちらちら盗み見してくる結希に満面の笑みを向けたが、結希の表情は少しもなごまない。部屋に入ると、出がけにバタバタしたせいもあってリビングは雑然としていた。しまいそこねた食器や投げ出されたプリント類を見ると疲労感が倍増する。すぐさま片づけてしまいたいが、昼飯の用意が先だ。

汐野はめざとくチェストの上の写真をみつけ、歩み寄って眉《まゆ》をひそめた。

「これ、雄一さんよね。となりの女の人は?」

訊くまでもないだろう。写真は三枚飾ってあり、うち二枚は雄一と千秋の顔写真。もう一枚に結希を含めた親子三人の笑顔が収まっている。

敏也は結希がそばにいるのを意識しながら、さらりと答えた。

「この子のお母さんだよ。千秋さん。二ヶ月前に病気で亡くなった」

「え?」

「いろいろあるって言ったろ。結希ちゃん、ランドセルを片づけておいで。手も洗ってね。お昼は冷凍のチャーハンでいいか。汐野も食べたいならそれしかないからな」

結希を廊下の向こうに追い立てると、汐野がすばやくへばりついてきた。

「どういうことよ。お母さんが亡くなったって。ほんとう？　雄一さんもでしょ。ということはあの子、ふた親がいないの？」

「千秋さんは身寄りのない人だった。それで、おれが引き取ることにしたんだ」

アイシャドーに縁取られた目が大きく見開かれる。わかりやすいリアクションだ。さらに部屋の中を歩きまわり、身振り手振りをまじえて言う。

「引き取るのはいいわよ。雄一さんの子なら当然でしょう。でもなんでトシが？　西尾木のお父さんはどうしたの。あの雲の上のＶＩＰ。知っているんでしょう？」

「知らない。おまえも黙っててくれ」

「は？　ちょっと待って」

「本気の頼み事だ。おまえなら信用できると思って話す気になった。この前、呼び出したのもおまえを見込んでだ。あの子のことはしばらく伏せておきたい。誰にも言わないでくれ。頼めないのなら、今すぐここで帰ってもらわなきゃならない」

汐野は苦い物でも舐《な》めたように顔をしかめた。

「やめてよ。トシらしくもない。何があっても遠くの火事を眺めるみたいに涼しい顔をしてるのがあなたでしょう。まあ、そういう意味では新鮮ね。ムキになるなんて。雄一さんの子どもなら、お父さんにとって孫じゃない。おお、こわ」

「だからだよ。知られたら大騒ぎになる。母親を亡くしたばかりのあの子に負担が大きすぎる。おまえだって察しがつくだろ。つぶされるのが落ちだ。あの子の母親とも約束したんだ。すぐには向原にやらず、おれが預かって学校に行かせるって」

日当たりのいい明るいリビングの真ん中で、汐野は途方に暮れるように立ち尽くした。

それ以上は話せない。手を洗った結希が廊下でこちらをうかがっていた。飼い始めたばかりの猫のように背中を膨《ふく》らませ、今にも後ずさって逃げ出しそうだ。

敏也が手招《てまね》きすると、おそるおそるやって来た。それを見て、汐野はやけにかしこまってソファーに腰かけた。

「お昼ご飯、ごちそうしてくれるならなんでも嬉しいわ。よろしくね。えーっと、お名前を教えてくれる？　私は……そうね、シオちゃん、シーちゃん。どちらでもかまわない。遠慮なく呼んでね」

遠慮したいと思ったが、よけいなことは言わずに結希の背中を押した。もじもじして口の中で「ゆき」とだけ言う。代わって敏也が、結ぶという字に希望の希だと説明した。まあ素敵と、汐野は褒めちぎる。

「かわいらしくて賢そうな名前だわ。さわやかな響きもあって、漢字がまた素晴らしい。

希望を結ぶ。いい名前をつけてもらったのね」

照れながらも悪い気はしなかったようだ。結希は皿を出したりテーブルの上を片づけたりと手伝いを始める。スプーンもちゃんと三本、テーブルに並べた。

レンジから順番に、温められたチャーハンが出てくる。

「今日は入学式だったのよね。夕飯はどうするの？　お祝いをするんでしょう？」

「ああ、そうか。考えてなかった」

「やあね。しなさいよ。結希ちゃんの好きなものを食べるといいわ。お寿司かな、ハンバーグかな、焼き肉かな。おねえさんもお祝いをあげたい。何がいい？　お洋服はどうかしら。まかせて。うんとかわいいのを選んであげる」

おそらくきっと、実用性に乏《とぼ》しいだろう。おねえさんかよと突っ込みもよぎる。けれどややこしい話になるので昼飯時はパスした。汐野は機嫌良く話しかけながらも、敏也に呼ばれるまでソファーに腰かけおとなしく待っていた。

ふたりきりになると汐野は、「トシを取り合うような愚は犯さないわ」と肩をすくめる。

結希はマンション近くの公園に遊びに行った。滑《すべ》り台とブランコだけの簡単な公園だが、ベランダから見えるのでまあまあ安心だ。

「あの子にとって、今はトシだけが身内なのよね。居場所はここだけ。だったらトシのまわりの人間にぴりぴりするわ。私、あんな小さな子の敵になりたくない」

「敵？」

「わからないなら馬鹿すぎ」

あんまりな言いようだ。反論する前に、さらに畳みかけてくる。

「それよりも、ちゃんと話してよ。お兄さんに子どもがいるのはいつわかったの。どうして自分が引き取る気になったの。子どもを育てるって大変なことよ。あんた、自分の子もいないのに。どうするつもり。えらそうに口止めしてる場合じゃないでしょ」

ソファーに座っていると、覆い被さるようにして汐野が迫る。敏也は力いっぱい押し戻し、今までのことをかいつまんで話した。

雄一の四十九日のあと、向原の家の近くで見知らぬ女性と顔を合わせた。相手は名乗ることもせずに立ち去り、そのときはそれきりにしてしまった。しばらくして雄一の遺品の中に、女性から贈られたらしい誕生日のお祝いカードをみつけた。ビル火災に巻きこまれての最期だったが、家に置いていった数冊の本の間に挟まっていた。

書かれたメッセージはありきたりのものだったが、カード本体が市販品ではなく見るからに手作りだ。切り紙や星々のシールで飾られ、開くと花束が飛び出す仕掛けが施《ほどこ》されていた。

誰からの贈り物だろう。手の込んだ品だとわかり、無性に気になった。名乗らずに立ち去った女性を思い出し、あの人とは限らないのに、雄一とどんな間柄だったのか知りたくなった。後日、自分ひとりで調査会社に依頼し、東京での暮らしぶりを調べさせた。

「それで、子どもがいることがわかったの」

「ああ。一緒に住んでいた女の人がいて、その人との間に女の子が生まれていた」

調査書を読んでいるときの興奮が蘇る。胸の動悸《どうき》が速まる。

「すごいわね。西尾木の人たちがまったく知らない事実を突き止めたってわけ?」

「おれの頼んだ調査会社が優秀だったらしい。適当に選んだんだけどな」

「あとで教えてよ。何かあったとき、そこに頼みたいわ」

西尾木の家でも調べていたようだが、雄一の行方はたまたま見かけた人がいて、その情報をもとに割れたらしい。勤め先に西尾木の手の者が現れ、ともかく一度帰るという流れになった。暮らしていたアパートまで踏み込むということはなかったのだ。あとから思えば雄一なりに妻子を守りたかったのだろう。騒がれる前に帰宅を約束した。そして火災に巻きこまれての急死があり、東京での生活は関心が持たれなくなった。

「手作りカードはその、千秋さんって人が?」

「うん」

敏也が生前に尋ねると、千秋はうつむいて涙ぐんだ。初めて会ったときから最期まで、彼女はそういう女性だった。

「素敵な人だったのね。写真を見ても察せられるわ。雄一さんもすごく幸せそう。せめてどちらかが生きていればねえ。ごめんなさい。言っても仕方のないことを。結希ちゃんはふたりの忘れ形見ってわけね」

「ああ。西尾木の父にしても、雄一を亡くした痛手があるからこそ、子どもがいると知ったら執着するのは目に見えている。無防備に知らせることはできないよ」

「トシの言いたいことはわかるわ。だいたいのところで、理屈としては理解はできる。でもね、それと小さな子を引き取って育てるのとは別問題でしょう？　猫の子や犬の子じゃないんだから。食べるものを食べさせて、寝起きする場所を用意するだけじゃダメなのよ。お母さんを亡くしたばかりだっけ。あの子の心のケア、どうなってる？」

「どうと言われても」

たちまち手が動き、頭をはたかれた。

「痛いな。何するんだよ」

「少しは優しくなぐさめた？」

「少しは。わわわ」

今度はほっぺたをつねられそうになる。

「あんたの少しはほんとうに少しなのよ。結希ちゃん、かわいそう。よく我慢しているわ」

「おれだって我慢してるよ。あちこち駆けずりまわって頭を下げたり、手続きしたり、飯を食べさせたり、掃除したり。今日は入学式に出て保護者席に座った。しょうがないだろ。何をどう騒ごうと、雄一も千秋も還ってこない。ふたりは死んだんだ。あきらめるしかない」

「それを六つかそこいらの子に強要しないで」

「おれがしてるんじゃない。運命がそうしてるんだ」

千秋が亡くなった直後は夜中に泣き出したりおねしょをしたり、泣いているうちに咳《せ》き込んでもどしたり、熱を出したりと手がかかった。落ち着かせるために、慣れない手つきで背中をさすり、肩を抱いてやり、優しい言葉もかけたつもりだ。

母親と暮らした蒲田の町を出るときも、ひどく不安がっていた。おかあさん、おかあさんと、声にならない声が聞こえてくるようだった。早く戻ってきて、でないと遠いところに連れて行かれちゃうよ、さびしいよ、こわいよと、訴えたかったにちがいない。大宮のマンションに来たときは、入りたがらず玄関の前で涙をこぼした。

誰も通りかからなかったからよかったものの、見られたら幼児誘拐犯として通報されていたかもしれない。宥めすかして家に入れ、仕方なくそれから数日はリビングに布団を敷いて並んで寝たが、あれも見る人が見たら後ろ指をさされそうだ。

汐野の言うとおり、小さな女の子を引き取って育てるには、さまざまな労苦が待ち受けている。

「どうにもならない運命があるからこそ、まわりはなんとかしてあげなきゃ。薄い心のケアで、あれだけきちんと食べて元気にしているんだもの。結希ちゃん、タフね」

「子どもなりの生命力だな」

「あんたが言うと、いらっとする」

またしてもキッと睨まれてしまう。芝居がかったやつなのでリアクションが大げさなのは昔からだが、それにしても今日は辛辣《しんらつ》だ。

「なんだよ、いちいち突っかかるなよ。おれだってさ、こんなふうに腹を割って話すのは久しぶりなんだ。もうちょっと手加減してくれよ」

「甘えたこと言わないで。そもそも私、腹を立ててここに来たのよ。出鼻をくじかれた」

「怒っていたのか。どうして」

口にしながら、ひょっとしてとよぎったものがある。よりにもよって入学式のその日に、汐野が訪ねてきた理由だ。声が自然と低くなる。

「もしかして」

「そうよ。この前の呼び出しの後、トシのことが気になって亜沙ちゃんの店に行ってみたの」

敏也がほんの数日前まで付き合っていた女性だ。先ほど頭をはたかれたより痛い。

店というのは彼女の働く美容院だろう。大宮に越してきてすぐの頃、会社の人に連れて行かれた合コンで出会った。他のみんなは会社勤めだったが、彼女——土谷亜沙子だけは美容師という毛色の変わった職種で、聞けば来られなくなった女性のピンチヒッターだと言う。敏也も似たようなものだった。

一軒目はイタリアンのレストランで男女三人ずつ。どちらにもドタキャンがあったなら数は合っただろうと思いながら、会費の分はしっかり飲み食いした。二軒目に付き合ったのはなんとなくの流れだ。大宮駅西口にある雑居ビルのバーで、楽しげに盛り上がる同年代を眺めていると、いつの間にか亜沙子がとなりにいた。

目鼻立ちのはっきりした、そこそこの美人だ。毛先だけ軽く撥《は》ねた動きのあるボブカットで、モノトーンのカットソーを無造作にまとい、片耳にだけピアスをつけていた。ジンライムを飲みながら、みんなの話に耳を傾けている。美容師ならば今日は休みなのだろうか。尋ねようとしたところで目が合い、先に話しかけられた。

「付き合っている人、いるの?」

「なんで?」

「さっき、マヤちゃんがいろいろ話しかけていたでしょ。でも上手にかわしてたから」

マヤちゃんというのは集まった中で一番かわいらしく、料理上手や手芸好きをさかんにアピールしていた子だ。

「野暮《やぼ》なこと言わないから安心して」

彼女は白い歯をのぞかせて笑い、イタズラを見抜くような目をした。

「いないよ、ほんとうに。ただ、結婚を前提にした、みたいな付き合いは今のところ興味がないから」

「そうなの」

面白がるような声を出され、素直に笑いかけた。

「土谷さんは興味ある？　前提のお付き合い」

「ないない。ずっとひとりでいいわ。気ままにのんびり生きていきたい。それができるくらいには美容師としての腕を磨いて。西尾木さんの場合はいずれはって気持ちがあるんでしょ？　今はその気がなくとも、いつかは結婚して家庭を持ちたいなって」

「いや、おれも、というか、おれの方がずっと気ままにひとり派」

彼女は体を引いて驚いてみせてから、「負けないんだけどなあ」と口を尖《とが》らせた。

また会ってみたいとそのとき思い、後日、教えられた携帯に誘いのメールを出すと、すんなり応じてくれた。彼女の休みは平日なので、その日は仕事を早く切り上げ定時退勤し、食事にも行ったし映画やドライブにも出かけた。

彼女の実家は前橋《まえばし》市内にあり、公務員の兄が結婚して両親と同居しているそうだ。甥や姪も生まれ、すっかり自分の家ではなくなったという。めったに帰らず、ここ数年はお正月も元日に顔を出す程度らしい。帰省先を持たない敏也とはそこでも話が合った。

付き合い始めて半年が過ぎる頃から、互いの部屋に行き来するようになり、一緒にパスタやサラダを作ってワインを開けたり、鍋をつつくこともあった。髪の毛を切ってもらったこともある。好きな食べ物や映画、音楽の趣味もそれなりに合い、体の相性もよかった。少なくとも敏也は満足していた。このままゆるやかに関係が続いていけばと、ごく自然に望むようになり、互いの年休を合わせて数日間の旅行を楽しむ計画も立てていた。

その矢先、雄一の部屋で手作りの誕生日カードをみつけてから敏也の生活は一変した。秋からこっちは蒲田に足繁《あししげ》く通い、亜沙子とはほとんど会っていない。うるさいことを言われないので、そのうち話すと先延ばしにし、二月には千秋が亡くなった。

いよいよ結希を引き取る段になり、敏也にしてもまったく悩まなかったわけではない。けれどじっさい問題、彼女と会う時間が作れない。

これまでは仕事後の夜に約束したり、休日出勤の代休を互いの休みに合わせるようにしていた。独り者同士なので、その気になればなんとでもなった。でもこの先は平日の夜も土日も結希がいる。ひとりにはできない。引き取ると決めたときから、わかりきったことだった。

当初は会って話す機会を入学式当日とした。平日になるので亜沙子の融通も利く。けれどその前、結希が駅前の託児所に入っている間に、夜間保育を一日だけ頼めることになり、平日の夜に時間が空いた。夜景を見下ろすホテルのバーに呼び出し、敏也は言いにくい話を口にした。

「どんなふうに言ったの」

汐野に詰め寄られ、敏也はありのままを話した。

「親戚のごたごたに巻きこまれ、時間が作りにくくなった。これまでのようには付き合えない。残念だけどって。はしょってはいるけど、嘘はついてないだろ」

「はしょり過ぎよ。悪意に近い。亜沙ちゃんはなんて？」

「悪意はない。そこ、肝心だからな。亜沙子は別れ話になるのをわかっていたみたいだ。苦笑いを浮かべカウンターに頬杖ついて、しばらくしてから、なーんだ、やっぱりって。そういう女じゃないか。汐野も知っているだろ」

「ええ。知っているわ。なんでもそうやってすぐにあきらめてしまう女だってこと。本心は分厚いコンクリートの壁の向こうに隠しているってことも。同じセリフをそっくり返す。トシだって、知っているでしょう」

知らないとは言わせない、という顔をされた。敏也を介して知り合ったふたりはやけにウマが合い、敏也を抜きに電話やメールのやりとりをしていた。義理のある美容院があるのでメインを換えるわけにはいかないけれど、と言いながら、汐野はときおり亜沙子の店を訪れていたらしい。

彼が入学式の今日、狙《ねら》ったように現れたのは、平日に年休を取る用事があるようだと亜沙子から聞いたからだろう。いったいなんの用事なのか、自分の目で確かめに来たのだ。

敏也はソファーから立ち上がり、リビングの窓辺に歩み寄った。レースのカーテンに触れると、まるでスイッチが入ったように結希のことを思い出した。どうしているだろう。

下に降りたままだ。にわかに心配になり、窓を開けて身を乗り出すと、ベンチのわきに小さな黄色の塊《かたまり》が見えた。着ているものや髪型からして結希だ。しゃがみこんでいる。地面にお絵かきでもしているのだろうか。

「トシには未練がないの？　あんたにしては珍しく、いい感じで付き合っていたじゃない」

「会う時間が作れない。ほんとうに無理なんだ」

「彼女と別れてまで、結希ちゃんを引き取るわけね」

棘《とげ》のある言い方に振り返ると、冷ややかな眼差《まなざ》しが向けられていた。痛くない腹を探られるならまだしも、含みがあるので分が悪い。敏也は窓辺に立ったまま唇を嚙んだ。

たったひとりの兄のためと言えば聞こえはいいが、じっさいは実の兄弟ではない。親しい間柄でもなかった。内情を知る汐野に、今さらきれいごとは通じない。なんて言おう。

「おれは、雄一の子を育ててみたいんだ。おれにはないものを山のように持っていながら、すべてを捨てる覚悟でもうけた子だよ。その気持ちがわからないからこそ気になる。あいつは何を考えていたんだろうって。もうひとつ。ＶＩＰな親父さまに知らせていないのは、すんなり教えてやるほど、優しい人間になれないというのもある」

「トシ」

「あの人が死ぬほどほしがっているものを、すぐには渡してやらない」

「やめてよ。何を言ってるの。あんたの屈折に、あの子を巻きこんじゃダメでしょ」

「遅いよ、汐野。結希はおれを信じて、ここで暮らし始めた。心がどうのこうの言ってたな。母親を亡くしたばかりなのに、たったひとりの叔父さんにも別の顔があるなんて、知るのは酷《こく》だと思わないか？」

汐野はこれ見よがしに顔をしかめ、眉間《みけん》をひくひくさせた。

「心配ならときどきここに見に来いよ。手を貸してくれるなら正直ありがたい」

「お父さんへの意趣返しのために、あんたはこれから小さな子の面倒を朝から晩まで、三百六十五日、見続けるの？」

「まあね。もうすでに、ずいぶん自腹を切った。溜まっていたアパート代から母親の入院費、葬儀代、みんなおれが出してやった。これからまだかかる。自由はなくなる。厄介《やっかい》ごとは次から次に起こる。それでも、おれはあの人の鼻を明かしてやるためなら、すすんで苦労を買ってやる。おれの屈折を軽く見るなよ」

盛大なため息が聞こえた。汐野はソファーの背にもたれかかり、天井を仰いで額《ひたい》に手のひらを押し当てた。

「馬鹿じゃないの？　これ、百回リピート。本音が別にあって隠していたのね。わかっていたら、本格的に襲いかかってでも止めていたわ」

「こわいな」

「間に合わなかったのなら、これからよ。しっかり監視してあげる」

敏也は笑みを浮かべてうなずいた。交渉成立と思いきや、ひとつだけと指を立てられた。

「口止め料をちょうだい。払ってもらうわよ。あの子のこと、秘密にしたいんでしょう？」

「なんだよ」

身構える敏也に、汐野はほんの少し表情をやわらげた。

「亜沙ちゃんに、もっときちんと話してあげて。でないとあの子、ダメになった理由を自分の中に探してしまう。いつまでも、いつまでもよ。悪いのはトシでしょ」

もっともなことを言われ、これもまた首を縦に振るしかなかった。鼻先を懐《なつ》かしい匂いがふっとかすめる。美容院特有の、パーマ液の匂いだ。白く細い指先も脳裏をよぎる。敏也の髪をいじりながら、健康的ないい髪だと褒めた。そこに寄せた彼女の唇を思い出して、久しぶりに体の芯《しん》がうずいた。

汐野は話を聞くだけ聞くと立ち上がり、結希が戻る前に帰って行った。最初からしつこいオンナは嫌われるそうだ。入れ替わりに帰宅した結希は、引き上げていく汐野の姿を見たらしい。「また来るってさ」というと、小さな顔を曇らせた。

「あの人……」

言いかけて、口ごもる。

「ふつうのおねえさんっぽくないよね」

「ああ。個性的だな」

「テレビに出てくる人みたい」

「うん。まあ、あんな感じだ」

最近のおねえタレントはバラエティ番組に引っ張りだこだ。

「ほんとうに、おじさんの友だち?」

もしかしたら友だちは選んだ方がいいと、意見してくれるのかもしれない。

「結希ちゃんは、一番仲の良かった友だちって誰だっけ。聞いたことあるね。ひとみちゃんか」

同じ保育園に通っていた髪の長い女の子だ。結希がうなずくのを見て、腰を下ろし目線を合わせた。

「あの子が長い髪でなく、うんと短いショートカットになっても、中身が同じならやっぱり仲良しだろ？　それと似たようなものだ。初めて会ったときに比べて汐野はずいぶん変わってしまった。でも中身はあんまり変わってない。だから今でも友だちなんだ」

「初めて会ったときは？」

「もっとふつうの男の子だった」

笑ってしまったのがよかったのか、結希も相好《そうごう》を崩《くず》した。人目を憚《はばか》る秘密を共有するように、肩をすくめて言う。

「男の子だけど、今は女の人？　お化粧してたよ。スカートはいてた」

「汐野学っていうんだ。学くんだね。でもそれは内緒」

「しーちゃん？　そう言ってた」

すっかり面白がる顔になっていた。じっさい住宅街のどこかで、見慣れぬ大型犬に遭遇したようなものかもしれない。よく吠えそうなところも、すぐ噛みつきそうなところも。

4

再び汐野が姿を現したのは次の日曜日だった。入学祝いと言っていたので、どんなけばけばしい服を買ってくるのやら、もらう前から辟易《へきえき》していたが、予想に反して彼は紙袋ではなく段ボール箱を抱えてやって来た。

中から出てきたのはミシンだ。

「かわいいお洋服を買おうと思ったのよ。いろんなお店をはしごして、やっとこれはというのをみつけたのに、それがすごく高くてびっくり。だから買うんじゃなく、作ることにしたの」

敏也と結希の声が「え！」と揃《そろ》った。ピンク色のハートがべたべた描かれた玩具のようなミシンが、リビングのローテーブルに置かれる。

「おまえ、服なんか縫《ぬ》えるの？　ミシン、使えるの？」

「失礼ね。高校の文化祭ではエリザベートのドレスを縫ったのよ。トシにはピーターパンを作ってあげたでしょ」

「あれは服って言わないだろ。緑色の腰巻きだ」

おかげでしばらく裸の河童《かっぱ》と揶揄《やゆ》された。もう一枚のぞろぞろした長いのは女子生徒がまとい、フランクフルトのケチャップを落としたとかで汐野に叱られていた。よく言って民族衣装のサリーだろう。クレームをつけたかったが、結希が目を輝かせて寄っていくのでやめておいた。

学校が始まりまだ数日ながらも、結希の笑顔はほとんど見られなくなった。本人は何も言わないが、友だちが楽しげに語るママの話題がつらいのではと、学童保育の先生に耳打ちされた。先入観丸出しのうがった見方だと思うものの、六歳の子どもはわかりやすい傷つき方をするのかもしれない。魔法使いの魔法を見るように、カタカタ動くミシンを眺め、少しでも気が紛れるのはいいことだろう。

その日に仕上がったのは、筒状に縫った生地にゴムを通すだけの簡単なスカートだった。同じ生地で人形の分まで作り、汐野はお揃いだと得意がった。結希は無邪気に喜び、いつのまにか「しーちゃん」と呼んでいた。

次の週末、ふたりで過ごしてもいいと結希の了解を取り付け、汐野に頼み、敏也は亜沙子に連絡を入れた。ほんの少しの時間でもいいからとメールをすると、日曜日の昼休みに抜けてくると言う。

彼女の働く店に近いカフェを選び、窓際の席で待っていると、三十分ほど経ってから現れた。

お客さん次第の休憩時間なので、待たされるのは承知していた。ごめんねと言われ、敏也は首を横に振った。別れ話をしたあとのカップルにはとても見えないだろうし、敏也自身もなんの違和感も持たなかった。彼女の仕事の合間に、こんなふうに昼食をとるのはよくあることだった。

今までと同じように、しっかり食べなきゃと言いながら亜沙子はランチプレートを頼んだ。敏也はすでにすませていたので、コーヒーのおかわりを注文した。

メニューを片づける彼女の指先を見ていると、手を伸ばして触れたくなる。指先だけでなく、頬にも髪にも肩にも。抱きしめたときの、彼女の体が腕の中に収まる感覚が懐かしい。安心しきったように目をつぶり、胸にもたれかかってくる、しっとりとした重みが蘇る。他人事《ひとごと》のように不思議だと思った。自分はほんとうに別れたくなかったらしい。

「それで、話って?」

水を飲んだ彼女が上目遣いに言う。茶化すように、細い肩をすくめる。

「しーちゃんに怒られたんでしょ」

「うん。もっとちゃんと話せって」

「ごめんね。ルール違反しちゃった」

「そうじゃないよ。親戚のごたごたと言ったけど、もっと複雑でややこしいんだ。言いづらくて曖昧にした。ほんとうは亜沙子と」

一瞬止めたが、続けた。

「別れたくなかった」

目を見て告げることはできずに窓の外へと視線を向けた。雑居ビルの二階からは明るい街角が見下ろせる。花を散らした桜に、つややかな緑の葉が芽吹《めぶ》いていた。

「ややこしい話、今日はしてくれるの?」

声の調子はきつく、ちらりとうかがうと怒っているようだ。たじろいだところでランチプレートが運ばれてきた。

「トシがちゃんと話してくれないと、これ、食べられない」

ただの冗談にも脅《おど》し文句にも聞こえるが、現れたときの第一印象からすると瘦《や》せたかもしれない。心なしか頰もこけている。ほとんど風邪も引かず、ほっそりしていても健康で、内側からの生命力が肌の色つやに出ているような女性だった。

自分との別れ話のせいだと思っては自惚《うぬぼ》れだろうか。もとより亜沙子は言うほどドライな人間ではない。ひとりが好きなの、気ままにやれるのが一番と、ことあるごとに口にするけれど、敏也のマンションに来ては新婚カップルのようにふるまうのを楽しんでいた。

一度だけ、過去の恋について触れたことがある。結婚を考えた相手がいたらしい。何かの事情があり、別れなければならなかった。

多くを語らずとも寂しげな横顔を見れば思いの深さがうかがい知れる。彼女にとって、本気の恋だったのだろう。今でも引きずっている。

敏也はちがう。結婚も家庭も心からノーサンキューだ。

「言って。聞きたい」

「聞きたいなら」

「言いづらいけれど言うよ。おれ、この春から小学校一年生になった女の子を引き取ったんだ。今一緒に住んでる」

「え？」

「兄の子だ。前に話しただろ、火事に巻きこまれて亡くなったって」

かいつまんで事情を話した。西尾木家については以前にも打ち明けている。母の再婚先であり、そこで父や兄ができたが要するに義理の間柄だ。血は繋がっていない。

「自由になる時間が持てなくて、この先は亜沙子と会うことさえ難しい。これがほんとうの理由だよ」

亜沙子は手にしていたフォークを持ち替え、冷え切ったであろうグラタンを食べ始めた。添えられていたサラダもサーモンもフォカッチャも、ゆっくり嚙みしめ飲みこむ。

「それで、どうするの？」

「ん？」

「子どもを引き取って育てて、そのあとは？」

「何が？」

「だって」

言葉を切り、亜沙子は皿に残ったレタスの切れ端をみつめる。

「お兄さんの子でしょう？　それも血の繋がっていない。トシ自身の子どもや家庭はいいの？　いつまで育てるつもり？　結婚できなくなるかもよ」

今度は敏也が目を見張った。

「しないし、する気はないと、最初から言ってるじゃないか」

亜沙子は顔を上げ、まじまじと敏也を見返した。驚いていることに驚く。困惑しているようにも見えるが、何を考えているのかさっぱりわからない。

どれくらいそうしていただろう。休憩時間はいいのか？　時計を見れば三時近い。来てから一時間半は経っている。にわかに心配になり、かけるべき言葉を探していると、ふいに言われた。

「私にも決めさせて」

「は？」

「別れるかどうか」

「でも」

「会える時間が作れないなら、私から会いに行く。小学校一年生だっけ。もしよかったら、その子に会ってみたい」

よかったらも何も、来たら選択の余地はない。自分にはもれなく結希がついている。

すぐに返事ができなかったのは、亜沙子のキリリとした表情に久しぶりで見とれたからだ。気の強い女は嫌いじゃない。ランチプレートを押しのけるようにして、身を乗り出してくるのも好みだ。両手で受け止めたくなる。

結希が託児所を嫌がって家にこもったときに、手助けを頼める相手として思い浮かんだのは、汐野の他に亜沙子しかいなかった。

その週の水曜日、学童保育に寄ってから帰宅し、着替えて手を洗っているとチャイムが鳴った。亜沙子は家で作ってきたという、ラザニアを抱えていた。突然の来客に眉をひそめた結希だったが、間もなく敏也の腕を引っぱり小声で囁《ささや》いた。

「おじさんの友だち?」

「うん」

「ふつうの人だね」

それで見直されるのなら、汐野の持ち込んだミシンも大目に見なくてはならないと思った。

三章　放課後の探し物

1

え？　えくすて……？

お仕事は何かと結希に尋《たず》ねられた。小学一年生にはむずかしいだろうと思いつつも、敏也は答えた。エクステリア。案の定、なかなか覚えられない。

「家のまわりの、庭とか門とかガレージとかを作っている会社だよ」

「おじさんが作るの？」

「ううん。そういう会社で、事務の仕事をしている」

「ジム？」

「ジャングルジムじゃないよ」

大宮から私鉄に乗り、三つ目の駅で降りて徒歩五、六分。義父のコネでもってねじ込まれたのが、「リッカテリア」という会社だ。従業員数は二十二人。他にパートやアルバイトも働いている。

一級建築士である立花靖之《たちばなやすゆき》氏が十五年前に独立して作った会社であり、八年前に現在の場所に事務所兼ショールームを設けるさい、義父が出資協力をしている。今年、六十七歳になる義父よりも、ふたまわり近く年下になる立花だが、旧知の間柄だそうで独立資金からして援助を受けている。頭が上がらないの典型だろう。

義父が出資しているのはここだけに限らないが、リッカテリアは八年前のてこ入れを機に業績を伸ばし、従業員数も増えた。次男を頼むと言われれば断る理由はなかったにちがいない。

受け入れを承諾したものの、扱っているのは専門的な仕事ばかりだ。向こうにしてみれば一から仕込むつもりで採用した人材ではない。本人のやる気も性格もさっぱりわからない。いつまでいるのかさえ不明。やりにくいこと甚《はなは》だしい中で、ハナから期待せず、お客さま扱いの飾り物でかまわないからと二階の事務室に放り込んだ。

敏也がリッカテリアに入ったとき、事務方は創業時から経理を担《にな》っている曾根崎《そねざき》という男性社員と、雑事全般をこなすパート女性のふたりしかいなかった。それは今も続いている。曾根崎は四十歳になる妻帯者で、パートの女性は五十代半ばの主婦らしい。

雇《やと》ったいきさつは社長から聞かされていたのだろう。よろしく頼むと頭のひとつも下げられたかもしれないが、ふたりは敏也の扱いに最初から辟易《へきえき》していた。お坊ちゃまの相手をのんびりしていられるほど暇《ひま》な部署ではない。どうせなら、使いっ走りを命じられるバイトの方がよかった。役に立たないのなら、せめて邪魔しないでほしい。

そういった空気を敏也は読んだつもりだ。言われた仕事だけを黙々とこなした。データ入力であったり、スクラップブック作りであったり、備品の調達であったり。ショールームの掃除まで手が回らないとパート女性にぼやかれ、手伝ったこともある。雑巾掛けをしていると社長が気づき、あわてて飛んできた。そんなことはしなくてもいいと言われたが、大丈夫ですと控《ひか》え目に答えた。

会社の中には同年代の若い社員が数人いて、本業であるエクステリアの設計や施工、営業活動に携《たずさ》わっていた。敏也については入る前から噂《うわさ》を聞いていたらしく、好奇心にかられて声をかけてくる者もいた。中には若くてかわいらしい女の子もいて、何度か立ち話をしたけれど、じきに雲行きが怪しくなった。

気の毒にもその子は、玉《たま》の輿狙《こしねら》いと陰口を叩《たた》かれたらしい。傷ついて涙ぐむ彼女を慰《なぐさ》めたのは敏也ではない別の男で、半年後にそいつと結婚した。

下心があるように言われるのは、女性に限ったことではない。亜沙子との出会いのきっかけとなった合コンは、いいからいいから、頭数合わせだからと、軽いノリで連れて行かれたのに、誘った男は後日ねちねち絡《から》まれていた。「取り入ってどうするんだよ」「何を奢《おご》ってもらったの？」「お坊ちゃんの財布はでかいもんな」などなど、しゃれにならないやっかみだ。それらの言葉はみるみるうちに深い溝《みぞ》を作り上げ、さすがエクステリアの会社と敏也の方こそ笑ってやりたい。

ろくに話をする相手もいないまま一年が過ぎ、結希たちのことを知ってからは敏也自身、多忙を極めた。遅刻も早退も初めてやらかし、いきなり年休も取ってしまった。日頃から無口で表情の乏《とぼ》しい曾根崎にも渋い顔をされた。

年が明けると千秋の容態《ようだい》は一気に悪化し、亡くなってからは各種手続きが待ち受けていた。結希を大宮に連れて来た時期と年度末が重なり、休憩時間を削《けず》ってでも与えられた仕事を片づけた。

それらを乗り越えての四月、やっと結希の新学期が始まり、少しは楽になるかと思いきや、仕事量が以前より増えてぼんやりしていられない。営業部や設計部の社員と会話する機会が日に日に増えている。

だからだろう。

「ひとつ、訊いてもいい？」

日垣《ひがき》という営業マンに呼び止められた。庭木の仕入れ値について比較検討できるよう、資料を渡した帰りがけだった。メールで送ってもよかったが、細かな注釈をあとから入れたため口頭での説明が必要だった。

「君さ、いつまでここにいるのかな」

日垣はふたつ年上の、ガタイのいい男だ。学生時代はアメフトをやっていたという噂を耳にした。ふてぶてしい面構《つらがま》えと頑強そうな体からして、いかにもと思える。営業マンとしては堂々としすぎているが、大規模マンションの施工など、大口契約をものにするホープでもある。押すところと引くところを心得た、できる男なのだろう。

ショールームでの接客を見る限り個人客にも受けがいい。彼がいると明るい笑い声が聞こえてくるのですぐわかる。

「正直なところを教えてほしい。わからないならそれでもいいよ。見通しがないとこっちも仕事がやりにくい」

「あと数年はお世話になると思います」

「ふーん。しばらくはあてにしていいってことか。君の作ってくれる価格表や在庫リスト、見やすくて助かるよ。曖昧《あいまい》な点や要注意のポイントも書いてあるから無駄なく動ける。今までは海外の資材が頼めなかったし」

「いいえ、まったくの門外漢なので、言われたことをやってるだけです」

謙遜《けんそん》ではない。ほんとうのことだ。専門用語がちんぷんかんぷんで、いちいち人に訊いたりウェブ検索したりと時間がかかる。一年が過ぎる頃から少しずつ要領を覚え、それらしいものを用意できるようになったが、どれだけ役に立っているのかは知らずに来ている。

日垣は照れたように「庭造りって面白いよ」と目尻を下げた。

「流行《はや》り廃《すた》りがあってデザインも資材も毎年変わっていく。設計士や現場の職人たちと侃々諤々《かんかんがくがく》やり合って、ひとつのものを作り上げていくのも楽しい。本腰入れて頑張ってくれると、こっちも楽ができるんだけどな。君はいずれ、西尾木グループの中枢《ちゅうすう》へと入っていくんだろ? 取締役の椅子《いす》が用意されてたりして。おれとは最初から住む世界がちがうんだ。羨《うらや》ましいよ」

開けっぴろげに言われて、すぐには言葉が浮かばなかった。

リッカテリアの社長は、押しつけられた次男坊が後妻の連れ子であることを知っている。社員にも話したのだろう。だから日垣も「取締役の椅子」という。西尾木家の長男が不慮の事故で亡くなった今、世間一般で言えば次男を後釜《あとがま》に据《す》えるだろうが、けっしてそうはならない。実子ではないから。トップは無理でもそれなりのポジションをと、考えるのは自然なことなのかもしれない。

敏也が口ごもるのを見て、日垣は話をさくっと切り上げた。

「まあいいや。ここにいる間だけでもしっかり働いてくれれば。頼みたいことはいろいろあるんだ。また今度」

その背中を見送ってから、敏也は二階の事務室に戻った。曾根崎はパソコンにかじりついている。月末締めの旅費精算が佳境なのだろう。パートの女性はショールームの備品を買いに出かけた。銀行に寄ると言っていたのでしばらくかかる。

敏也は自分の席に着いたものの、やりかけの仕事に入りそびれ、パソコンのキーボードをなんとなくいじった。たった今の会話が尾を引いているのだろう。検索欄にひとつの名前を入力した。

佐倉将人《さくらまさと》。

「株式会社ニシオギ」の本社企画室主任という肩書きだそうだ。

フェイスブックのデータがまずあがってくる。クリックするとヨットハーバーの写真が載っていた。青い空と、重なるように並んだ白い帆。ありきたりの写真だ。「いいね！」の数は二千を超えていた。何がいいのだろう。

敏也の義父、西尾木雄太郎にはふたりの妹がいる。すぐ下の妹が美弥子《みやこ》。嫁ぎ先が佐倉家だ。佐倉泰邦《やすくに》との間に生まれたのが将人であり、長男にあたる。敏也よりふたつ年上だった。

泰邦は鉄工所を営《いとな》んでいたが業績が悪化しても浪費癖は抜けず、金策に行き詰まるたびに西尾木家を頼った。気丈な美弥子は早々に愛想を尽かし、成功を収めた実兄や、嫁ぐ前よりひとまわりもふたまわりも大きくなった実家に執着した。息子である将人もまた、母親の影響を強く受けている。

雄一を実の兄のように慕《した》い、子どもの頃はよく一緒に遊んだと、ことあるごとに吹聴《ふいちょう》している。雄一はひとりっ子だったために、たいそうかわいがってくれたそうだ。けれど雄太郎が再婚し、西尾木家の敷居はにわかに高くなった。とても寂しかったと、もっともらしく言う。

要するに我が物顔で出入りしていたのに、後妻と連れ子がやってきたので、行きづらくなったという不満だ。雄太郎も雄一も家そのものも横取りされた気になったのだろう。敏也はそういった背景を知るよしもなく、西尾木の家に入ってすぐの頃から嫌がらせを受けた。学区が異なっていたので転校先の小学校に将人はいなかったが、将人の子分がいて執拗《しつよう》に絡まれた。

うんざりする思い出は売るほどあるが、将人が未だに特別なのは、彼の野心の大きさと性根の曲がり具合による。「雄一を実の兄のように慕い」という謳《うた》い文句が、きれいごとにすぎないのは子どもの頃からよくわかっていた。今ならもっと上手に仮面をかぶるだろうが、十代の彼は父親と揉《も》める雄一を見るたびに、忍び笑いを嚙《か》み殺していた。不穏な空気に興奮し、雄太郎の決めゼリフ「出て行け！」「おまえの顔など二度と見たくない」に、目を輝かせていた。

彼の母親が褒《ほ》め称《たた》える西尾木家の総領は、彼にとって単なる親戚の伯父さんではない。雄々しく高みに立つ絶対王者なのだろう。雄太郎に認められること、目を掛けられること、特別扱いされることは、己の存在価値を押し上げる。それゆえ常に雄太郎を意識し、評価を求め続けて彼は年を重ねた。

雄一がついに出奔《しゅっぽん》したときは、万歳三唱だったにちがいない。どうあがいてもかなわない「実の子」という付加価値を持つ雄一。彼さえいなくなれば、他の血縁者にライバルはいない。自分がナンバーワンの地位に就《つ》ける。長いこと温めてきた夢だ。

表向きはさも心を痛めているような神妙な顔をしていたが、敏也とふたりきりになると天下を取ったようなはしゃぎっぷりだった。やっとこのときが来たと、あからさまな本音を口にした。そして太い眉《まゆ》を上下させ唇をひん曲げ、嬉々《きき》として言い放った。

「なあ、トシ。ここにいたければ、今まで以上におれの機嫌を取れよ。尻尾の振り方なら、さんざん教えてやっただろ」

こういったチンピラまがいの口を利く男を、義父はどう見ていたのだろう。機嫌を取るのも尻尾を振るのも、彼が日頃からしていることだ。たしかに、教えられるほど得意だろう。

かといって、他にめぼしい代役もいない。将人には妹と弟がいたが、妹はひどいアレルギー体質で体も弱く、めったに人前に出て来ない。敏也も見かけたのはほんの数回きりだ。弟はチャラけた素行の悪い男で、父親譲りの浪費癖を持っている。

義父にはもうひとり則子《のりこ》という妹がいるが、こちらは若い頃、シンガポールで暮らしていたそうだ。現地に住む日本人と結婚し、敏也が西尾木家に来る数年前に、一家そろって帰国した。以来、就職先から何から雄太郎の力にぶら下がりっぱなしだ。

娘はふたりいるが、やる気満々の男子である将人に比べると、後継者狙いという点では分が悪い。則子の夫である岸田善彦《きしだよしひこ》は今現在、不動産部門を担っている子会社で取締役社長に納まっている。娘に有能な婿《むこ》を取らせ、なんとしてでも今のポジションを死守する腹だ。

さらに雄太郎の従兄弟や、その子どもたちといった親類縁者はわらわらいるが、敏也の知る限り切れ者はいない。

西尾木家はその昔、あたり一帯を所有する地主だったそうだが、雄太郎の父の代でほとんど手放し、売るに売れない家屋敷と山林だけを残して、両親は相次いで亡くなった。雄太郎は当時、二十代半ばだった。

農家としてもやっていけず、地元の不動産屋で働いていると、所有している山林の一部が道路建設の用地にかかりまとまった金が入った。妹たちと分け合い、自分の取り分を元手に駅前の土地を買い、転売を繰り返していくうちに資金が膨《ふく》らんだ。かねてより興味のあった大谷石《おおやいし》の採掘所を買い上げ、石の加工業に乗り出す。がむしゃらに働き、成功を収め、まさにひと山当てた状態だ。

今では石材業と不動産業を柱に、自動車教習所、フィットネスジム、リフォームメーカーの経営、ショッピングセンターへの出資など、事業は多岐にわたっている。グループ全体の従業員数は千人を超え、年商は三百億円。北関東の中では名の知れた優良企業だ。

敏也は大学卒業と同時に、フィットネスジムの経営母体に入るよう命じられ、経理部で見よう見まねの仕事を始めた。けれどその矢先、県議会議員の選挙があり、義父の鶴《つる》の一声により、西尾木グループの推《お》す新人議員の事務所を手伝わされた。義父自身が政界進出を考えているわけではなさそうだが、経済界と政界は複雑に絡み合っている。持ちつ持たれつの関係ができあがっているらしい。

新人議員はぎりぎりながらも当選を果たし、その盛り上がりもあったのだろう、敏也は秘書として残らないかと声をかけられた。新人といっても四十代半ばの歯科医だった。君の働きぶりをずっと見ていたと言われれば、敏也にしても悪い気はしない。フィットネスジムには帰りづらい。

義父もまんざらでなかったようだが、そこに横槍を入れたのが将人だ。得票数を見れば次はないかもしれない、相手は西尾木家の金を当てにしているだけだ、敏也にはもっとグループ内で力を発揮《はっき》してほしい、などなど並べ立て、義父の判断や敏也の意見が出る前に直接断りを入れてしまった。

将人の考えそうなことはわかっている。議員秘書なる未知の領域に敏也が入り、万が一にもいい働きをしたらあとあと面倒だ。日陰者が就く職業でもないだろう。目障《めざわ》りになっては困る。そんなところか。

フィットネスジムにも戻れなくなった敏也は働き口をなくし、西尾木家の家財管理というわけのわからない雑用を押しつけられた。事業が成功を収めるにつれ近隣の土地を買い上げ、敷地面積は広がっていた。庭にも建物にも手が入り、かつてのうら寂しい古家から一転、本宅は堂々たる日本家屋に生まれ変わっている。来客も多く、接待には多くの人手がいる。

たしかに仕事ならいくらでもあった。十歳の頃から住み着いているので勝手もわかる。使用人の得手不得手も承知している。主《あるじ》側の人間というより、使用人そのものの働きをして、塀の補修から客布団の買い換えまで奔走していると、行方不明になっていた長男が突然帰ってきた。無理やり連れ戻されたのだ。

義父は誰が見てもわかるほど興奮していた。相変わらずがみがみと頭ごなしにどやしつけていたが、あらゆる予定を蹴散らし、夕食はひとつの卓を囲んだ。酒がまわってからは機嫌良く笑いもした。若かりし頃の自分の無鉄砲ぶりを得意げに語り、おまえも少しは逞《たくま》しくなったと、家出を容認するようなこともほのめかした。

どれほど戻ってきてほしかったのか。

久しぶりに顔を見て、嬉しかったのか。

自分の築《きず》き上げたものを、すべて息子に譲りたい。血を分けた我が子に継がせたい。

経営者としてではなく、成功者としてでもなく、ひどく人間くさい感情の塊《かたまり》になって、義父はただそれだけを望んでいた。

パソコンの画面に表示されているのは将人の、できることならもう二度と見たくない顔だ。

太い眉に真っ直ぐの鼻筋、くっきりした二重まぶたの双眸《そうぼう》、やや厚い唇、笑うとのぞく白い歯、浅黒い肌。精悍《せいかん》で男らしい風貌《ふうぼう》と言えなくもないだろう。

次代を担う若きリーダー候補として、ＰＲ誌や経済誌に掲載された写真だ。

条件反射のように敏也の顔が「けっ」と歪《ゆが》む。通り一遍の付き合いしかしていない者は、本人の自己アピールをそっくり受け取って、若者らしい荒削りの魅力を持つ男だの、じっさいは謙虚な努力家だの、手垢《てあか》の付いた褒め言葉で持ち上げるが、一緒に仕事をすればいかにやりにくい相手であるのかすぐわかる。わからなければ、そいつがよほどの愚鈍なのだ。

敏也は画面を閉じてメールボックスを開いた。そこには将人からのメールが届いている。

以前、県議会議員に当選した歯科医は、任期満了での再選がかなわず議員でなくなった。このあたりの読みは、皮肉なことに将人が正しかったことになる。ただし、すべてが終わったわけではなく、近々市議会選へ立候補するそうだ。ついては敏也にまた頼めないかと、たまたま顔を合わせたパーティで言われたという。

昔の将人ならばその場で握りつぶしただろう。わざわざメールで問い合わせたりはしない。自分以外の人間が褒められるのを極端に嫌う男であり、少しでも華やかな話題がよそに流れるのを黙って見逃せない。相手が敏也ならなおのこと。

それが、ごくふつうの文面で用件を伝えている。敏也の意思を尋ねる気があるらしい。あの男も変わったか。昔のように、雄一の影に怯《おび》えなくていい。せっかく摑《つか》みかけたものを、戻った雄一に洗いざらい奪われるという不条理から、解放されたのだろう。

「今だけだよ」

敏也はつぶやいた。

「取りあげるのは、雄一だけじゃないんだよ」

口元がほころぶ。自分にも忍び笑いを嚙み殺す日が来たのだ。

へらへらばかりもしてられず、こちらとしても丁重にお断りの返事を出さなくては。そして新着メールフォルダをクリックすると、日垣からメールが来ていた。エクステリアのメーカー数社が集まっての合同商談会が秋に行われる。手伝ってほしいとのことだ。曾根崎の承諾が得られればかまわないが、商談会は土日に行われる。結希をどうしよう。

2

リッカテリアの勤務時間は夕方の五時二十分まで。仕事を切り上げ後片づけをすると、事務所を出るのはたいてい六時過ぎだ。最寄り駅から大宮駅に出て、夕飯の買い物などをすませて七時までに学童保育に寄る。

学校のすぐそばに建てられた公民館のような建物が、放課後世話になっている学童保育、「のびっこクラブ」だ。結希は面倒見のいい三年生の女の子にかわいがってもらい、毎日の宿題もここですませている。おやつも出るし、晴れた日には校庭で遊べる。雨の日には室内での活動が工夫されている。

結希が大宮にやってきて三ヶ月が経とうとしていた。四月初旬に入学式があり、少しずつ学校にも慣れ、友だちらしきものもできたようだ。頻繁《ひんぱん》に出る名前がいくつかあった。勉強も頑張っているらしく、給食も好き嫌いなく食べきれているとのこと。元が活発な子なので休み時間も元気よく校庭で遊んでいると聞く。

けれどその日は敏也の姿を見るやいなや、職員が駆け寄ってきた。下駄箱の脇に立ち、待ちかねていたように今日の出来事を語る。

「結希ちゃん、放課後どこかに行ってるみたいなんです。まっすぐここに来るのではなく、寄り道してるようで」

驚く敏也の顔を注意深くみつめて、臼田《うすた》という職員は話を進める。三十歳前後の女性だ。

「学校の友だちと話し込んだり、校内で遊んだりは他の子でもあります。遅れてきても軽く声をかけるくらいにしています。でも結希ちゃんはまだ一年生でしょう？　気になっていたところ、今日もなかなか来ないんですよ。高学年の子に頼んで学校まで見に行ってもらったけれどみつからず、私も一緒になってこのあたりを探しました。そしたら四年生の男子が姿を見たと教えてくれて」

元クラブの子なので、結希を知っていたらしい。校門を出て、クラブとは反対の方角にひとりで歩いて行ったそうだ。

「あせっていたら、やっと結希ちゃんが現れて、胸を撫《な》で下ろしたんですけど」

どこに行っていたのか尋ねても、結希はうつむいて黙り込んでしまう。そのうちしくしく泣き出した。頭ごなしに叱《しか》りつけるわけにもいかず、今日のところはやんわり注意するに留めたが、小さな女の子のことなので事件や事故の心配もある。おうちの人からちゃんと言ってくださいと、強く念を押された。

「わかりました。心配をかけてすみません」

「行き先に、心当たりはありますか？」

「さあ。さっぱり」

「西尾木さんも大変ですよね。お仕事帰りに、いきなりこんな話で」

ガラスドアの向こうで、結希は帰り支度を調《ととの》えていた。別の職員が背中を押して促《うなが》すも、バツが悪いのかしょんぼりうなだれている。

「学校帰りの寄り道って、いつ頃からですか？」

「私が気づいたのは先週ですけれど、その前にも結希ちゃんを見かけた子がいます。ときわ橋の近くや、ひつじ公園のまわりで。今日の騒ぎで、こっそり耳打ちしてくれる子がいたんです。何かを探しているように見えたので、友だちの家かなと思ったそうです」

橋の名前や公園名だけでは場所の見当すらつかない。

「あとでゆっくり訊いてみます」

「お願いします。うちとしても、少ない人数でやりくりしているので、ここを空けてみんなで探しに行くことはできないんです」

度重《たびかさ》なれば預かれなくなると、遠回しな言い方をされた。

無理もないと思うも、他人事《ひとごと》のように聞いていられない。放課後のあてはここしかない。敏也は何度も頭を下げ、結希を手招きして帰路についた。

「結希ちゃん、どこか行きたいところがあるの？」

気まずい帰り道の途中で、敏也は試しに訊いてみた。

「クラブの前に、どこかに行ったんだよね」

視線を向けると、半袖から伸びた腕は折れそうに細く、小さな運動靴は今にも止まりそうだ。返事はない。

「友だちの家？　何かのお店？　かわいい犬がいて、それを見に行ったとか。きれいな花の咲いている公園があるとか。それともただの散歩？」

他に何があるだろう。大宮に結希の知り合いはいない。町そのものもほとんど知らない。一歩まちがえると大変なことになると、敏也はあらためて痛感した。迷子になるのはとても容易《たやす》いのだ。

今日はのびっこクラブまでたどり着けたからよかったものの、行方不明になったらたちまち警察沙汰だ。敏也のもとにも緊急の連絡が入る。そのときは、どんな仕事をしていても投げ出して、大慌てで駆けつけなくてはならない。

なぜおとなしくクラブにいてくれないのだろう。これまで学童保育からは腹痛だの微熱だので連絡を受けたことはある。安静にさせておくので早めに迎えに来るようにと言われただけで、大騒ぎをまぬがれている。微熱を出したのは金曜日だったので、週末には回復して月曜から登校した。学校からの緊急連絡はまだない。

今後も急病での連絡はあるかもしれないが、放課後の行方不明はやめてほしい。

「行きたいところがあったらおじさんも一緒に行くからさ。ひとりではダメだよ」

ガツンと言いたいのをこらえ、まずは優しく諭《さと》してみた。頭が上下に動く。うなずいたようだが、心もとない。明日、クラブに真っ直ぐ向かう保証はどこにもない。

ふつうに歩けば十分もかからないような距離を、倍の時間をかけて歩いていると、夜空の星がくっきり見える。三日月のそばに灰色の雲が細くたなびいていた。

「しーちゃんは?」

「え?」

「今日も来ない?」

汐野のことだ。けばけばしい化粧と派手な身なりがトレードマークである友人だが、結希とは仲がいい。

「今は忙しいみたいだね。でもそのうちすごく暇になるよ」

詳しいことは聞いていないが、恋に積極的な彼は意中の男を追いかけ、香港《ホンコン》か上海《シャンハイ》かに出かけている。曖昧な態度のまま姿を消した相手に、真意を尋ねたいと本人は言っていたが、やめとけばいいのにと強く思う。触らぬ神にたたりなしと、昔から言うではないか。雉《きじ》も鳴かずば撃たれまい、とか。寝た子を起こすなとか。冷たくあしらわれて帰国し、死ぬの生きるのと大騒ぎするのが今から見えるようだ。

「亜沙子もヨーロッパだしな」

結希は顔をしかめてうなずく。美容師の亜沙子はコンテストを含めた海外研修のために、一週間前に渡欧した。もしかして、ふたりがいないので寂しいのだろうか。そうも思ったが今日の話を聞く限り、寄り道をするようになったのはもっと前かららしい。

新一年生にとっての初めての夏休みが、目前に迫っていた。親の働いている子はクラブが預かってくれるが、朝から晩までの長時間になる。行方不明になってしまう子どもは警戒したくもなるだろう。ここしばらくの素行に、よくよく気をつけなくてはならない。

夕飯を作る気にもならなかったがそうも言っていられず、レトルトのシチューを温め、豚肉を塩こしょうで焼いてトマトを切った。ビールのロング缶を開ける。結希には冷凍のご飯をレンジでチンした。

生春巻きが食べたい。ムール貝が食べたい。よく冷えたガスパチョが食べたい。ハイボールが飲みたい。バーに行きたい。

そんなため息をついている場合ではなく、肉もシチューも食べ散らかす結希への小言も控え、宿題を見て、明日の時間割をセットしてから、放課後どこに行っていたのかを再度尋ねた。

なだめすかしても口を割らない。脅《おど》しのジャブを入れても、握《にぎ》られた拳がゆるまない。こうなるとてこでも動かないのを知っているので、敏也は早々にあきらめた。寄り道はダメだと結論だけをくり返す。結んだ唇が尖《とが》り、いかにも不満げだ。まだまだやるにちがいない。

日垣の顔が浮かんだ。曾根崎の顔も浮かぶ。珍しく、残念に思った。今ここでいきなりの早退などしたら信用を大きく損ねてしまう。失望される。

信用、か。そんなものを相手が持っていると、思う自分に驚く。持っていてほしいのか。そして、なくしたくないのか。馬鹿だ。あんなちっぽけな会社、どうでもいいだろう。従業員になんと思われようとかまわない。結希のためならば、雄一の残した子どものためならば、明日にも辞めて惜《お》しくない。そのはずだった。

風呂に入らせ、寝る支度をさせ、結希を自室に追いやってから、携帯をいじっているうちに亜沙子にメールしていた。放課後の結希がふらふらとどこかに行ってしまう件について。ただの愚痴だ。

シャワーを浴びてウィスキーをロックで飲んでいると、返事が来た。ロンドンにいるそうだ。向こうは何時だろう。

「叱りつけちゃだめよ。行かずにはいられないところがきっとあるのよ。行かせてあげて。そこはあの子にとって、今、とても大事な場所だろうから。取りあげないで」

短いながらも熱い文面だった。

結希と初めて顔を合わせたときの、亜沙子の表情が敏也の脳裏に蘇《よみがえ》った。春のさなかの木漏《こも》れ日《び》を思わせるような、優しい笑みを浮かべていた。愛おしそうに目を細め、これものに触れるようにそっと手を伸ばし、結希の頬《ほお》に指先をあてがった。頭を撫でるときの仕草もとろけるように柔らかい。名を呼ぶときの声が甘すぎるほど甘い。

子どもが好きなのか。だったらなぜ、結婚を厭《いと》うのだろう。

亜沙子にとって、とても大事な場所とはどこだろう。

3

翌日は幸いにして雨だった。鉛色《なまりいろ》の雲が低く垂《た》れ込めた空を眺《なが》めて、敏也は窓辺でほっと息をついた。鬱陶《うっとう》しい空模様に心が軽くなったのは、初めての経験かもしれない。

前線が停滞するとのことで、雨量は多くないながらも、降ったり止んだりのぐずついた一日になるらしい。夕方までしょぼしょぼ降ってくれれば、結希もおとなしく学童保育に行くだろう。傘を差してまで、ひとりでうろつくとは考えにくい。

「寄り道はほんとうにダメだよ。みんな心配するからね」

放課後どこに行っているのか、何をしているのか、昨日から何度となく問い詰めたが首を横に振るばかりだった。根気強く玄関先で声をかけると、結希はちらりと振り返り、うなずくよりも何か言いたそうな表情を見せた。

やっとしゃべる気になったのだろうか。ヒントでもくれるのか。敏也は腰を屈め、耳を澄ませたが、くるりと背を向け出て行ってしまった。野生動物の餌付《えづ》けに失敗した気分だ。

今朝は敏也なりに気を遣《つか》い、朝食にパンケーキを焼いた。粉の混ぜ具合や火加減にコツがあるのを体得し、手早くそれなりのものが焼けるようになった。キッチンからいい匂いが流れて、結希は笑顔をのぞかせた。朝のテレビ番組の賑《にぎ》やかさも手伝って、明るい顔で食卓についた。

けれど半分まで食べたところで急にフォークが止まってしまった。名前を呼んだが気づかぬほど、ぼんやりしていた。

何を考えていたのだろう。もしも千秋が生きていればと、柄にもなく思ってしまう。苦しい家計の母子家庭であったとしても、母親がいればもっと美味しいパンケーキが食べられただろう。味付けや食感だけでなく、なんの憂《うれ》いもなく頬張れるという意味で。

結希を見送ってから朝食の食器を片づけ、生ゴミをまとめて、身支度を調えた。自分も傘を持って表に出る。結希よりも上級生らしき男の子が背後からばたばたやってきて、敏也を追い越していった。寝坊でもしたのだろう。早くあれくらいになってほしい。

会社では朝イチで頼まれた雑用に取りかかった。倉庫内の備品について、在庫数を調べろとのことだ。三回目なので要領はだいたい摑んでいる。前回のリストをプリントアウトしていると曾根崎に手招《てまね》きされた。

これまたちょっとした雑用だろうと思ったが、珍しく椅子に座るよう言われた。

「君もここに来て二年以上が経ったんだよね。社内のことがだいたいわかったところで頼みたいことがある」

なんだろう。自然と身構えた。曾根崎は眼鏡のフレームを持ち上げ、その奥の双眸をまっすぐ敏也に向けた。

「経費削減だよ」

「は？」

「社長はどちらかといえばどんぶり勘定で細かい人ではない。社員にとってはいちいちうるさいことを言われず、働きやすい職場環境なのかもしれない。伸び伸び仕事をするのはいいことだ。でも経営面から考えれば、そうそうのんびりもしてられない。引き締められるところは締めたいんだよ。無駄は省きたい。ルーズでいい加減なのはいけない。そこでだ、君にも協力してほしい」

嚙んで含めるように曾根崎は言った。

「君なりの目で見て、ここはもっと締められるんじゃないか、というのをあげてもらいたいんだ。うちでは当たり前になってしまい、気づかぬものがいろいろあると思う。この前のロッカーのように」

「あれは……」

更衣室のロッカーを買い足す件で、曾根崎たちはいつもの出入り業者に発注しようとしていた。でも、パソコンで検索する範囲の中でも似たようなものが数千円安い価格であった。安けりゃいいというものではないと、それくらいは敏也も心得ている。取引業者とは持ちつ持たれつの関係なのかもしれない。多少高いものを買わされたとしても、それを上回るメリットがあればいいのだ。

だから参考までにという言い方をした。わかっているだろうと思っていた。けれど他のメーカーがいくらで出しているのか、気にすることもなかったらしい。

「横から口出ししてすみません」

「そんなことはないよ。値段の比較はするのが常識だ。でもつい、基本的なことを忘れてしまう。右から左への流れ作業をやってしまうんだな。他にもそういうのがあると思う。西尾木くん、意識して探してみてよ」

ロッカーの件は安い方に頼むと言ったところ、出入り業者があわてて値を下げてきたそうだ。すべてがこんなふうにうまく運ぶとは限らないが、コストカットは些細《ささい》なところから始まるし、無駄遣いが蔓延《まんえん》すると職場の士気も下がる。

西尾木の本家の仕事を手伝っていた敏也だが、じっさい関わってみると、その内容は多岐にわたっていた。主である西尾木雄太郎のスケジュール管理は会社の秘書室の領分だが、連絡を取り合って、本家でもしっかり押さえている。でないと身の回りの世話ができないからだ。働いているお手伝いさんや運転手、庭師の雇用管理もある。来客のもてなし、贈答品のやりとりも重要な仕事だ。昔の言葉で言うところの番頭や女中頭が采配《さいはい》をふるい、こまごまとした雑事を日々こなしていた。

雄太郎の後添《のちぞ》えの連れ子として、西尾木家にやってきた敏也は、当然のように彼らをよく知っている。長いこと、「敏也坊ちゃん」という呼ばれ方をしていた。そして昔の言葉で言うところの、女中頭はヨシエ、番頭は松尾《まつお》。ふたりが西尾木家の屋台骨を支えていた。

雄太郎の妹たちが何かと口やかましく割り込むので、ヨシエは家族内のいざこざにはほとんど関わらず、使用人のまとめ役としてのみ幅を利かせていた。この「幅」に並々ならぬ力があるので、妹たちも頭が上がらない。

松尾は叩き上げの苦労人で、雄太郎にとっては親の代からの知り合いらしい。松尾の経営していた会社が倒産したさい、後始末にかかる費用を雄太郎が肩代わりし、そのあたりから西尾木家に仕えるようになった。温厚で物静かな人だが、非常によく気の付く人で、ものの道理もわきまえている。

西尾木の家の中で唯一、敏也が気を許した人でもあった。後添えに入った母が肺炎をこじらせ亡くなったのは、高校二年の秋だ。前々から肩身が狭く、居心地の悪い家だった。母のために辛抱していた部分が大きい。

その母がいなくなり、箍《たが》が外れた。出て行くことだけを考えていると、松尾に思い留まるよう諭された。

「この家には、坊ちゃんを学校に行かせる余裕がたっぷりあります。高校も大学も、行きたければ行っておしまいなさい。出て行くのはそれからでいいんです」

小柄な松尾は敏也より頭ひとつ分も背が低かったが、大番頭を務める人にそう言われ、結局は首を縦に振った。西尾木家を出ても行き場所などなく、絵に描いたような転落しか待ち受けていない。松尾も自分も甘くない現実をよくわかっていたのだ。

それからはせいぜい面の皮を厚くして居座り、高校から大学へと進学し、したたかに生き抜いてやろうと思ったが、将人に足をすくわれた。西尾木家の手伝いを始めると、松尾は受け容れてはくれたものの、本意ではなかったらしい。恩義など感じず好きなようにやればいいのに。家事手伝いなど今どきの若いお嬢さんだってしませんよと、ため息交じりに言われた。

ふがいなくて申し訳なかったが、いざ一緒に働き出すと、松尾は上司としても先輩としてもパートナーとしても申し分なかった。判断力に長《た》け、機転が利いて、人の心の機微に通じている。やり過ぎなところもなく、ずさんな点もなく、絶妙なさじ加減でもって内側から西尾木家を支えている。雄太郎の成功は優秀な人材あってのことだと、若造なりに敏也は実感した。

そして今、曾根崎を見て松尾を思い出す。社長の能力もさることながら、きっちりサポートしてくれる下がいてこそ会社はまわっていく。

珍しく本音で「頑張ります」と答え、敏也は再び備品チェックに出かけた。

途中でばったり日垣に出くわした。二階に設置された自動販売機の前で女性社員と楽しそうに喋っていた。邪魔する気は毛頭なかった。先日のメールの返事もまだ出していない。目礼だけで行きすぎようとしたが、呼び止められてしまう。おまけに手招きされた。一緒にいるのは三杉《みすぎ》という営業部の女性だ。年齢は敏也と日垣の間になる。

「昨日のやりとり、三杉さんにも話してたんだ。西尾木くん、合同商談会の手伝いは大丈夫だよね？　曾根崎さんにはおれからも頼んでおくから。当日だけでなく事前準備も参加してよ」

「すみません。約束はまだ。事前準備って時間はいつまでですか？」

「そうだ、君、定時退勤してるんだっけ」

結希を引き取ってからは、迎えに行く時間があるので残業はできない。時計を気にしつつ仕事を切り上げようとする敏也に、曾根崎も訝《いぶか》しんだが、「家の方の用事なの？」と尋ねられ、うなずくと何かしらの合点がいったらしい。以後、いい感じでほっとかれている。西尾木グループに関する用事と考えたのだろう。もともとプライベートには立ち入らない人だ。

でも日垣は見るからに好奇心の塊だ。同年代の気安さもある。曾根崎ほど簡単に流してくれないだろう。

「定時後はまったくダメなの?」

「今のところは、はい。土日もすぐには返事ができなくて」

「ふーん」

いったいなんの用事だよと、今にも訊かれそうで身構えていると、横から三杉が口を挟んだ。

「この前、大宮駅前で西尾木くんを見かけたわ」

「え?」

「かわいらしい女の子と一緒だった」

たちまち日垣が色めき立つ。

「へえ。いいな。どんな子?」

「ちがいますよ。女の子はほんとうに小さな子。幼稚園くらいかな」

小学生だ。

いつか誰かにみつかるというのは覚悟していた。大宮駅前はマンションから徒歩圏で、しょっちゅう買い物に出かける。会社の人間の生活圏でもある。もしも結希と一緒のところがみつかったらどう答えるか。考えなきゃと思いつつ、後回しにしていた。

「女の人も一緒だった」

「え？」

さっきとまったく同じ反応をしてしまう。

「前に石川《いしかわ》くんから聞いていたの。西尾木くんは自分の企画した合コンで知り合った美容師さんと、付き合っているみたいだって。ほんとう？」

ほんとうだ。でも……。

「たしかに美容師さんっぽくもあったのよね」

「どんな人？　美人？」

「やあね。日垣さんはすぐそれなんだから」

「イメージからすると美人なんだよな。西尾木くん、面食いだろ」

「自分と同じにしないで」

三杉と日垣のやりとりを聞きながら、敏也は冷や汗をにじませた。誰と一緒のところを見られたのだろう。

「すごく仲が良さそうだった。顔をしかめたり噴き出したりして笑う西尾木くん、初めて見た。別人みたいだった。会社でもああいう雰囲気だといいのに。無理?」

「はあ、その」

目をそらし、曖昧な声を出した。三杉はさばさばとした物言いをする女性で、これまでもまわりを気にせず話しかけてくれた。見た目はまったくのアスリート体型だ。女性らしい丸みに乏しい。

「手を繫いで歩いていた女の子、西尾木くんの隠し子だったりして。と言いたいところだけど、どう見ても優しいお兄さんって感じなのよね。だから冗談っぽく、こんなところで話してるんだけど」

「いいな、隠し子。おれもほしい」

「日垣さんちにもいるでしょう。迷子になったときのことを考えて、わざわざGPSをつけるくらいに大事にしてる子」

「それ、アンジーだろ。隠してないし。アンジー、犬だし」

「恋人か子どもか、ってくらいかわいがっているじゃないですか」

「かわいがっててもちがうよ。西尾木くんの連れも案外、お姉さんとお姉さんの子どもだったりして。あ、お姉さんはいないのか」

兄弟は後にも先にも義理の兄がひとりだけだ。

「親戚の子どもなんです。いろいろ事情があって今、預かっていて」

ふたりの目がきょとんと見開かれる。

「差し障りがあるので、内緒にしておいてもらえますか？」

「親戚って……西尾木家の？」

「いえ」

どこまで打ち明けるか、隠すべきか、敏也は頭の中でめまぐるしく計算した。この先のことを思うと、結希の存在はある程度明かした方がいいのかもしれない。定時退勤しなくてはならないのも、休日出勤が難しいのも、理由があるのだ。どうせこの先、結希と自分は町中で目撃されてしまうだろう。

手の内を明かすなら、目の前のふたりはうってつけかもしれない。

「ちょっと待てよ。それじゃあ、一緒にいた女の人ってのは、女の子のお母さんなのか？」

日垣の問いかけに、敏也よりも早く三杉が首を横に振った。

「ちがうわよ。だってその人って……」

この言葉でたちどころに同伴者がわかる。

「あれは友だちです。高校時代の同級生」

「彼女じゃなく？　噂の美容師さんではないの？　とっても個性的だったから、美容関係の人ってそうなのかなと思った」

「あの趣味はないです」

三杉は一瞬の後、声を上げて笑った。まわりを気にして口を押さえ、さらに体を震わせる。

「話が見えないぞ。お母さんじゃなくて、彼女でもなくて、同級生?」

「そうです。ただの友だちです」

いったいどんな恰好《かっこう》をしていたのだろう。三杉はしばらく笑いが止まらない。見かけたのが汐野ならば、男を追いかけ、中国に出かける前だろう。スリットの入ったチャイナドレスくらい着ていたのかもしれない。ぱっと見では女性だが、よく見ればふつうの女性ではない。

「どういうやつなのかは、あとから三杉さんに訊いてください」

「じゃ、女の子の方は? 預かっていると言ったっけ」

「そうなんです。だから定時で帰らなきゃいけなくて。今、小学一年生です。放課後は学童保育に行ってます。お迎えの時間があるんですよ」

日垣は意表を突かれた顔になり、三杉も笑いを引っこめる。

「君が、学童保育のお迎え?」

「らしくないですよね」

「なさすぎだろう。君の口から聞く言葉じゃない」

「いろいろ事情がありまして。自分でもこんなふうになるとは思ってもみませんでした」

「親戚の子だっけ。親御さんは?」

「亡くなりました。他に引き取る人がいなくて、やむなく。すみませんが、この話は……」

ふたりとも眉をきゅっと寄せて首を縦に振った。百パーセント信じたわけではないだろうが、こちらもすべてを打ち明けてない。

「君がまったくわからなくなったよ」

「日垣さんに話したのは、急な残業や休日出勤がむずかしい理由を、やっぱりちゃんと言っておいた方がいいかと思って」

「申し訳ないが、もう一度訊いてもいいかな。会社の帰りに学童保育に寄って、まだ小さな子どもを引き取って、一緒に帰っているのか?　君が」

「はい」

「夜遊びとかせずに?」

「はい」

「夕飯を作ったりするの?　君が」

今朝もパンケーキを焼いたと言ったら、どんな顔をするのだろう。三分の二は食べてくれたけれど三分の一はゴミ箱に捨てた。これもけっこうな不快感が伴《ともな》う。作ってやったんだ、ありがたく食えと、皿を投げつけられたらどんなにスッとするか。

「向いてないというのは自覚しています」

「ほんとうだよ」

失礼な人だ。断言するほど深い付き合いはしてないのに。

「まだ信じられないけど、今の話が嘘や冗談でないのなら、無理は言わないよ」

「すみません」

「無理のない範囲ならば、しっかり働いてくれるんだよな?」

そうしようと心がけている。良くも悪くも目立ちたくない。もうしばらくの間は今の暮らしを続けたい。

思わぬ長話になってしまい、切り上げるべく時計を見て、敏也はその場から離れた。三杉はどんなふうに汐野のことを話すのだろう。日垣はまた目を剝《む》くのだろうか。

4

天気予報の通り、雨は一日降り続き、学童保育からの呼び出し電話はかからなかった。無駄を省きたいという曾根崎の話を受け、倉庫の備品点検が一段落してから、敏也はパンフレットにかかった費用を調べ始めた。ガレージや門扉《もんぴ》、ガーデンセットなどはメーカー

っている。この経費も少なからず気になっていた。

印刷会社の料金設定をひととおり確認していると定時になった。すみやかに区切りをつけて仕事を閉じる。曾根崎に挨拶してそそくさと部屋を出た。

小雨の降る中を学童保育に寄ると、臼田が何事もなかったように迎えてくれた。ほっと安堵の息をつく。笑顔になる敏也と裏腹に、玄関口に出てきた結希は元気がなかった。ちらりと敏也を見て唇をきゅっと結ぶ。

「今日は紙粘土で遊んだのよね。乾いたら、色をつけようね」

取りなすように臼田が話しかけ、結希はうなずいたものの、心から楽しんだわけでもなさそうだ。渋々、あきらめて従ったのだろうか。

考えても仕方ないので、気づかぬふりで一緒に帰った。

雨が降るね、もうすぐ夏休みだね、学校はどうだった?

沈黙も気まずいので敏也だけがあれこれ話しかけた。ほとんど反応のない中で、リボン柄の傘から丸い雫がこぼれ落ちる。今は冴えない顔をしているが、この傘を買ってやったときは大喜びで、弾けるような笑顔を向けられた。帰り道では繋いだ手と手を振りながら歩くので、マンションにたどり着く頃にはこちらまでスキップしている気分になった。あのときのように素直に心の内を見せてくれればいいのに。悩んでいることや困っていることがあれば相談くらいは乗るし、ほしいものがあればできる限りかなえてやりたい。どうせなら、明るい笑顔を見ていたい。考えながらマンションにたどり着くと、灯りの届かない植え込みで黒い塊が動いた。ぎょっとして傘を持つ手に力が入る。雫が派手に飛び散った。

塊はゆらゆらと膨らみ、やがてくぐもった奇声を発した。結希も身をすくめ固唾《かたず》をのむ。山の中で野生の獣に遭遇したときは、こんなふうに何もできず立ちすくむにちがいない。

ふぇーと変な声がして、塊はまるで飛びかかってくるようにふたりの前に現れた。

「トシ〜」

敏也よりも結希の方がすばやく反応した。

「しーちゃん」

黒ずくめで濡れ鼠《ねずみ》の汐野だ。男を追いかけ上海だか香港だかに行ってしまったが、帰国したらしい。

それからは濡れた地面に膝《ひざ》から崩れ落ち、涙に暮れようとする汐野を引きずり上げ、蹴飛ばすようにしてエントランスの中に入れ、人目を気にしながらエレベーターに押し込んだ。彼は小さな結希にまですがりつく始末だ。もう一度蹴飛ばし、最上階まで無理やり運んだ。荷物を置きっ放しだったので、敏也だけが植え込みまで戻り、スーツケースや手提《てさ》げ袋、ハンドバッグを回収した。

彼の泣き言や繰り言はお決まりのパターンなので敏也は慣れていたが、結希はおろおろと心配していた。

「ひどい男がいて、私を捨てたのよ」

「しーちゃんを?」

「聞くに堪《た》えない暴言で私をなじったの。傷つけるだけ傷つけて、まるで高みから見下ろすようにして、せせら笑ったの。悪魔的な男だったわ。そこがぞくっとくるんだけど、なんと、そいつはもうすでに他に男を――」

教育的配慮からそれ以上は言わせないよう、頭をはたいてやった。熱い風呂に入り、ピンク色のスウェットに着替え、敏也の作った回鍋肉《ホイコーロー》や卵スープをもりもりたいらげてから、汐野はスーツケースを開いて子ども用のチャイナ服やTシャツ、パンダのついたバッグや靴を取り出した。結希への土産《みやげ》だそうだ。

「世をはかなんで、黄河《こうが》に身投げしてやろうかと思ったけれど、そのとき結希ちゃんの顔が浮かんだの。結希ちゃんに会いたい一心で帰ってきたのよ。もうどこにも行かないわ。これからずっとそばにいるわね」

ちょっと待てと突っ込みを入れたかったが、すでに十一時を過ぎていたので結希を急かして寝る支度をさせた。一緒の部屋で寝ると言って聞かないので、汐野の布団も敷いてやった。

翌朝、汐野に起きる気配がなかったので、結希には無視するよう言って朝食を食べさせた。しばらく居座るだろうから夕飯を作ってもらおう、洗濯も頼もう、掃除もやらせよう、そんな話をすると結希は笑顔をのぞかせた。

気持ちが変わって放課後の寄り道はなくなるかもしれない。週末はミシンを出しての服作りも大目に見てやろう。そのうち亜沙子も帰ってくる。亜沙子ならば教育上よくないことを口走ったりしない。

会社では三杉とだけ顔を合わせた。日垣は一日、外回りだそうだ。

「私、変なことは言ってないよ。あの件は誰にも言わないね」

前半は汐野のことで、後半は女の子を引き取っている件だろう。よろしくお願いしますと頭を動かして別れた。

家に残してきた汐野は肉じゃがと貝柱のかき揚げを作ってくれるそうだ。和食が食べたいのだろう。雨が上がったので洗濯物もよく乾いたらしい。メールのやりとりをしながら退社後に学童保育に寄ると、敏也の顔を見るなり臼田が駆け寄ってきた。

「結希ちゃん、今日もどこかに行こうとしたんですよ。三年生の子が気づいてあとを追いかけて、ここまで連れてきてくれました」

油断していたので落胆が大きかった。

「結希は何か言ってましたか？」

「相変わらず何も。三年生の子もちょっとだけ注意したみたいなんです。のびっこクラブに行こうと言っても結希ちゃんがいやがったらしく、みんなが心配するからと、その子はその子なりにたしなめてくれたんだと思います。それで結希ちゃんも寄り道はやめたようですが、ここに来てからも元気がなくて」

誰だかわからないが、心の中で三年生に感謝する。

「明日からの週末で、できればよく話し合ってください」

「そうします。いろいろすみません」

金曜日の夜、やっと一週間が終わったという安堵より、週明けのことを思うと気が重くなる。話し合いが成立するとは思えない。話す気のない結希に口を割らせるのは至難の業だ。

汐野が中国から帰国し、失恋による浮き沈みのひとつひとつがやかましいところにもってきて、土曜日には亜沙子がヨーロッパ研修を終えて戻ってきた。コンテストでは優秀賞の十人に入り、本人が言うには上々の手応《てごた》えだったそうだ。

亜沙子までスーツケースを引いて成田《なりた》から直接やってきたので、広めの４ＬＤＫといえど、ふたり分の荷物で足の踏み場もない有様だ。結希はロンドン土産のワンピースとぬいぐるみに目を輝かせ、無邪気に喜んでいた。

それを見れば、気分が変わっただろう、もう大丈夫と思いたくもなるが、汐野の帰ってきたときも楽しそうにしていたから油断できない。

慌ただしく土曜日が過ぎ、日曜日はふたりに結希を頼み、敏也はひとりで町内を見てまわった。学童の先生が子どもたちから聞いたところによれば、ときわ橋やひつじ公園の近くで見かけたらしい。他にも山川《やまかわ》歯科のそば、赤い車が駐《と》まっているコインパーキングの先、という情報ももらった。

どれもが敏也にはピンと来ない。前の晩に汐野にも事情を話し、亜沙子も加えた三人で近隣の地図を拡大して探した。だいたいの見当をつけたものの、その場所があちこちに飛んでいる。方角が定まらず、共通項が思いつかない。中でも山川歯科というのはかなり離れていた。学校から一キロ近くある。こんなところからよくぞ帰れたものだと感心するやら、ぞっとするやら。

何かを探しているようだったと目撃情報にはあった。立ち止まってあたりをきょろきょろ見まわしていたらしい。友だちの家か、友だちに聞いた何かか。わざわざ探したくなるものだ。小学校の先生がこのあたりに住んでいるのか。蒲田にいた頃の知り合いでも見かけたのか。

敏也も足を止めて、左右に首を振った。背の高いマンションと、都心より敷地の広い一戸建てと、空き地と、駐車場と、平屋の部品工場と、クリーニング屋。目を引く建物は何もない。

あきらめて家に帰ると、結希が居眠りしている間に汐野と亜沙子は密談をかわしていた。

「明日の放課後、私が校門で張って、結希ちゃんのあとをつけてみるわ」

汐野に言われ、敏也はあわてて止めた。亜沙子ならともかく、黒白のボーダー柄ニットをだぶだぶに着込んだ彼は、ギャグ漫画の囚人にしか見えない。こんなのが校門近くで物陰に隠れていたら、問答無用で通報されてしまう。

「大丈夫よ。目立たない服装を、私が責任を持ってコーディネイトするから」

「えー、今日のでも充分地味よ」

「尾行なんだから、野暮ったいくらいがちょうどいいの。光り物もだめよ」

「つまんない。素敵な先生がいたらどうするの」

「それはこの先のお楽しみに取って置いて。今は結希ちゃんのことだけ考えなきゃ」

汐野をも説得する亜沙子に押し切られる形で、敏也は作戦に耳を傾けた。中国まで男を追いかけていったおかげで、勤めていた店を首になった汐野ならば、二十四時間フリーで動ける。どこにも行くなと言っても聞かないなら、結希の足取りをこっそり追うのは有効な手段かもしれない。

引き続き汐野も亜沙子も敏也のマンションに泊まり、月曜日はにぎやかに結希を送り出した。敏也はのびっこクラブの代表に電話を入れ、今日の放課後は結希の様子を見てみると伝えた。うまくいけばいいけれど、結希が迷子になっても困るし、汐野が警察に捕まっても困る。

会社に出ても下校の時間が迫ると携帯電話ばかり気になって、落ち着かない。汐野はどんな恰好で校門前の電柱に隠れているのだろう。誰の目にも触れないことを祈るしかない。

午後三時十分、メッセージが入った。（結希ちゃんがひとりで校門から出てきたので尾行開始）と。すぐさま亜沙子から（気をつけて。しっかり）と激励《げきれい》が飛ぶ。ふだんだったら仕事中なので携帯など見られないが、今日は本部で研修の報告会があるそうだ。敏也は（みつからないようにな）とだけ送った。結希にもだが、住民の目が心配だ。

それきり間が空き、十分後に（うろうろしてる）（ときわ橋のそば）と届く。事務室で自分のデスクに座っていた敏也は、マウスを動かし大宮の地図を表示した。拡大し、ときわ橋近辺をみつめる。

（駐車場わきの草むらに座ってしまったわ）

汐野のメッセージが入る。

(縁石にちょこんと腰かけてるの。駐まっている車の陰になるし、草も茂っているから、まわりの人には気づかれないかもしれない)

　亜沙子が応じる。

(車、危なくない？　草むらも心配)

(一応、駐車場の外よ。まわりは家も建っているし、見通しのいい場所だから危険はないと思う。大丈夫)

　敏也も問いかけた。

(そこで、あの子は何をやってるんだ？)

(わからないの。ただじっとしてるだけ。ほんとうに動かないのよ)

(ぼんやりしてるのか。それとも誰かと待ち合わせ？)

(さあ。でも、きょろきょろはしてないわね。駐車場に背を向けて、まっすぐ前を向いている)

(前？)

　詳しい住所を教えてもらう。グーグルマップをストリートビューに切り替え、丹念に見ていくと、それらしい駐車場がみつかった。左奥に草が茂っている。ここかもしれないと、のぞき込んだ。いったい何をしているんだろう。

　まわりには、どこにでもあるような一戸建てが並んでいる。平凡ながらも静かな眺めだ。「前」という言葉を思い出し、画面をぐるりと回してみた。そしてハッとする。

マウスを掴み、映っているものをクローズアップする。

古ぼけたアパートらしきものがあった。二階建てで上下におそらく三部屋ずつ。灰色のモルタル壁に窓がはめ込まれ、ベランダはない。軒下《のきした》に洗濯物がぶら下がっている。大宮駅は新幹線の通るそれなりの街だが、地方都市ののどかさもあり、駅から徒歩圏であっても落ち着いた住宅街が広がっている。アパートも築年数が浅く、こじゃれたものばかりだ。

見るからに古くさい建物などめったにお目にかかれない。でも画面に映し出されたそれには、いやでも蒲田のアパートが重なる。亡くなった千秋と身を寄せ合って暮らしていた場所だ。

これを探し求め、歩きまわっていたのか。

結希はほとんど母親のことを口にしない。朝起きてご飯を食べて、学校に行って授業を受け、友だちと遊び、のびっこクラブに寄って、敏也が迎えに来たら帰る。そのくり返しだ。たまには笑うし、しょんぼりするし、わがままも言うし、ふてくされる。汐野や亜沙子がいれば甘えたり、無邪気にはしゃぐこともある。

子どもなりの柔軟性でもって、新しい生活に馴染《なじ》んでいるように見えた。空元気《から》や強がりだったとしても、今のここが踏ん張りどころだ。負けずに乗り切ってほしい。できうる限りの環境を与えてやっているという自負もあった。我慢はお互い様だと。

でも、親の死を、それもたったひとりの身内だった母の死を、そう簡単に乗り越えられるわけがない。

(汐野と、新潟の町に出かけたときのことを思い出した)

メッセージを送る。

母親が亡くなって間もなくの頃、どういうわけか母の郷里を見たくて、同級生だった汐野を誘って電車に乗った。どういうわけかの「わけ」が、今ならばわかる。母に会いたかったのだ。母の生まれ育った町を歩いているうちに、若い頃の母とすれ違うような気がした。みつけられるような気がした。あの頃自分は高校生だった。それでもそんな、理屈に合わない妄想を抱き、見知らぬ町にはるばる出かけた。

(亜沙子の言う通りだな。そこは今の結希にとって大切な場所なんだろう)

ふたつの瞳は今、じっと窓辺を見つめているはずだ。そこに母の面影《おもかげ》を探して。

やがて母は窓辺に現れる。学校で起きたこと。先生の話。給食の好き嫌い。褒められたこと。困ったこと。嬉しかったこと。聞いてほしいことをみんな話す。千秋なら、きっとひとつひとつに優しく耳を傾ける。

そういう母親がいた幸福。そういう母親を失った不幸。結希の小さな両手にはふたつが乗っている。

（トシ、どうする？）

（しばらくそこにいてくれよ）

（あら、ランドセルの中から教科書を出したみたい）

（母親に聞かせてやりたいんだろうな。そこから見えるアパート、蒲田で住んでいたのと似てるんだよ。似てるのを探し歩いたんだと思う）

（やっとみつけたんだね）と亜沙子。

みつけられてよかったねと、彼女の気持ちが聞こえる。

（そうだね。よかったよ）

自分にも汐野にも亜沙子にも、そして先生にも友だちにも埋《う》められないものがある。

古びた殺風景なアパートをみつめていると、背後に人の気配があった。振り向くと、書類を片手に日垣がやってくる。合同商談会の予算について相談したいことがあるという。

仕事中だ。すぐに頭を切り替える。でも彼の手にしているクリアファイルに目が吸い寄せられる。犬の絵がついていた。そういえばアンジーという愛犬のいる男なのだ。迷子になったら困るからとＧＰＳ機能の付いた、おそらくは首輪を買い与えているらしい。

「ＧＰＳか」

「ん？　なんか言った？」

「ほったらかしにもできないけれど、自由にもさせたいので、ＧＰＳ機能はアリかもしれません」

用意してやろう。心ゆくまで窓辺の母に話しかければいい。

現実逃避ではない。それが結希の生きる現実なのだから。

四章　なかなかの物件で

1

「家族構成はどうなってらっしゃるんでしょう」

四月から新しく担任になった谷川恵美《たにがわえみ》先生に正面切って尋《たず》ねられ、敏也は返事に窮した。

そんなものはいませんと言ってみたい。

血縁関係からすれば正しい返答だ。高校生のとき実母を亡くして以来、天涯孤独な身の上だ。

けれども今、扶養《ふよう》義務のある子どもを抱えている。

「個人的なことに立ち入ってすみません。ですがやはり、担任としては事情をうかがっておきたいのです。お話しいただける範囲でかまわないので、教えていただけませんか」

「はあ、まあ、そうですね」

歯切れ悪く反応する敏也に、谷川先生は力を込めるようにしてうなずいた。

結希が大宮にやってきて丸三年が過ぎた。

越してきてすぐ、新一年生として近所の公立小学校に入り、二年生は持ち上がり。三年に進級すると組替えがありクラスメイトも先生も替わった。

そのまま四年生にあがるとばかり思っていたら、人事異動により担任の先生が転出。替わって受け持ちとなったのが谷川先生だ。四月半ばに行われた初回の保護者会は欠席したので、顔を合わせるのは今日が初めて。

結希の通っている学校では毎年五月下旬に個人面接週間が設けられる。保護者と先生とのマンツーマンの時間だ。曜日や時間を決められ、都合が悪ければ他の人と融通し合いながら、子どもの教室まで出向く。

西尾木結希の名前で指定されたのは、水曜日の午後四時四十分だった。あらかじめわかっていたので会社に申し出て早退し、敏也がたどり着いたのは約束の五分前。廊下に置かれた椅子《いす》に人影があった。予定が押すのはいつものことだが、間にひとりいるなら十五分以上は待たされる計算だ。

歩み寄ると、子どもの母親なのだろう、女性が顔を上げて会釈《えしやく》した。親しげな笑みと共に「どうぞ」と促《うなが》され、隣の椅子に腰かけた。

「お久しぶりですねえ」

そうなのだろうか。

「今日は会社から直接？」

「はい」

「偉いわあ。お仕事しながらもきちんとなさっていて。結希ちゃん、この頃どうです？新しい先生のこと、何か話してます？」

いきなり訊かれても。とまどう敏也をよそに女性はしゃべる。

「四年生にもなればいよいよ勉強も難しくなるでしょう？　子どもなりに知恵のつく時期でもあり、友だち関係で問題が起きやすいんですって。前の先生はベテランだったから目《め》配《くば》りも利いていたと思うの。遠足の班作りでも休み時間の過ごし方でも、注意深く見守ってくれたし。でもほら、谷川先生はお若いから」

敏也は目立たぬよう眉《まゆ》をひそめた。わからないことだらけだ。そもそも話しかけてくるこの人は誰だ？

「谷川先生、去年初めて担任を持たされたそうなの。いろんなもめ事があったみたい。大きなものから小さなものまで。今年は無事にすむよう、保護者もしっかりしなくてはと先日も話が出てね。ああ、西尾木さん、四月の保護者会にいらっしゃらなかったでしょ。帰り道にご一緒した方からうかがったのよ。学校に任せきりじゃだめなんですって。うちはひとりっこだからどうしても情報に疎《うと》くて。そう言ったら、今度うちうちで親睦《しんぼく》会をしましょうとおっしゃってくださったの。よかったら、西尾木さんもお誘いしましょうか」

　意味ありげな目配せを添えられ、「え？」と訊き返す。上の空だったので相槌《あいづち》ひとつも打ちづらい。うちうちとはなんだろう。

　敏也の表情をどう受け取ったのか、女性は楽しげに肩をすくめた。

「心配しないで。大丈夫。私も行くから。結希ちゃんならうちに置いていけばいいわ。主人が見てくれる。子ども同士で遊んでいればあっという間よ。西尾木さんもたまにはいいじゃない。親同士の横の繋《つな》がりって、いざっていうときとても大事なのよ。ちょっとしたことでも、へんなふうにこじれることがあるから。今のうちに力になってくれる人を作っておきましょうよ」

　ますますわからない。この人の家に結希を預け、どこに行くのだろう。時間は昼なのか、夜なのか。おかしなものを売りつけられる危険はないか。宗教関係ではないか。

　警戒心を働かせていると教室のドアが開いた。中から年のいった女性が出てくる。立ち上がった敏也たちに気づき、微笑んで頭を下げて引き上げていく。あれも児童の母親か。それとも祖母だろうか。

　隣の女性は先生に呼ばれて教室に入っていった。

待つこと二十分弱。敏也が最後らしく、他に保護者は現れなかった。ときおり聞こえてくる笑い声を背に携帯のアプリゲームで時間をつぶしていると、椅子のきしむ音がして女性が出てきた。「またね」というささやきに、曖昧《あいまい》に頭を動かした。教室では初対面の先生が待ち受けていた。

そして初《しょ》っぱなに家庭環境が問われた。

「調査書によりますと、結希ちゃんとのふたり暮らしとのことですが、同居してる方がいらっしゃるのでは」

「はあ」

顔がふたつ浮かぶ。汐野と亜沙子だ。それぞれアパートの一室を借り、家賃は払い続けているようだがほとんど帰らない。結希の世話をちょこちょこ頼んでいるうちに、4LDKの四部屋が振り分けられすっかり我が物顔だ。アパートから持ってきた着替えや日用品が季節ごとに増え、それぞれベッドまで買い込んだ。

ひとつ屋根の下での共同生活、今風に言うとシェアハウスに近いけれども、亜沙子と自分は男女の関係だし結希は養い子だ。汐野は小遣《こづか》い銭を稼《かせ》ぐ程度の仕事なので、生活費の類《たぐい》をまったく入れない。ただの居候《いそうろう》。だったら家事に励んでくれればいいものを、ふらふら不在にするので任せられない。家事に関しては亜沙子も仕事が忙しいので戦力外だ。ふた

結局、学童保育へのお迎えも朝晩の食事も学校関係の用事も敏也がやるしかない。ふた

りがいて助かるのはどうしてものときくらいだが、そのどうしてもがいきなりやってくるので追い出すこともままならない。子どもひとりを育てる上で必要不可欠な保険みたいなものだろうか。

「今のところ同居人がふたりいます」

「失礼ですけれど、それは西尾木さんのご友人で？」

「はい。まあ」

「立ち入ったことをうかがいますが、ご結婚のご予定とかは？」

さすがに立ち入りすぎだろう。感情を顔に出してやる。

「すみません。実は、四年生ともなるとおませな子もいまして、結希ちゃんのおじさんは誰と結婚するのだと、しつこく尋ねている場面に出くわしました。もちろん注意しました。そういうことは、まわりの人がとやかく言ってはいけないと。でもそのあと、結希ちゃん自身が思い悩んだ顔をするんです。気になって声をかけてみましたが、何も話してくれなくて」

「ほっとけばいいですよ」

今度は先生の眉がぴくりと動いた。仕方なくフォローする。

「しばらく誰とも結婚するつもりはありません。結希もわかっています」

「そうでしょうか。おじさんが結婚すると自分の居場所がなくなるようで不安という気持ちは、大なり小なりあると思います。子どもは大人が思うよりずっと敏感ですし」

「だとしても、予定なしとしか言いようがないです」

「わかりました」

ほんとうかよと突っ込みを入れたくなった。納得していないが今日のところは引き下がると、先生の顔に書いてある。この担任、ほんとうに大丈夫なのだろうか。廊下で会った女性や他の母親たちはこのあたりを頼りなく思うのだろう。

気まずい雰囲気の中、プライベートな質問は立ち消えとなり、結希の学校での様子や授業態度へと話がうつった。忘れ物が少なく宿題もやっているというのを聞き、敏也はほっとする。

けっして生真面目《きまじめ》で几帳面《きちょうめん》な子ではなく、むしろ真逆だ。だらしなくテレビを見てゲームをやって着替えを脱ぎ散らかし教科書もノートも置きっ放し。学校からのプリントも出さない。宿題もごまかそうとする。明日の用意をしない。畳《たた》んだ洗濯物をしまうことさえ面倒がる。夜中に突然、あれがないこれがないと言い出す。

大宮に来る前のアパートを思うと、母である千秋は狭《せま》いなりにも部屋を片づけていた。だらしない女性ではなかった。誰に似たのだろう。それともしつけをする時間がなかったのか。

ともかく妥協せずに事細かく注意し、忍耐強く粘《ねば》ってこその生活改善だ。

「仲良くしているお友だちはご存じですか？」

「は？」

「結希ちゃんのお友だちです。放課後は学童保育でしたね。学校外で遊ぶことは少ないかもしれませんが、仲のいい子が数人いますよ」

だったらなんだろう。いるならいいではないか。

「一、二年のときから同じクラスの子もいますし、三年生のクラス替えでできた友だちもいます。おうちに帰ったら訊いてあげてください」

「はい。わかりました」

納得は横に置いといて、話を切り上げたい一心でうなずいた。今度は先生が「ほんとうかよ」と突っ込んだにちがいない。

学校とはなんて面倒くさいところなのだろう。いや、学校に限らず人の集まるところは常にややこしいことだらけだ。

2

個人面接が終わったあとは学童保育に寄り、結希を引き取って帰路に就《つ》いた。先生、どんなことを言ってた？　おじさん、何を話した？　気になるらしく何度も尋ねられた。

「結希ちゃんが仲良くしている子は誰なのか訊かれた」

「誰って言った?」

「すぐには浮かばなくて困った」

「やだあ。赤羽末玖《あかばねみく》ちゃんや川久保《かわくぼ》リンちゃんだよ。いつも言ってるのに」

「そうか。聞いたことがあるな、それ」

結希は口を尖《とが》らせ、握《にぎ》った拳でパンチのまねごとをする。あくまでもまねごとだ。ほんとうの父親だったなら力任せに叩《たた》かれるのかもしれない。

「そういえば個人面接の順番で、ひとり前って誰だろう。廊下で話をしたんだ」

「リンちゃんだ。それ、リンちゃんのお母さんでしょ」

「ふーん」

「何を話したの?」

「お久しぶりですねって、そんなとこ」

「他には?」

「短い時間だったからな」

親睦会の誘いについては触れなかった。行けと言われたら困る。まったくそそられない。

そのうち顔も名前も忘れてしまうと思っていたが、すぐ翌日、結希がしきりに「リンちゃん」を連呼する。

週末の土曜日、近所の幼稚園でバザーがあるそうだ。一緒に行こうと誘われたらしい。これまで敏也たちは結希の交友関係に極力関わらずに来た。平日は学童保育があり、土日は敏也の休日でもある。ごくたまに蛍《ほたる》を見る夕べや神社のお祭り、子ども向けの人形劇に行きたがったが、その都度大人三人、正しくは汐野や亜沙子が手分けをして付き合った。

友だちの家に遊びに行くことや、それぞれの家族を交えての外出は、結希自身が気乗りしなかったのだろう。自分から言い出すこともせがむこともなかった。友だちがお母さんやお父さんに甘えるのを見たくなかったのだと想像する。

汐野や亜沙子は不憫《ふびん》がるが、敏也としてはよけいな手間ひまがかからずありがたかった。休日もやらねばならないことはいろいろあり、この頃では会社のイベントにも駆《か》り出される。映画でも遊園地でも買い物でも、亜沙子たちが連れて行けば充分楽しいだろう。無理に友だちと遊ばなくてもよろしい。そう思っているのに、リンちゃんだ。

一緒に行きたいと言う。バザーの開始は午前九時半。毎年盛況《せいきょう》で、開門前に大勢の人が並ぶらしい。目当ては手芸品やお菓子などの即売会や、家庭より持ち寄った不用品のリサイクルコーナー。ブランド食器やタオル類、雑貨、衣類が多量に放出される。

他にも子どもの喜びそうなゲームや模擬《もぎ》店が並び、小学生でも楽しめるそうだ。リンちゃんというのはひとりっ子で、今現在幼稚園に通う弟や妹がいるわけではないが、その幼稚園の出身なので毎年遊びに行く。

どうやら結希は去年や一昨年も誘われた口ぶりだ。尻込みしていたようだが、今年は行く気になったらしい。

「おじさん、リンちゃんのお母さんとお話ししたんでしょ。リンちゃんのお母さんね、おじさんのことイケメンって言ってたって。リンちゃんは前から言ってたんだ。結希ちゃんのおじさんかっこいいねって。モテるでしょうって。どうかな。おじさん、モテる？　でも亜沙ちゃんがいるもんね。リンちゃん、亜沙ちゃんのこともよく知ってるんだよ。編み込みの三つ編みしてもらってすごく喜んでいた」

「バザー、おじさんは行かないよ」

結希はほんの一瞬、哀しげな顔になったがすぐに笑みを取り戻す。

「わかっているよ。私とリンちゃんがふたりで行くの。おばさんも幼稚園でお手伝いしてるんだって。ふたりで行けるから平気」

だったらいいか。どうせなら朝から夕方までゆっくり遊んでくれると助かる。模擬店で焼きそばやおでんを食べてくれれば昼飯の世話もいらない。

結希の服を縫《ぬ》って以来洋裁に目覚めた汐野は、バザーと聞いて「出品したい」と騒いだ。見よう見まねの自己流だったのを昨年の秋、一念発起して洋裁学校に通い始めた。学費を貯金からひねり出し、教科書に付箋《ふせん》をつけマーカーを引き、必死にカリキュラムと格闘しているのを見ると多少は応援したくなる。でもあとからあとから備品が増え、型紙や生地も増え、占拠《せんきょ》しているひと部屋からしょっちゅうはみ出す。甘い顔もしていられない。バザー出品も部外者お断りに決まっている。汐野の作る服が幼稚園のカラーに合うはずもない。

おとなしく留守番をしているように言うと、幸い、取りかかっているドレスがあって残念ながら手が離せないそうだ。わざわざ見せてくれたのは予想を少しも裏切らないシュールな代物《しろもの》だった。

亜沙子は「きっと楽しいよ」と結希を励ます。美容師なので土日はたいてい出勤だ。バザーの朝、結希が目覚まし時計よりも早くに起きたので珍しいと思ったら、亜沙子と約束していたらしい。肩まで伸びた髪の毛をきれいに編み上げてもらい、ご機嫌だった。

昼食代も兼ねて小遣いを持たせてやり、九時半に送り出した。亜沙子は予約の客がいるからと九時前に出て行った。汐野は起きる気配がまったくない。朝食の後片づけをすませ、洗濯物を干し終わると、ぐずぐずせずに敏也は外に出た。

ひとりになれる貴重な時間だ。駅まで歩き路地裏にある喫茶店に入り、窓際の席に座るとキリマンジャロを頼んだ。それが運ばれてくる前に、携帯電話から西尾木グループの各社のサイトをひらく。どれも見慣れている画面だ。新着情報のみをクリックし、発表された新製品の概要や予定されているイベントに目を通す。コーヒーを飲みながら、株式評価もチェックした。

ひととおりぐるりとまわってから、今度は個人がやっているフェイスブックやブログを斜め読みする。直接の知り合いではなく、ほとんどが佐倉将人の交友関係から拾った人々だ。

後継者と思い定めていた息子が亡くなり、敏也の義理の父に当たる西尾木雄太郎は甥の将人を後釜《あとがま》に据《す》えるつもりらしい。グループのメイン会社に入れてそれなりの役職に就かせ、これから一段ずつ階段を上がらせていくようだ。

将人はすっかりその気で、近い将来すべてを引き継ぐ者として鼻高々だ。年明けには東南アジアをぐるりと見てまわり、大いに得るものがあったとフェイスブックに書いてあった。政財界の大物に会ったエピソードを得意げに綴《つづ》り、同年代の友人との飲み会では気さくな人柄をアピールし、伯父のお供をしての外遊は過剰なまでに親密ぶりを語る。

敏也はそれらを冷めた思いで眺《なが》めていた。数年前までは嫌悪感をどうすることもできなかった。彼の名前が目に触れるだけで、噂《うわさ》話が耳に入るだけで、真っ黒な感情が沸《わ》き上がった。酒に溺《おぼ》れたことも、力任せに物を壊したこともある。苦しいあまり彼にまつわる何もかもから目を背《そむ》けた。無関心を装《よそお》い、頭の中から閉め出した。

けれども三年前、結希を大宮に連れてきてから自分は変わった。変わることができた。

今でも負の感情は生き続け、むしろ肥大しているのだろうが、それらを制御できる力を自分は得た。

焦《あせ》らなくてもいい。急がなくてもいい。

すべてをひっくり返す一手は掌中《しょうちゅう》にある。機が熟すのを待つだけだ。

喫茶店を出てから書店に寄り、経済誌のコーナーで知っている雑誌をいくつかめくった。ビジネス書の棚では何冊か見比べ、面白そうな一冊を選んだ。傾《かたむ》いた会社を再建した人の具体的なノウハウ本だ。レジに向かう途中、エクステリアに関する本が目に入り自然と足が止まった。

手に取ってページをめくる。どのメーカーがどんな建材を使っているのか、設計者は誰なのか。特集で取り上げられたグラビア記事、目を引く写真、流行の植栽、施工主たちのコメント、自慢話、あるいは失敗談も興味深い。ビジネス書より夢中になって読みふけった。

義父のコネでもぐりこんだ会社なのに、仕事として日々関わっているうちに用語から卸値まで身についた。経理をメインでやっているので、コストをふまえての意見は日垣に重宝がられている。次第に自分でも欲が出て、仕事量が増えた。ここは悩ましいところだ。結希を迎えに行く都合があるので、定時に帰らなくてはならない。

これもあと一、二年すれば、融通が利くようになるかもしれない。高学年になったところで学習塾に通わせるのも手だ。塾のない日も夕方の留守番くらいできるだろう。無理して学童保育に預けなくてもいい。自分も迎えの時間に縛られずにすむ。

あと一、二年。そう思い、敏也は書店のフロアで立ち尽くした。手にしているのはビジネス書だ。エクステリアの本は買わない。前者はこれからの自分に必要な本であり、後者は必要ない。頭でわかっているのに、なぜよけいなことを想像しているのだろう。日垣たちがときどき熱く語る五年後、十年後のリッカテリアについて、うなずきながら耳を傾けている自分を思い出し、舌打ちしたくなる。

レジで会計を済ませると、敏也は久しぶりにフレンチの店に出かけた。土曜日の昼間に男ひとりで入るような店ではないが、白いクロスのかけられたオーソドックスなテーブル席で、コース料理を味わいたかった。そんな時間も機会も著《いちじる》しく欠けている。身だしなみも同じくだ。服装も靴も鞄《かばん》も時計もおざなりでいい加減。質は低下する一方だ。気に入った店で気に入った物だけを買っていた頃が懐かしい。

結希にも当初はそれなりのものを買い与えていた。どうせなら自分の好みに合った女の子を育てたい。けれどひと月もするとどうでもよくなった。なんとかちゃんの着ていた服がかわいい、どこそこで買ったんだってと言われ渋々付き合うと、そこは信じられない安値のディスカウントショップだった。うんざりする敏也をよそに結希は目を輝かせ、派手な絵のついたTシャツやスカートに小躍《こおど》りした。デパートの子ども服売り場で、居心地悪そうにもじもじするのとは対照的だった。

言い争うのも面倒で、あれもこれも籠《かご》に入れて、全額をカードで払って帰宅した。あとから亜沙子に言うと、子どもはすぐ大きくなるので高い服は不経済だそうだ。そんなのも知らないのとあきれられ、ますますどうでもよくなった。

これに汐野の手作り服が加わるので、結希のワードローブは推《お》して知るべしだ。

牛ほほ肉の赤ワイン煮込みをたいらげ、皿を片づけてもらったところで携帯を操作した。ついさっき眺めたばかりのサイトを表示する。西尾木グループのメインページ、会社案内が載っている。代表取締役社長としてあるのは義父の名前。面長《おもなが》で頬骨《ほおぼね》が高く、目つきの鋭い風貌《ふうぼう》が浮かんだ。

最後に会ったのは半年前だ。西尾木家の菩提寺《ぼだいじ》が多額の寄付金をもとに改築され、そのお披露目《ひろめ》会に呼ばれた。おまえの母親も眠っていると言われればむげにできない。向原にある本宅には寄らず直接寺に出向くと、義父はすでに到着していた。

敏也に気づくなり、目つきひとつで呼び寄せる。

「立花のところで、しっかりやっているようじゃないか」

リッカテリアの社長だ。

「この前、そう言われた」

敏也は神妙な顔になりながらも驚いてみせた。卑屈になってもいけないし、図々しくてもいけない。従順でありつつ、ある程度の利発さも求められる。

「立花社長に会う機会が？」

「先月だったか、何かのパーティでばったりね。おまえのことを褒《ほ》めていたよ。わたしへのお愛想かとも思ったが、昔からおまえは仕事相手に気に入られるからな」

そんなふうに言われたのは初めてだ。返す言葉が思いつかない。

雄一が生きている間は雄一しか眼中にない人だった。亡くなってからは、後釜に据える後継者のことで頭がいっぱい。将人に絞《しぼ》った今は息子代わりと公言し、周知徹底に努めている。

その将人といえば到着が遅れ、来賓《らいひん》たちが本堂に着席する頃になってようやく現れた。雄太郎の隣に座る敏也を見るなり顔色を変えた。義父の実妹にあたる佐倉美弥子が息子に気づき、目尻を下げて手招《てまね》きしたが、憮然《ぶぜん》とした面持《おもも》ちでまわりに何か言っている。悪態をついているのだろう。ときどき敏也に向かってガンを飛ばす。

わかりやすい男だ。仕事関係では義父の隣にへばりつき、息子としてふるまうのだろうが、親戚関係の中では甥であることがはっきりしている。他の来賓と挨拶《あいさつ》を交わしている義父は、将人の方を見ようともしない。気がついていないのか、わざとなのか。敏也も無視を決め込んだ。将人の歯ぎしりが聞こえてくるようだった。

読経のあと、新しくなった大広間に食事の席が設けられたが、これについてはあらかじめ遠慮する旨を伝えてあった。参列者が出口へと歩き出す前に、敏也は義父に挨拶した。

「今日は久しぶりにお目にかかれて嬉しかったです」

「なんだそれは。他人行儀だな」

他人の線引きをしているのはあんただろうと言ってみたいが、苦笑いだけ返す。

「大宮のマンション、住み心地はどうだ」

「ありがとうございます。すごく快適です。このままあそこに居させてもらってもかまわないでしょうか」

肝心なことなので、懇願《こんがん》口調で尋ねた。義父は鷹揚《おうよう》にうなずいた。

「向原よりもいいか？」

敏也の返事を待たずに、義父は低い声で言った。

「大宮のあれは、いずれおまえにと思っている。駅にも近いし、広さもある。なかなかの物件だろう。そのつもりでいなさい」

ありがとうございますの言葉はあえて飲みこむ。恐縮した体で頭を下げた。卑屈になってもいけないし、図々しくてもいけない。絶えず顔色をうかがい、疎《うと》まれないよう最大限気を遣う。それが西尾木家で生き延びるために身についた知恵だ。義父の機嫌ひとつで、自分はいともたやすく追い出される。庇《かば》ってくれる人はいない。

いるとすれば使用人の松尾だが、この日は顔を見なかった。敏也が大宮に移り住んで間もなく、松尾は自ら願い出て向原の家にいとまをもらったそうだ。高齢者向けの集合住宅を終《つい》の棲家《すみか》にしたと聞く。

松尾がいたならばと、これまでも何度か考えた。

結希の母、千秋の骨は永代供養《えいたいくよう》をしてくれる寺に預けてあるが、亜沙子や汐野にうるさく言われ、お彼岸や二月の命日には結希を連れて訪れている。

ふつうの墓参りとはちがい、墓石ではなく共同の供養塔に手を合わせるだけだ。それでも途中で買い求めた花を供《そな》え線香の煙の中でたたずんでいると、さまざまなものが去来し、柄にもなくうつむいてしまう。ぼんやり空を仰《あお》いだこともある。

松尾がいたら、千秋の骨を雄一と同じ墓に入れなくてはと、きっと言い出す。それが雄一の供養にもなるのだと心を砕《くだ》いて道筋を作る。敏也の母の葬儀もきちんと執《と》り行い、西尾木家の墓に納骨し、位牌を仏壇に置いて一周忌も三回忌も仕切った人だ。今のマンションには仏壇がないので、敏也にしてもたしなめられるかもしれない。

怒られてみたいとふと思う。

義父にご機嫌伺いをしたがる人がいるので、会話が途切れたところで身を引いた。叔母たちは敏也に目もくれないが、叔父のひとりはもう帰るのかと声をかけてきた。義父の下の妹、則子の連れ合いの善彦だ。時間がないと謝り本堂を抜け出した。将人と顔を合わせたくない。けれど表に出たとたん、彼の部下が駆け寄ってきた。捕まえろと命じられたらしい。やっていることが中高生の頃と変わっていない。

体育館の裏ならぬ本堂の裏に連れて行かれたら、さすがにひと言くらいかましてやりたかったが、敏也を引き留めたまま将人は来客と華々《はなばな》しくやりとりしている。ひとり終わるとまたひとり、いっこうに切り上げる気配がない。

差し向けられた部下と共に眺めながら、敏也はふと我に返り、これもまた新手のいやがらせだと気づいた。怒るよりあきれてしまう。付き合う気は毛頭なかったので、部下を振り切り寺を辞した。

今さらだが将人に比べれば雄一の方が何倍、いや何十倍もましだ。

思っても仕方のないことを再び夢想しかけると、テーブルに置いた携帯が振動した。汐野からの電話だ。なんだろう。

同時に食後のコーヒーも運ばれてきた。ウェイターに目配せして、通話のために店の外に出た。

「たいへんよ。どこにいるの。今すぐ帰ってきて」

「何があった？」

「結希ちゃんが友だちを連れてうちに来るんですって」

それがたいへんなことか。

「いいじゃないか。ときどきうちに来てる子だろ。リンちゃんだよ。おまえ、適当に相手しろ」

「リンちゃんだけじゃなく、四人ですって。しかもお母さんも一緒かも。どうすればいいの。私はあんたの彼女っていう位置づけだっけ?」

「ちがうだろ。なんでそうなる」

「いやなら今すぐ帰ってきて!」

怒鳴り声と共に電話が切れる。

ゆっくりコーヒーを飲む心の余裕が今の自分にはあるだろうか。

子どもとその母親と汐野が一堂に会する場を、思い描くだけで気持ちが萎《な》える。

義父はいずれ譲ってもいいと言った、駅チカの角部屋4LDK。三年前にはありえなかった光景が繰り広げられている。

3

いらぬ騒ぎを避けるためにはただちに席を立ってとんぼ返りすべきだが、食後に運ばれてきたコーヒーを前に、早くも心が萎えた。一口すすって開き直る。駆けつけようが、多少遅れようが、結果に大差はない。

結希の友だちとは誰だろう。リンちゃんはもちろんだとして、他に三名。その母親たちとなると思い浮かべる顔がいっそうぼやける。

リンちゃんの母親からは「うちうちの親睦会」とやらのお誘いを受けた。新任の若い女性教師に対していろいろ不満があるらしい。

世の中の小学生の保護者たちは、みんなこのような裏の結びつきを持っているものか。同居人のひとりである亜沙子は考えすぎだと笑ったが、もうひとりの汐野は大げさに眉をひそめていた。後者が家にいて応対しているので、状況は楽観視できない。

敏也のすするコーヒーが気のせいか刻一刻と苦くなる。そもそも汐野は今日、どんな恰好をしていたか。きちんとしたメイクも不気味だろうが、ノーメイクも厳しい。

それでも敏也は立ち上がる気になれず、最後の一滴までゆっくり飲み干した。空になったカップをしばらくみつめていると、ウェイターがおかわりのポットを手にやってきた。さすがに断り席を立ち、会計を済ませて表に出た。携帯を見るとその後の着信履歴はない。室内はどうなっているのだろう。

女の子たちが甲高《かんだか》い声で駆《か》け回り、母親たちは怪しげな魔女集会を開く。想像が膨らみ、駅前からのいつもの帰路がまるで別物のようだ。義父にあてがわれたマンションの一室が、すでに激変しているのを敏也は嚙《か》みしめた。けっして空想の話ではない。

引き取ったのは小さな女の子ひとりだった。身長も体重も自分の半分にも満たない。片腕で持ち上げられるくらいの大きさだ。静かにおとなしく成長してくれるのを望み、手間ひまがかかるのは覚悟していた。じっさいには手間ひまがかかるだけで、ちっともおとなしくない。

好みの音楽を掛けながら悠々暮らしていたマンションの自室は、やかましい連中に占拠され、片づけに追われる。傷をつけずにいた壁に画鋲《がびょう》で絵を貼られ（しかも複数）、ソファーの上に嘔吐《おうと》されたときには（胃腸の風邪だった）、激怒したのを亜沙子や汐野に怒鳴り返され、もう少しで取っ組み合いの大げんかになるところだった。あれも結希を引き取る前の自分には考えられない。なんてみみっちい男と、ふたりから罵《ののし》られたのは未だに根に持っている。

過去を思い出している間にも自宅にたどり着いてしまい、重い足取りでエントランスを横切る。エレベーターで六階に運ばれ、玄関ドアを開けると、多量の靴がひしめいていた。

結希の部屋から賑やかな声が聞こえてくる。廊下を歩くついでに声をかけようかと思ったが、面倒なので通りすぎた。リビングにも複数の声が飛び交っている。笑い声も混じるのでどうやら険悪な雰囲気ではないらしい。

敏也がドアを開けると、ダイニングテーブルを囲んでいた人たちが一斉に振り返った。

さまざまな髪型、メイク、身にまとっている衣服が目に飛びこみ、よその家に紛れ込んだようだ。

「おかえり、トシ。遅かったじゃない。待っていたのよ」

真っ先に汐野が腰を浮かした。頭数が四人なので、来客は三人らしい。汐野は満面の笑みを浮かべ声も高く、絶好調のようだ。なぜかフラメンコダンサーのようなぞろぞろした朱色の服を着て、頭に花まで着けている。メイクはフルではなく、ハーフといったところか。テーブルの上にメイク道具が並んでいるので、化粧談義でもしていたのかもしれない。

「なにぼんやり突っ立っているのよ。ほらほら、皆さんにご挨拶して。リンちゃんのママは知っているのよね」

「すみません、西尾木さん。お留守のところをあがりこんでしまって」

「いいの、いいの、気を遣わなくたって。愛想がないのは昔っからなんだから。こちらはななみちゃんのママ。でもって、あずさちゃんのママ。みんなあんたのことはよく知ってるのよ、ね」

汐野の目配せに女性たちがどっと沸き返る。なんの罰ゲームだろう。

「とにかく座ってよ。予備の椅子ならキッチンにあるでしょ。持ってきて」

「いいよ。着替えてくる」

「子どもじゃないんだから、あんたも少しは人の輪に交じりなさいよね。大丈夫、皆さんね、すごく面白い人たちだから」

余計なお世話だ。血管が浮きそうになるのをこらえていると、手前に座っていた人が立ち上がり椅子を探しに行こうとするのであわてて止めた。

「ゆっくりしていってください。こちらのことは気にせず、話をされていたなら続けてください」

敏也が言うと女性はごめんなさいねと恐縮する。再び汐野の声がかぶさる。

「台所にいてもいいわ。コーヒーを淹《い》れて」

はいはいと、これもこらえた。母親たちの間に座る方が数十倍も苦痛だろう。カウンターキッチンなので、コーヒーメーカーをいじっている間も会話はよく聞こえる。メイク談義から、敏也が現れたことで男の生態について話題が移ったらしい。

冷蔵庫で物が探せないだの、毛生え薬は気休めにもならないだの、寝付きが良すぎるだの、いびきがひどいだの、どうでもいい話題で盛り上がる。この人たちにコーヒーを振舞う価値があるだろうか。そしてリンちゃんママの言っていた「うちうちの親睦会」とは、こういう井戸端会議のことだったのか。

男の料理のコストパフォーマンスの悪さについて意見が飛び交っている中、コーヒーが入ったのでカウンターにカップを置いた。すかさず気づき、かいがいしくテーブルに運んでくれる人がいる。汐野は皿の上にお菓子を並べ始めた。バザーで買ってきたものらしい。かなりを食べたあとの残り物だ。どうぞと言われるが、遠慮したい……。

バザーの様子も写真に撮ったそうだ。ママのひとりが携帯を取り出し、その画像を探しながらふっと肩をすくめた。

「写真といえばね、私、小島《こじま》さんのことを今でもときどき思い出すんだ」

さっきのかいがいしい人が「えっ」と声を出す。どうやら小島さんらしい。話しかけている方は細面で一重まぶたの地味顔だ。小島さんは愛嬌《あいきょう》のあるぽっちゃり顔。

「私がどうかした？」

「ほら、幼稚園って遠足の写真を廊下の壁に貼り出すでしょ。お母さんがそれを見て、自分の子どもの写っている写真の番号をメモして、それぞれ焼き増ししてもらう。そのとき小島さんが浮かない顔をしていたから、どうかしたのと話しかけたの」

ふたりの子どもは小学校だけでなく、幼稚園も同じだったらしい。

「そしたら、お兄ちゃんの陽介《ようすけ》くんの写真を見て……。覚えている？　菜々美《ななみ》ちゃんとうちのあずさが年中さんのときで、お宅は年子だから陽介くんは年長さんだったの」

「ああ。もしかして、遠足のお弁当の？」

「ごめんね。いきなり昔のことを持ち出して。やめようか。この話」

みんなの視線が小島さんへと注がれる。彼女は眉を八の字に寄せ、居心地悪そうに肩をすくめた。

「陽介がひとりでお弁当を食べていたっていう、あれでしょ？　大した話じゃないわよ」

相手のママさんはすまなそうにしながらも、「うん」とうなずいた。

「あのあと、年長さんの廊下を通りかかったときに、私がどの写真かと尋ねたら、小島さん、すぐに教えてくれた。指をさされてのぞきこんで驚いたわ。だって、女の子や男の子が賑やかにピースサインをしているのがメインで、その後ろの片隅にほんとうに小さく写っていたんだもの。目をこらせばたしかに陽介くんに見える。でも、よくこんなの気がつくわとびっくりした」

「そりゃねえ。洋服や靴下にも見覚えがあるし。陽介、ふつうにしてても怒っているような顔してるでしょ。言い方もぶっきらぼうできつい。友だちとのもめ事はちょこちょこあったの。仲のいい子はいるかしら、のけ者にされてやしないかしらと、いつも気になっていた。だからあの写真を見て、ああやっぱりと落ちこんだの」

「私はね、お母さんってすごいと思った。たくさん貼り出されている写真の中から、背景にたまたま写り込んだ我が子をみつけ、一瞬のうちに状況が浮かぶ。ひとりでお弁当を食べてるんじゃないかと想像する。寂しい思いをしているような気がして胸が痛くなる。みんな『母親ならでは』って気がしたの」

思わぬ話の流れに、一瞬しんと静まりかえった。すぐに「ほう」とさまざまな息が漏《も》れた。リンちゃんママはなぜか目を潤《うる》ませ、ティッシュを鼻にあてがった。

「小島さん、明るくてさばさばしてお友だちも多いから、そんなふうに悩むことがあるなんて思ってもみなかった」

「でしょ。私もなの。っていうか、川久保さんもよ。リンちゃんと仲良し親子っていう元気いっぱいのイメージしかない。どうしたの」

「仲良くないわよ。心配してしつこく訊いて、うるさがられているの。今の話だって、見てないのに写真の光景がありありと目に浮かぶ。たとえば陽介くんは食べるのが遅れて、他の子が先に立ち上がってしまったのかもしれない。もしかしたら、撮った角度によって、ひとりに見えただけかもしれない。その場所が気に入って座っていたのかもしれない。でもお母さんは、なんでひとりなんだろう、せっかくの遠足なのにと、いちいち気を揉《も》む。理屈じゃないのよね。わかるわ。私も同じよ」

神妙な面持ちで耳を傾けていた小島さんが、口を開いて混ぜっ返す。

「馬鹿よね。母親って。すごく馬鹿だ」

つられたように母親たちが笑ったところで子どもたちが現れた。背の高い子、ころころした子、眼鏡をかけた子、そして、歌いながら体を揺らしている結希。ゲームでいいところまで行ったそうだ。興奮いっぱいの報告のあと、敏也から飲み物を受け取りまた部屋にこもる。

誰が誰なのかさっぱりわからないが、結希以外の三人には、ひとりで弁当を食べただけで涙ぐんでくれる母親がいるらしい。ふと気になって汐野を見ると、やけに穏《おだ》やかな表情でコーヒーを飲んでいた。口元に柔らかな微笑を刻み、母親連中や子どもたちの様子を眺めている。

どういう風の吹き回しだろう。結希に親がいないのはみんなもよく知っている。なのに母親がどれだけ子を思うかという話をされ、汐野は鼻白《はなじろ》んだりしないのだろうか。

そうこうするうち、習い事に行かなければいけない子がいるとのことで、三組の親子連れはばたばたと撤収作業に入った。ちらかったリビングや結希の部屋を片づけ、掃除機をかけ、食器類を洗い、荷物をまとめる。

最後はひとりずつ順番に、チェストの上に置かれた千秋と雄一の写真に手を合わせた。部屋に上がってすぐのときも拝《おが》んでくれたと、横で汐野がささやいた。

みんなが引き上げていくのと同時に、もう少し遊べる子がいるそうで、結希もマンションの下に降りて行った。やっと静かになり、敏也はソファーにどっかり腰を下ろした。汐野は腰高の出窓にもたれかかり、網戸越しの風を浴びていた。

「お疲れさまだったわね、トシ」

「おまえもな。この部屋にあんなに人が来たのは初めてだ」

「しかも女性ばかり」

自称も含めれば、敏也以外すべて女だ。

「どうしているだろうとひやひやしながら帰ってきたら、案外おまえ、楽しそうだったじゃないか」

「これでも接客業で食べてきたオンナよ。お客さまの相手は慣れているの」

今にも吸い込まれそうなほど、汐野は鼻の穴を膨らませる。

「ほう。素晴らしい」

「やめてよ、棒読みのセリフ。ほんとうはね、結婚してこのあたりに住んでるような奥様方に、なんの興味もなかった。しいて言えば苦手で嫌い。お近づきになりたくない。でもお休みの日の昼下がり、お茶を飲みながら言葉を交わしていると、特別おかしげな変人ってわけでもないのよ」

それは向こうが言いたいセリフかもしれない。

「社交を心得てるって点では大人だし」

「だから、仲良さげに盛り上がれたんだな」

トラブルよりもよっぽどマシだ。そう心から思うのだけれど、敏也には訊かずにいられないことがある。

「遠足の写真の話、どう思った？　大げさじゃないか。ひとりでいるところをみつけたくらいで」

「ああ、あれね」

「母親は偉大だって、結局は言いたいのか」

「ちがうわよ」

あっさり否定されてしまう。

「まさかおまえ、美談に聞こえていたんじゃないだろうな」

棘《とげ》のある言い方をすると、上から目線のため息を返された。

「あれを聞いてね、私は去年の運動会を思い出したわ」

「遠足ではなく、運動会の弁当の話か？」

結希の通う小学校では毎年、十月の第一週に運動会が開かれる。そのときの弁当は亜沙子が作っているはずだ。運動会に限らず遠足でも校外学習でもだいたい彼女が作る。できないときは細かく指示を受けて敏也がやらされる。

「お弁当じゃないの。あんたは知らないかもしれないけど、競技と競技の間、生徒たちはクラスごとの席に座っているわけよ。私と亜沙ちゃんは一生懸命結希ちゃんを探して、やっとみつけて離れたところから見守っていたの。そしたらクラスの出番が来たらしく、子どもたちが一斉に立ち上がってどこかに行っちゃった。椅子だけが残されて空っぽになったんだけど、そこに結希ちゃんが引き返してきたの。忘れ物をしたらしく、うろうろきょろきょろして、遠目で見ても泣きそうな顔だった」

初耳だ。そんなことがあったのか。思い起こそうにも、運動会は苦手で形ばかり顔を出すだけだ。

「私も亜沙ちゃんもぎょっとした。どうしよう、探してあげた方がいいんじゃないの？　先生はどこにいるの？　あんなところにいたらみんなとはぐれてしまう。まだみつからない。誰か気づいてよって、やきもきした。助けに行ってあげたいけど、生徒席には入らないよう言われているの。トシ、知らないでしょう。でもそういう通達が出てるのよ。着席している学年もあるから、おいそれとは近づけない。そしたら同じクラスの子がやってきて、結希ちゃんに声をかけた。一緒に探し始めたの。もうひとりも戻ってきて、なんとその子が、生徒席から離れたところで落とし物を発見！　お遊戯《ゆうぎ》に使うひらひらした布だった。ポケットに入れてなきゃいけなかったみたい。一件落着よ。ああよかった。私もほっとして、亜沙ちゃんの方を振り向いた。そしたら」

汐野は言葉を切り、敏也を見返した。

「亜沙ちゃん、涙ぐんでたの。それで言った。あの子、困ったときに助けてくれる友だちがいるねって。心配して探しに来てくれる子がいるねって。ほんとうによかったって。私、さっきのお母さんたちの話を聞いていて、そのときのことを思い出した。自分のことのように嬉しい、哀しいって、ほんとうはなかなかないものよ。恋人同士や夫婦にどれだけある? 友だちだってむずかしい。人間の心ってやたら屈折してるでしょ。歪んでるし、ねじれている。きれいを装っても裏はいろんな感情が絡み合っている。なのに亜沙ちゃんはとても単純に、わかりやすく心配する。ほっとする。喜ぶ。気を揉む。傷つく。真っ直ぐなのよ。生まれたての子どもみたい。私、感動すら覚えたわ」

敏也は汐野に向けていた視線をさまよわせた。天井や観葉植物や風に揺れるカーテンをたどり、チェストの上へと動かす。

結希を無条件に思ってくれる両親はいないが、友だちは少しずつできているらしい。心から案じてくれる亜沙子がいて、それに気づく汐野もいる。天涯孤独の寂しくわびしい身の上ではないのかもしれない。

ふと自分はどうだろうと敏也は思った。あの子のことをどう思っているのだろう。あの子の幸福を望んでいるだろうか。

「親って不思議な生き物よね。そう思えばいいのかもしれない。私の親も、私のことを許せず、怒るか嘆《なげ》くしかないの。あれも、私があの人たちの子どもだからなのね。理屈じゃなく本能レベルで受け容れられない」

「思い入れが強いってことか」

「そうねえ。いいにつけ悪いにつけ、とっても強い。西尾木のお父さんも、ついに息子とは和解できなかった。少しは後悔しているかしら」

「あのタイミングで連れ戻し、地元の火災に遭《あ》わせてしまったのは後悔してるかもな。生きていれば自分の主義主張をわからせてやることもできたのにって」

あくまでも自分は正しく、まちがえていない人だ。汐野は敏也の言葉を聞き、苦笑いを浮かべた。真っ直ぐな思い入れだからこそ、誰が何を言っても揺るがない。

「これから先、結希ちゃんのことがわかったらどうなると思う？」

「喜ぶと思うよ。血を分けた我が子がたったひとり残した子どもだ」

「トシの言い方はいつもそれね。皮肉なもんだわ。西尾木雄太郎を『お父さん』と呼ぶのは、今この世の中にあんたしかいないのに」

「おれは息子じゃない」

「向こうだってお父さんと呼ばせているわけでしょう？」

「ほんとうはもうひとり、子どもができるはずだった。おれの母親は雄太郎の子を妊娠して結婚したんだ。妊娠したから入籍してもらえたという言い方もできる。向こうではさんざん言われたよ。母親と連れ子のおれは最初からあの家で鼻つまみ者だった。そして結局、流産してしまったんだ。ちゃんと産まれていればって思うよ。いろいろ変わったんだろうな。父はさぞかしご機嫌だっただろう。雄一もほんとうの弟だったらもう少しまともに構ったのかもしれない」

汐野は吐息ひとつ漏らさず黙り込んだ。

「西尾木の父は、おれから『お父さん』と呼ばれるたびに複雑なのかもしれない。そう呼ぶべき実の息子はふたりともこの世にいないんだ」

「トシは……」

ぽつんとつぶやき、口をつぐむ。

「なんだよ、言えよ。母親の再婚理由って、話したのは初めてだっけ。うすうすわかっていたんじゃないのか」

「知らなかったわよ。ただ、気を回しすぎないでって言いたかったの。雄太郎さんがあなたに対して何も思わないわけがないわ。このマンションをあてがい就職先も世話した。法事では必ず息子として自分の隣に置く。たしかそう言ってたわよね。頑固一徹の偏屈わがまま親父が、不器用にも気を遣っているじゃない」

「かもしれない。確かにな、この部屋はありがたい」

話を切り上げたくなって、敏也はソファーから立ち上がった。なんでこんな話になったんだろう。義父の本心など今さら考える必要もないし、知りたくもない。

汐野は尚も何か言いたそうな顔をしたが、着替えると言って廊下に出ると追いかけてくることはなかった。

日暮れ前に帰ってきた結希は、バザーで買ったという手作りアクセサリーをリビングのローテーブルに広げ、楽しそうにしていた。まさに汐野の得意分野だが、出かける用事があるそうで、身支度を終えると飛び出していった。亜沙子は美容師なので閉店までいる日は帰りが遅い。

アクセサリーの話し相手に敏也は向かないと思ったのか、結希はウサギとクマのぬいぐるみを持ってきて、ネックレスやブレスレットで飾り立てながら、似合うね、かわいいねと話しかけていた。

「バザーは面白かった?」

夕飯は昨夜の残り物のシチューがあるので、あとは冷凍のハンバーグでもつければいい。少しは余裕ができて、敏也はダイニングチェアから声をかけた。数時間前まで母親連中が盛り上がっていた場所だ。きれいさっぱり片づけてしまうと、あれは夢だったような気がする。

「バザーのあとたくさんお客さんが来たね」

「おじさん、びっくりしたでしょう?」

結希は気を遣うような言い方をした。ラグマットの上にぺたりと座り、ぬいぐるみを手にしているところは幼いが、中身は少しずつ大人になっていくらしい。

「びっくりしたけど、みんなが楽しそうだったからほっとした」

「私もすごく楽しかった。でも、みんなはお母さんがいるんだよね」

一瞬、聞き間違いかと思った。

「お母さん、いるといいなあってやっぱり思った。私のお母さんもすごく優しい人だったよね。おじさん覚えてる?」

声も表情も暗くない。軽くさらりと言っているような雰囲気だ。

「もちろんだよ。優しくて美人だった。だから結希ちゃんのお父さんも、ぽーっとなったんだな。わかりやすい男だ」

「お父さん、お母さんのことをどんなふうに思ってたんだろう」

「そりゃ、この世で一番好きな人だよ」

結希は照れるように体をくねらせてから、ぬいぐるみの鼻をつまんだり、耳を折り曲げたりする。どういう風の吹き回しだろう。母親のことはめったに口にせず、友だちに母親がいることについても何ひとつ言わなかった。

「おじさんは……」

「ん?」

ダイニングテーブルとリビングのソファーは離れているが、表情が見えない距離ではない。テレビも消えているので声はよく聞こえる。

「亜沙ちゃんのこと、好きでしょ」

「うん」

「いつか結婚しても、しーちゃんは一緒だよね。うち、広いもん。みんなで住めるよね」

敏也が返事に詰まると、結希はじっと視線を向けたまま、探るように首を傾《かし》げる。

「広いかな」

「広いよ。あずちゃんやななちゃんにも言われた。広くていいねって。ふたりともしーちゃんのことは知ってたの。運動会に来てたでしょ。ちゃんと話すのは初めてで、すごく面白かったって言ってた。また遊びに来たいって。私のこと、いいなあって言うんだよ。なんでだと思う?」

「さあ」

「おじさんはかっこいいし、しーちゃん、面白いし、亜沙ちゃん、優しいもん。広いマンションに住んで、お部屋が素敵で、玩具《おもちゃ》もお洋服もいっぱいあるもん」

それを聞いてなんとなく、結希が両親について話したのも、他の子のことを素直に羨《うらや》んだのもわかる気がした。彼女は初めて社交辞令ではない、自分でも納得のできる褒め言葉をもらったのだろう。それも家庭環境について。

「ななちゃんのママやあずちゃんのママも、いいおうちに住んでいて羨ましいって言うんだよ。私もね、前のところからここに来たときびっくりした。おじさん、こんな広いところにひとりで住んでいるんだもん」

あくまでも億にはほど遠い物件だ。子どもはまだしも親の方は社交辞令だろう。それでも結希が自分に自信を持つというのはいいことなのかもしれない。ふつうに考えれば、引け目だらけの身の上に感じてもおかしくないのだ。

「おじさんもだけど、お父さんもってことだよね」

「ん？」

「お父さんとおじさんの家、立派でおっきいんだよね。お母さんも言ってた。いつか連れて行ってくれる？　私も行っていいよね」

いいけれど、それは今の暮らしの終わりを意味する。担任の先生がいかにも胡散臭《うさんくさ》げに根掘り葉掘り素性《すじょう》を訊きたがる同居人がいて、母親連中も興味津々で、子どもたちも好奇心がくすぐられる環境だが、結希が大きくねじ曲がって育たないように、バランスを保って機能している。けれどそれらはすべてほんの数年間のこと。初めから限定された仮の関係だ。

結希の運動会を見に行き、良い友だちがいると言って涙ぐんでいた亜沙子とも、それに気づいてそっと見守る汐野とも、この先長くはいられない。

「向原の家か。もうすぐきちんとセッティングするよ。西尾木の家にはお父さんのお父さん、おじいちゃんがいる。君に会ったらどれほど喜ぶか」

「おじいちゃん！　そういう人は初めて」

結希の顔にくったくのない笑みが広がった。正真正銘の血の繋がった肉親だ。なぜ早く知らせなかったと義父は青筋を立てるだろうが、いくらでもかわしようはある。義父も怒ってばかりはいられない。

「今からドキドキする。なんて呼べばいいの？　おじいちゃんでいいの？」

「うーん。『おじいさま』の方が、ぽいかもしれない」

とたんに奇声が「えーっ」とあがる。

「呼べない。そんなの恥ずかしい。おじいさま？　うわわ」

「結希ちゃんは『お嬢さま』って呼ばれるよ。あの家では」

今度は口を大きく開けたまま固まる。のけぞって身をよじりながらもおかしそうに笑うのだから、その呼び名を嫌悪するわけではないらしい。敏也が西尾木家に入ったのは小学校五年生のときだった。年がちがうし性別もちがう。何より、結希は自分の置かれている境遇《きょうぐう》を正しく理解していない。

「そうか。今に立派な大きなおうちにご挨拶に行くから、おじさんはいつも、きちんとしてなきゃって言うんだね」

それは人としての基本的な姿勢だろう。生活態度がだらしない人間は好きではない。

「おじさん、亜沙ちゃんやしーちゃんにもうるさく言うけど」

「みんながひどすぎるんだ」

「私、きちんとしてるかなあ。どんなふうにご挨拶すればいいのかな。おじさん、考えてね」

「そうだね。結希ちゃんがかわいらしくて賢そうな女の子に見られたら、育ててくれたお母さんがちゃんとした人だったと思われるよ。それは結希ちゃんだって嬉しいだろ」

「うん」

すっかりくつろいでいた結希の顔つきが変わる。チェストへと視線を向け、写真立てを眺めながら姿勢があらたまる。自分の立ち居振る舞いや言動で、亡くなった母親の評価が変わる。初めて知るものの見方、考え方だ。

「私、きちんとした人になる。おじさんの言うことももっと聞くようにする。お母さんは片づけもお掃除もちゃんとやってたよね」

素直な子だと敏也は思った。両親がいないというハンディはあっても、今のところ悪意のある偏見にさらされていないからだろう。

けれどこの先、心ない言動はいくらでも出てくる。大好きな優しい母親を「あの女」と称する人たちに出会ったとき、この子の心には今までにない嵐が吹き荒れるにちがいない。

4

数日後の夕方、学童保育からマンションへの帰り道で、リンちゃん親子にばったり出くわした。向こうも買い物の帰りだったらしい。さっそくリンちゃんママから「この前はどうも」と話しかけられた。

挨拶だけですれちがいたかったが物言いたげな顔をされ、足を止めざるをえない。

「あのときご一緒したあずちゃんのお宅ね、お父さんがニシオギの関連企業で働いているのよ。私もぜんぜん知らなかったけれど、あとからそう言われたの」

「ニシオギ?」

「そう。会社名がカタカナだから、奥さんもぴんと来なかったみたい。でも親会社の社長さんの名前が漢字で書くと同じなのね。西尾木さん、もしかしてニシオギグループに関係してらっしゃる?」

笑みと共にストレートな質問をぶつけられ、心の準備が間に合わない。答えの用意がない。

「いえ、そんなわけでは」

「あら、ちがう?　よくある名前なのかしら。ごめんなさいね。ひょっとしてと思っちゃった。だめね、詮索《せんさく》がましいことをしたりして。先生と同じになっちゃうわ」

「先生って？」

大人の立ち話が始まったとたん、子どもふたりは空き地に入り込んで花摘みに興じていた。それをちらりと見て、リンちゃんママは声をひそめた。

「谷川先生よ。西尾木さんも家庭環境についてしつこく訊かれなかった？　なんでも去年の受け持ちでトラブルがあったようよ。親の再婚相手が子どもに手を上げてたみたい。校長先生をはじめまわりの先生から、ちゃんと把握しておかなきゃとずいぶん言われたらしい。それで今年は神経質になっているのよ」

「ああ、結婚については訊かれましたね」

「でしょ。やっぱり」

そんなのはプライバシーよ、ほっといてほしいわ、と言いながら結婚観について人生観について話が止まらない。敏也は適当に相槌を打ちつつ、うやむやになった別の話題に引っかかっていた。

あずちゃんのお父さんなる人物は、ニシオギグループのどこで働いているのだろう。

気になっていたので、久しぶりに西尾木家の人間から電話があったとき、警戒心がすぐ働いた。

相手は菩提寺のお披露目会のときに、敏也に話しかけたそうにしていた叔父の岸田善彦だ。

気の強い妻の尻に敷かれ、婿という立場でもあり、昔から日和見《ひよりみ》的なところのある人だ。いざというときになんの頼りにもならないだろうが、外部からやってきた敏也だと向こうにしても気が楽らしい。ときどき寄ってきては内部の者にしかわからない愚痴をこぼす。「この頃どうしている?」くらいの社交辞令は口にする。お披露目会でもそれくらいのニュアンスだったのだろう。

もうひとつの結びつきといえば彼の娘だ。

則子と善彦にはふたりの娘がいて、姉が恵里香《えりか》。四つ下の妹が桃香《ももか》という。姉の恵里香には、雄太郎が目を掛けている部下との縁談を望み、前々から積極的に働きかけている。妹にも親の意に添った結婚を押しつけたかったのに、これがけっこうな跳《は》ねっ返りだ。親の言うことなど聞く耳を持たず、反対を押し切って東京に出たきり、帰る気配がない。

よくある話だろうが、雄太郎に最も近い身内としてはとうてい許されない我《わ》が儘《まま》だ。実の姪ともなれば、ニシオギグループの経営陣に名を連ねることも夢ではない。若気の至りで棒に振ったら一大事。身持ちの悪い男に引っかかり、一族の面汚《つらよご》しになっては目も当てられない。

そこで突然、敏也に白羽の矢が立った。則子が言い出すわけがないので、思いついたのは善彦だろう。桃香のことも西尾木家の事情も、よく知っている敏也ならばお守り役にちょうどいいと思ったにちがいない。

ずいぶん恩着せがましく言われた。桃香と結婚すれば晴れて正式に西尾木家の一員になれる。将来は安泰だ。願ってもない話だろうと高圧的だった。大学を出て数年経ち、選挙事務所の手伝いに駆り出されていた頃で、雄一は行方知れずだった。

返事の仕方に悩んでいると、当の桃香より連絡があった。途中まで出てきてと言われ浦《うら》和《わ》駅前の喫茶店で落ち合うと、彼女は女子大を中退し、オーディションに受かった劇団に所属して舞台女優を目指していた。生活費を切り詰めるために、友だちとアパートをシェアし、バイトも掛け持ちしていると言う。言葉通りに身に着けているのは古びたTシャツとジーパンだが、今まで見た中で一番生き生きとしていた。それを言うと、顔をくしゃくしゃにして笑った。

そして提案された。縁談の話はお互いに断らず、うやむやにしておこうと。

「敏也くんにその気がないのはよくわかっている。私も見ての通り、帰るつもりはさらさらないの。でもそれを言ったって、あきらめてくれないでしょ。だったらしばらくの間、聞く振りをしておこうよ。うるさく言われないだけ助かるもん」

三つ年下の女の子に言われ、敏也は半ば面食らいながらもうなずいた。桃香は私立の女子校に通っていたので、冠婚葬祭以外ほとんど顔を合わせていない。ふたりきりで会うのも、親しく口を利くのもそのときが初めてだった。

「結婚しないのが前提ならば、おれはいいけれど、桃ちゃんはほんとうにそれでかまわない？」

「いいよ。ぜんぜん大丈夫。今ね、付き合っている人がいるの。たぶんもうすぐ一緒に暮らす」

それ以来、たまにメールをする仲ではある。舞台を観に行ったこともある。同居した彼氏とは別れ、また別の男と付き合っているというのも聞いた。親も薄々わかっているだろうが、いずれ戻ってくることと、敏也との結婚についてはおそらくまだあきらめていない。雄一が亡くなってからは、複雑な胸算用《むなざんよう》もあるらしい。

善彦も微妙な話題を避けたいらしく、自由奔放な娘については触れないのが常だが、ここ数年、敏也の方にも隠し事ができた。

突然の電話は固唾をのまずにいられなかった。

「近くまで来たんだ。少し、会えないかな。君のマンションに寄らせてもらってもいいだろうか」

そんなことを言う人でも、間柄でもなかった。三年前ならば、それでも「はい、どうぞ」と答えられた。

土曜日の夕方、リビングでは結希と汐野がアニメ映画を見ていた。

五章　納め時

1

叔父を、自宅に来させるわけにはいかなかった。

敏也が待ち合わせに頼んだのは駅前近くのホテル、その中にあるティーラウンジだった。

ジャケットを羽織《はお》って出かけていくと、中庭に面した窓際のテーブル席に、目当ての人は腰かけていた。ひとりきりというのに、まずはほっとする。

行き交う人に注意を払っていたらしく、敏也に気づくなり口元を引き締めた。眉間《みけん》には浅いながらも皺《しわ》を寄せる。いつもの緩《ゆる》みきった顔をどこかにしまってきたらしい。

敏也は挨拶《あいさつ》して向かいの席に座った。水を持ってきたウェイターにホットコーヒーを頼む。

まわりに人影がなくなったところで改めて善彦を見ると、ため息をつかれた。

「今日はなぜマンションではいけなかったんだ？」

単刀直入だ。探るような眼差《まなざ》しで睨《ね》め付けられ、敏也は恐縮の体を装《よそお》った。

「家に誰かいるのか？　黙ってないで何か言いなさい」

「はあ」

「言えないようなことがあるのか」

同じセリフを義父が口にしたらさぞかし威圧感があるだろう。善彦は厳しく詰め寄るようでいて、敏也からの返答を恐れている。事なかれ主義者にとって、事が起きるのは厄介《やっかい》以外の何ものでもない。

「叔父さんは誰かに何か聞いたのですか？」

下手に出て尋《たず》ねると、今度はふんぞり返る。

「おかしな話を小耳に挟《はさ》んだ。系列会社の人間がこのあたりに住んでいるそうだ。子どもを地元の小学校に入れている。そこに『西尾木』という名前の子がいるらしい。それだけならまだしも、住んでいるのが『ハイライフ大宮』だと。私に耳打ちした人間も、西尾木家がどこにどういった物件を所有しているかを知っている。最上階の角部屋と聞き、捨て置けなかったんだよ。敏也、おまえ今、どんな暮らしをしている？」

おそらく叔父はある程度の下調べをしたのだろう。耳打ちした人間が忠義面《づら》してよけいなことを吹き込んだのかもしれない。

「あの部屋に同居人がいます」

正直に言うと舌打ちされた。叔父は椅子《いす》の背もたれに体を預け、足を組んで自分の指先を額《ひたい》にあてがった。

「おまえもいい年をした男だ。気心知れた女のひとりやふたりはいるかもしれない。誰かが転がり込んでくることもあるだろう。多少のことなら私だって目をつぶってやりたいんだよ。野暮なことは言いたくない。でも慎《つつし》みは必要だ。わかるな?」

敏也は返事の代わりに目を伏せた。

「本来ならもっと声高《こわだか》に事の真偽を問いただしたいところだ。おまえには私なりに目を掛け、娘との縁談も持ちかけたくらいだ。女の影など言語道断。娘婿《むこ》には真面目《まじめ》な好青年がいいに決まっている。父親ならば当然の思いだよ。けれど肝心の娘が自由気ままときている。おまえの方から娘に何か言ったことはあるのか」

「いいえ」

「あれは……な、確かに跳《は》ねっ返りだ。でも必ずこちらに帰ってくる。ニシオギグループの屋台骨を支えるひとりになる。それに変わりはないんだよ。おまえはどうだ」

「どう、とは?」

「あれと結婚する意思だ。なくなったわけではないだろう」

尋ねるのは形だけで、決められた答えを強要される。わかりやすいという意味では付き合いやすい人だ。

「おまえにとっても桃香にとってもこれ以上の縁組はない。身を固めてすぐ、私の目が節《ふし》穴《あな》でないことに気づかされるぞ。一刻も早く向原の家に戻り、ふたりで新しい家庭を築《きず》きなさい。おまえの母親もさぞかし喜ぶだろう。それもわかっているな?」

敏也は自分の感情が無駄に動かないよう、腹の奥に力を入れた。今の話の一番のポイントは「向原の家」なのだ。

善彦は敏也と娘を結婚させて、本宅で新婚生活をスタートさせたいらしい。雄太郎の後継者としてはもうひとりの妹の息子、佐倉将人にほぼ決まっている状態だが、向原にある本宅を実家としているのは敏也だ。私物の詰まった個室が手つかずに残されている。

グループ本体のトップに将人がついたとしても、本宅には別の親族が入る。居座る。それによって得られるものは少なくないだろう。もしもこれが叔父ひとりの知恵だとしたら、見かけよりもずっと侮《あなど》れない人だ。

「雄太郎さんは未だにおまえを息子として扱っている。西尾木の苗字を名乗らせているのが何よりの証拠だ。桃香と夫婦になり子どもでも生まれれば、おまえの人生もがらりと変わるぞ。長い目で見ることだ。今一番、何が大切かをしっかり判断しなさい」

「叔父さん……」

なんとなく呟《つぶや》いた。眉《まゆ》を寄せて唇を噛《か》むのはまんざら演技ではない。どうしたもんか、というのは素で思う。敏也の逡巡《しゅんじゅん》を見て取り、善彦は身を乗り出した。

「今度こそ、桃香を連れ戻す」

疑わしい目をしたつもりはないが、相手はそう受け取ったらしい。

「あれが演劇にうつつを抜かしているのはおまえも知っているだろう。しかしな、大した額ではないが返しきれない借金を抱え、さすがに首が回らなくなっている。こちらでなんとかするよう話を持っていく。ついに、あれも年貢の納め時だよ」

「そうなのですか」

間の抜けた声を出しながら、内心「やれやれ」と思った。遅かれ早かれそうなるだろうと踏んでいた。借金の尻拭《しりぬぐ》いが帰郷の条件になるらしい。タチの悪いところから借りていれば、彼女もむげには断れない。

「だからおまえも身辺を整理しなさい。あのマンションに住むのを許されているのはおまえひとりだ。同居人がいることは雄太郎さんにも言ってないのだろう？　だったら知られる前に、今いる女性との暮らしは解消することだ。話をつけにくかったら人を世話しよう。どうだ？」

「いや、その、あまりにも急な話で」

「こういうことはいきなりでいいんだ。小学生の子どもがいるんだったな。いくらかの生活費を渡してあげなさい。おまえにはれっきとした婚約者がいる。継がなくてはいけない家もある。分別のある女性なら、身を引く心得くらいあるだろう」

いつになく熱い口調で説得される。せっかく連れ戻した娘がまたうろうろしないよう、ただちに結婚させてしまいたいらしい。

「ご心配かけてすみません」

「ほんとうだよ。どうする？　任せて大丈夫か。こちらでなんとかするか。人を立てた方がいいかもしれないぞ。向こうも感情的になりにくい」

叔父と義父のちがいは、相手の出方をどれくらい待てるかという点にも現れる。叔父はせっかちなのではなく、考える隙《すき》を与えたくないのではないか。異なった意見が出てきてぶつかり合うとか、論破するとか、聞こえても無視するとか、妥協点を見出すとか、もともと苦手なのかもしれない。

「いろいろありがとうございます。まずは自分でよく考えます」

「相手はどういう人だ。子連れということはバツイチか。おいおい、おまえの子ではないだろうな」

「はい、それは」

ちがうんだなと念を押されてうなずくと、晴れやかな笑みを浮かべた。

「ならよかった。一安心だ。さっきも言ったように、あの部屋は西尾木家の所有物だ。勝手なまねをするなら出ていかなきゃいけなくなるぞ。そのあたりも肝《きも》に銘《めい》じておきなさい。今ならば私ひとりの胸に収めておく。悪いようにはしないから安心しなさい」

ありがとうございますと、自然な流れで頭を下げた。

叔父の目に映る自分は、いつまでたっても貧しく哀れな、ふた親を亡くした少年なのだろう。雄太郎の妹の結婚相手として西尾木家の一員に加わったものの、善彦は地縁も血縁もない余所者《よそもの》だ。後妻の連れ子としてやってきた敏也に、シンパシーめいたものを持っているように感じたが、善彦にとっては自分より立場の弱い者がいてほっとできたのかもしれない。目を掛けていた理由はそちらの方がきっと強い。

2

マンションに戻ると結希と汐野が夕飯の用意をしていた。白いご飯に炒《いた》めた挽肉《ひきにく》や目玉焼き、トマト、レタスをのせたタコライスだそうだ。

出かけるときに思わせぶりな目つきをしたので、汐野はわざと尋ねてこない。夕飯を食べ、テレビを見て、結希が風呂に入ったタイミングでへばりついてきた。押しのけながら早口で答える。

「善彦叔父さんに呼び出されたんだ」

「なんで？」

「同居人がいることがバレた。この前うちに来た人たちの旦那が、ニシオギグループで働いていたんだ」

「結希ちゃんのこと、知られちゃったの？」

「いいや。同棲相手の連れ子だと思っている」

強《こわ》ばった汐野の上半身から力が抜けるのが感じ取れる。詳しくは話さなかったが、西尾木という苗字の子どもにも善彦は引っかかったはずだ。けれどそこは深く追及されなかった。彼が気にしたのは敏也の実子かどうかという、ただ一点のみ。入籍の有無は訊かれなかった。

たとえ籍を入れていても慰謝料で解決すればいい、ということかもしれない。敏也がバツイチになるのは好ましくないだろうが、娘の桃香も叩《たた》けば埃《ほこり》がいくらでも出る状態だ。敏也と雄太郎の間柄が断ち切れていなければ、まだまだ使えると踏んでいる。

「叔父さんはそれで、なんと言ってるの？」

話の続きは結希の就寝後、もうひとりの同居人である亜沙子が帰宅してからになった。

「女と別れて自分の娘と所帯を持つようにって」

汐野は食卓でフェイスマッサージをしながら、亜沙子はタコライスを食べながら、それぞれ目を丸くする。

「オンナはふたりいるって言ってやった？」と、汐野。

「言わないよ、そんなややこしいこと」

「私、身を引くのでいいわ。手切れ金をもらって結希ちゃんとここを出て、ふたりで暮らす」

　これは亜沙子。

「やだ。私も一緒に行く。オンナはオンナ同士で仲良くやっていきましょう」

「ちがうだろ」

　渋く鋭く異議を唱えたが、ふたりはやけに強い眼差しを返すだけだ。

「ともかく、今日のところはおとなしく帰ってくれたが、もたもたしているとここに乗り込んでくるかもしれない」

「オンナはふたりいるのよ。驚くわね」

「問題は結希だ。尋ねられたら、西尾木雄一の子であることを言うだろう」

　亜沙子が控《ひか》え目に「どうなるの？」と問いかける。

「すぐには信じないだろうが、もしもそうならばとあることないこと、めまぐるしく考えるに決まってる。おれとしては重大な秘密を叔父ひとりに握《にぎ》らせるつもりはない」

　あれは所詮、小物だ。敏也はソファーにゆったりと腰かけていた。片肘をつき、軽く握った拳を口元にあてがい、目線を窓に向ける。亜沙子が再び投げかける。

「だったらどうするの？」

「西尾木の父に話を持っていくよ。本丸に乗り込む」

「結希ちゃんのことを打ち明けるのね。そうすると結希ちゃんはどうなる？」

ここにいられなくなると、答える前に亜沙子を見た。切れ長の形のいい双眸《そうぼう》に細い鼻梁《びりょう》、薄い唇。清涼感のある美人だ。物わかりのいいさばけた性格で、人に寄りかかろうとしない芯の強さが気に入って付き合いだしたが、結希が加わってからは意外な面を何度も垣間《かいま》見て来た。

生活面は大ざっぱでいい加減でどんぶり勘定なのに、人の言動については敏感で繊細だ。ほんのささいなことでも誰かがしてくれたことはいつまでも覚えていて、幸せそうに語る。義理堅く、頑固でもある。

「父は結希を引き取りたがると思う」

「あちらの家に住むということ？」

「少なくともここで、おれに預けっぱなしはないだろうな」

「トシはどうするの？　向こうに行くの？」

亜沙子だけでなく汐野も真剣な目で敏也を見つめていた。このまま何気ない風にしゃべるか、座り直して顔つきを改めるか、ほんの一瞬だけ迷った。結希を大宮に連れてきて、図らずも汐野や亜沙子を巻きこんでから、いずれははっきりさせなくてはならない話だった。

けれど、なめらかに出るはずの言葉がみつからず、気がついたら目を伏せていた。

「トシ?」

怪訝《けげん》そうな声にハッとして顔を上げる。雑誌やダイレクトメールや菓子箱や使いかけのアイロンや畳《たた》んだ洗濯物がちらばる、生活感たっぷりのリビングを眺《なが》めて自分でも思いがけないことを言っていた。

「この部屋はこのままにしていくよ。ふたりともいればいい」

「でもここはトシが住むために、実家のお父さんが融通をつけてくれた部屋でしょう? さっきもそう言ってたよね。同居人は認められない、みたいなこと」

「大丈夫だよ。なんとでもなる」

結希を連れて帰ればすべての風向きが変わるのだ。それを今、口にするのはためらわれた。

数年前、初めて蒲田の安アパートの階段を上った日のことを思い出す。顔色の悪い痩《や》せた母親と、保育園に通う小さな女の子が、肩を寄せ合い暮らしていた。敏也が西尾木の名を出すと、母親は玄関先で警戒心をあらわにした。娘を背後に庇《かば》い、そっとしておいてくれと目で訴えた。

もしも重い病に冒《おか》されていなければ、千秋はひとりで結希を育てるつもりだったのだろう。雄一の実家が資産家であるとわかっても、けっして頼ろうとしなかった。自分の産んだ子が金づるになるなど発想にもなかった。むしろ取り上げられることを恐れていたのだ。さすが雄一の選んだ女性。広い世の中にはそんな人間もいるらしい。

価値観はさまざまだからこそ、おいそれと他人に本音は明かせない。たとえ亜沙子であっても、汐野であっても。ふたりに咎《とが》められるのは鬱陶《うっとう》しく、興味を持たれても組む気は毛頭ない。

「ねえトシ」

汐野がしなをつくり、流し目で言う。

「向原の家に、亜沙ちゃんと一緒に入るってことはないの？　結希ちゃんも心強いでしょう。あんただって」

「いや」

本人を前にしての話ではないかもしれないが、これこそはっきりさせておくべきことだった。

「連れて行かない。そういうのは自分の母親を見てきてつくづく懲《こ》りた」

「でも、結希ちゃんは連れて行くんでしょう？」

「あの子は雄一の子だ。おれと亜沙子はちがう。汐野もな。あの家には関わらない方が身

ょう?」

「ちがうのに、トシは戻るわけ? まさか結希ちゃんひとりを置いてくるんじゃないでしのためだ」

「あの子がいれば、おれは変われる」

千秋は選ばなかった道だ。頑《かたく》なに背を向け拒《こば》み通すつもりだった。死の病に冒されても揺らぐことはなかった。

けれど敏也にとって結希は、最初から西尾木家の特別な子どもだ。母親の余命がいくばくもないのを知って近づいた。そうでなかったら蒲田のアパートを訪れることもなかっただろう。

「変わるってどういうこと?」

「あの子の親権者として、あの家に戻る」

「だから、それにどんな意味があるの?」

大ありだ。

「おれは母親の再婚によって、西尾木の姓を名乗るようになった。でもそれだけなんだ。養子縁組はしていない。あの家に対して相続権がない」

正しくは、「してもらえなかった」になるのだろう。お父さんと呼んでいても、冠婚葬祭で息子の席に座っても、西尾木家の財産問題に関与する資格がない。雄太郎が亡くなったときに受け継がれるものは皆無だ。

あの家の中では周知の事実。だから親類縁者は敏也を物の数に入れていない。まったくの部外者なので、母が亡くなったあとも最終的に追い出されずにすんだのかもしれない。

雄太郎の実の甥である将人が高飛車な態度を取るのも、相続権において完璧な差違があるからだ。善彦の娘である桃香も、敏也にないものを持っている。だから善彦は終始、恩着せがましい物言いをする。敏也の立場からすれば、破格の好条件である縁談だと思い込んでいる。

「お母さんが再婚しても、ほんとうの親子関係にはなってないということ?」

「連れ子に対して、養子縁組の手続きを取るか取らないかは自由なんだよ」

汐野はマスカラのたっぷりのった睫《まつげ》をせわしなく動かした。

「知らなかったわ。そんなふうになっているって。実子でなければ多少は不利なことがあると思っていたけれど。お母さん、何も言ってくれなかったの?」

「本人も財産目当ての水商売女とこき下ろされていたんだ。おれについては、連れて行くだけで精一杯じゃないか?」

「たしかに、養子うんぬんを持ち出したら、トシへの風当たりだってきつくなるわね。ひどいことをされたかもしれない。お母さんなりに心配したんでしょうね」

それに関しては「どうかな」と首をひねった。万事、物事を深く考えない人だったのだ。西尾木雄太郎がどういう人間なのか、大してわかりもせずに関係を持ち子どもができ、言われるまま西尾木家に入った。そこで初めて生々しい悪意に触れ、しかもそれが膨大だったために驚きあわて、体調を崩し、お腹の子は流れた。

その時点で懲りればいいものを、無理して粘《ねば》り、結局は命を縮めてしまった。

「でもトシ、あんた、いずれニシオギグループの中枢《ちゆうすう》に入っていくんじゃないの？　立派なポストが待っているとかなんとか、会社の人から思われているんでしょう。それで嫌味も言われるし、仲間はずれにも遭《あ》う。前にそうこぼしていたわよ。財産問題はわからないけど、仕事の面ではお父さんの片腕になれるのかもしれない。ちがうの？」

「従兄弟の将人がいなければ、片腕はさておき何かできたかもな。でも現実には無理だ。将人に媚《こ》びへつらう気がないのなら、あれの目の届くところにはいられない。会社の人が思っているほど、おれはいい身分じゃない」

汐野が「待って」と気色《けしき》ばむ。

「みんなの誤解なわけ？　でもトシは否定もしてないわよね。どうして」

「どうって。わざわざ言う必要はないだろ」

「なんで。あの……なんだっけ、あんたがよく話題に出す、このところ仕事を一緒にやってる人」

「日垣さん？　彼にも言ってないよ。どうせ長居するつもりはなく、いずれ出ていく」

だからみんなの思い込みを改める気にはならなかった。日垣は何度となく残念がる言葉を口にするし、自分も多少はそんな気持ちになっているが、これればかりは仕方ない。

「出て、どこに行くの?」

「ニシオギグループの中枢」

「行けないんでしょう。自分で言ったじゃないの。将人なら私も知ってるわ。性悪のぼんぼんよね。高校生の頃から感じ悪かった。あれに媚びへつらうのはまっぴらだと、あんたが思うのはもっともよ。同感だわ。あの男のテリトリーにどうやって割り込むわけ」

結希だと、答えを言いかけて口をつぐむ。汐野と亜沙子の前だ。ふたりの反応を思うと躊躇《ちゅうちょ》せざるをえない。

「トシ、あんた何を考えているの」

返事の代わりに息をひとつつく。落ち着こう。ここから先は今まで以上に慎重にならなくては。

「汐野と亜沙子には感謝しているよ」

「いきなり何よ」

「なんでもない」

「ごまかさないで。あんたの本音を聞きたい。結希ちゃんをなんのために引き取ったの」

気色ばむ汐野に敏也は宥《なだ》めるように言った。

「最初に話したとおりだよ。西尾木雄太郎の鼻を明かしてやりたい。雄一の子をおれが育てていると知ったら腰を抜かすぞ。養子縁組しなかった義理の息子が、ただひとりの実の孫を連れて帰ってくる。あの人が呆然とするところを見てみたい」

嘘でないから曇《くも》りのない目で汐野を見返す。さっきからひと言も口を利かない亜沙子にも視線を向ける。

口にしたのは本心だが、それだけではないというのも事実だった。

3

亜沙子とふたりきりで話したのは翌々日の夜だった。

美容院の休みの日だったので、亜沙子はみんなを送り出した後、日中は掃除や洗濯に精を出したらしい。結希は学童保育には行かずまっすぐ帰り、亜沙子と夕飯の買い物に出かけた。

敏也が帰宅すると唐揚げやポテトサラダ、春雨のスープができていて、結希は上機嫌だった。汐野は明け方まで仕事とのことで、三人で夕飯を食べ、だらだらとテレビを見た。風呂をすませた結希がすっかり寝付くのを見届けると、敏也は部屋の西側に設置されたルーフバルコニーへと誘われた。

梅雨どきとはいえその夜は乾いた風が心地よく吹いていた。亜沙子から缶ビールを受け取ると、それを開けながら敏也はバルコニーの手すりにもたれかかった。

夜景の綺麗《きれい》な場所ではないが、家々に灯《とも》る灯りを眺めていると、遠くの町のざわめきがBGMのように聞こえる。昼間の慌ただしさが嘘のように消え、ひどく素直な気持ちで星の瞬きを見つめてしまう。

数日前のやりとりでは汐野に詰め寄られたが、そのときも、そして翌日も亜沙子の口数は少なかった。よそよそしさや物憂《ものう》げな雰囲気をまとうのではなく、表面上は何事もなかったようにふるまうのでかえって真意を測れなかった。

「寒くない?」

肩にストールをかけた亜沙子が敏也の横に立ち、同じように手すりにもたれかかる。ふたりの視線は家々の灯りへと向けられる。

「風が気持ちいいよ」

「ならよかった。結希ちゃんもよく寝てる」

いつもの何気ないひと言だが、当たり前のように流すことに、ふとためらう。

「亜沙子は最初から結希をすごくかわいがってくれたよな」

微笑む気配が伝わる。目だけ動かして様子を見ると、たしかに亜沙子の口元はほころんでいた。

「そうね、最初からとってもかわいかった」

噛《か》みしめるように言う。暗い声ではないが。

「この前の話で、亜沙子もおれに言いたいことがあるだろ」

「しーちゃんがね、トシのことをいろいろ言うの。何を考えているのかわからない、とか、一線を引いて、その中には絶対入らせないとか、触れてはいけないところがあって、不用意に手を出したら切り捨てられるとか、何でもひとりで抱え込もうとするとか、人を頼らないのは誰も信用していないからだとか」

「言いそうだな」

「でしょ。でもそれみんな、私にも当てはまる」

亜沙子は缶ビールを傾《かたむ》け喉を動かしてから、目の前の夜空をみつめる。鼻筋のすんなり通った横顔は凛《りん》とした強さを感じさせる一方、折れそうに細い三日月も思い出させる。

「ずっと言わないできたけれど、私ね、子どもができないの。卵巣性無排卵といって、卵子のもととなるものが少ないんだって。十代の頃からいわゆる生理不順で、おかしいとは思っていたんだ。二十歳を過ぎた頃に検査を受けてはっきりわかった」

いきなりの話に敏也は目を見張る。卵子という言葉はやたら生々しくて、どんな顔をしていいのかもわからない。生理不順のひと言でさえ男は不慣れで不用意だ。

亜沙子は風邪を引くのも希《まれ》で、歯の詰め物が取れて歯医者に通ったり、春先に耳鼻科で花粉症の薬をもらうのがせいぜい。胃腸も丈夫らしく、よく食べよく飲む。体を動かすのも好きだ。ヨガ教室に通いつつジョギングも続けている。仕事はきつそうだが指名客も付いて、順調にキャリアを磨《みが》いている。仲のいい友だちもいる。

誰が見ても健康な女性だろう。

「少ないと言っても」

そんなに悲観することか？　敏也の疑問が伝わったのか、亜沙子は首を横に振る。

「医者は百パーセント無理とは言わない。人の体って、ごくごく希に奇跡的なことが起きるから。でも現実的な話として、私の卵子はないに等しい。不妊症の中でも治療法がほとんどない重症の部類なの。我が子を妊娠することや出産することは、この先いつまでたってもあり得ない」

敏也は唇をきつく結んだ。子どもを欲しがらないのと、子どもができないのとは、結果が同じでも中身はまったく異なる。それくらいはすぐに理解が追いつくのだ。

亜沙子が妊娠と出産を望んでいたのは痛いほど伝わる。

「私はどこにでもいる平凡な人間だから、いつか好きな人と巡《めぐ》り合い結婚して、子どもができて、明るい家庭を築くのだとばかり思っていた。それこそ温かいシチューのコマーシャルみたいなひとコマを、自分の未来に重ねていたの。美容師という職業に就《つ》いたから、両立の難しさはあるだろうけど、平凡な家庭の幸せは遠い夢物語じゃないはずだった。少なくとも選択の自由はあると思ってた。どんな結婚をするか、しないか。子どもを産むか、産まないか。その子どもは何人にするか」

細い肩が大きく波打ち、亜沙子は顔を伏せた。敏也がその手から缶ビールを受け取ると、バルコニーの手すりにしがみつく。

「あきらめられないよ」

「うん」

「そんなに急に、簡単に、あきらめられないよ」

絞《しぼ》り出すような涙声で言う。

「でもしょうがないじゃない。信じられなくても嘘だと思っても事実は変わってくれない。泣いても騒いでもどうしようもないの。それからずっと子どもができたとか、産まれたとか、子育てがどうのこうのとか、かわいい写真とか、つらくてたまらなかった。町を歩いていても苦痛なの。友だちの噂《うわさ》話も聞きたくない。見たくない。知りたくない」

敏也は缶ビールふたつを足元に置いてから、亜沙子の肩に腕を回した。

「その頃ね、好きな人がいた」

震える髪の毛をたどたどしい指先で撫《な》でてやる。

「すごくすごく好きな人だった。だから言えなかった。その人はふつうに子どもが好きで、私と同じように平凡で温かな家庭を夢見ていた。私が自分の体質のことを打ち明けたら、驚きながらも受け容《い》れてくれたかもしれない。子どもだけがすべてじゃないと言ってくれたかもしれない。一緒にちがう未来をみつけてくれたかもしれない。でも私には言えなかった」

「どうして？」

敏也の呟きに亜沙子の頭がぴくりと動く。手すりを握りしめる手に力が入る。酷《こく》な問いかけだろうか。無神経だろうか。でもここまで洗いざらい話しているのだ。素朴《そぼく》に訊いてみたかった。

「自分を襲った不幸に巻きこみたくなかったの。あの人には思い描いたままの家庭を築いてほしかった。それが理由。ほんとうの気持ち。でも他にもきっとあったわね。自分のせいで誰かが不運に見舞われるって、その人の不運の責任まで感じなきゃいけないでしょ。重すぎる。結婚後ならまだしも、その前にわかったことだし。若いときは勢いで『いなくてもいい』と言ったところで、あとあと気持ちは変わるかもしれない。子どもがほしそうな顔をされたらつらい。どこかで浮気され、彼の子ができてしまうかもしれない。第一、打ち明けたときに受け容れてくれるとも限らないのよ。拒否されたら立ち直れないほど傷つく」

「すごくいろいろあるんだな」

ぽろりと出た言葉に、亜沙子は噴き出すように笑った。

「あるわよ。もっともっといっぱいある。数え切れないほどたくさんのことを考えてしまう。多くの人にとって子どもってそういうものよ。簡単には割り切れない。片づけられない。自分の人生を左右する大問題なの」

敏也が素直に頭を上下すると、片肘で小突《こづ》かれた。「まったくもう」と眉を寄せられる。

「ふつうはそうだから、男の人の『結婚は考えてない』とか、『子どもはいらない』とか、真に受けていなかった。その場によってころころ変わるに決まっている。深い意味なんてどうせない。でも付き合うときには一応、結婚願望の有無をたしかめたの。あとから揉《も》めたくないものね」

「そこで出会ったのがおれか」

敏也の「結婚は考えていない」も話半分に聞き流していたのだろう。敏也にしてみても亜沙子の中に他の男がいるのは折に触れて感じていた。カーラジオから聞こえてきた曲に涙ぐんだり、ふらりと立ち寄った紳士服売り場でマネキンの着ている服に見とれたり、敏也が予約したレストランで、店先まで来て入るのをいやがることもあった。その裏に、忘れがたい思い出があるのは容易にうかがい知れた。本人が言うほど結婚を嫌っているようにも思えない。

ならば、したくてもできない相手だろうと想像した。たとえば妻子のいる男とか。

別の女性と結婚し、すでに家庭を築いている男を好きになったなら、彼女のことだ、自分の思いを押し通すことができずに身を引いてしまったのかもしれない、と。

「トシとは気が合ってうまくいってるつもりだった。でもあるときからやけに忙しそうになって、約束はたびたびすっぽかされる。理由は話してくれない。このままダメになってしまうんだと思った。去る者は追わずをポリシーにするなら、割り切らなきゃいけないと自分に言い聞かせたわ。案の定、修復の機会もないまま別れ話になり、心配したしーちゃんが間に入ってくれた。そして理由を聞いて驚いた」

結希を引き取って間もなくの頃だ。汐野に口うるさく言われ、亜沙子とふたりきりで会った。

「亡くなったお兄さんの子どもを引き取る。その子どもはお母さんも亡くしたばかり。他に身寄りがない。親代わりになって育てる。お兄さんといっても義理の関係で血の繫《つな》がりはない。最初は何を言っているかわからなかった。引き取る子どもはトシにとって、実の姪《めい》ではないのよね」

「あの場で結婚はどうするのかと訊かれたな」

コブつきはハンディになるのに、かまわないのかと亜沙子は言いたかったらしい。

「トシは何もためらわずに答えたわ。する気はないって」

「最初から言ってるだろ。なんで今さらと思った」

亜沙子は濡れた頰《ほお》を手のひらで拭い、洟《はな》をすすって笑う。

「へんな人。ほんとうにへんな人よ」

「どうして。言っとくけど、おれだけじゃないよ。子どもはパスって思っている男はふつうにいるって。亜沙子が気づいてないだけだ」

「かもしれない。きっとそうね。でもどうしても歪《ゆが》んだ見方をしてしまうの。けろりとしたトシを見て、新鮮な驚きというか、目から鱗《うろこ》だった」

そして別れ話を保留にして、マンションにやってきたのだ。

「結希ちゃんに初めて会ったときの思いは、うまく言葉に表せない。手を差し伸べてあの子の頰に触れたら、柔らかさと温かさがまるで魔法の呪文みたい。自分の中にある氷の壁を溶かし始めたの。分厚いそれがみるみるうちに薄くなり、パリンと割れ落ちて堰《せ》き止められていたものが流れ出す。ようやく息がつけたような気がした。あの子にはちゃんと親御さんがいて、慈《いつく》しんで育てたのはよくわかっている。取って代わりたいなんて思ってないのよ。代わりにはなれない。でも出会えてよかった。いろんなものをたくさんもらった。私にとってかけがえのない子どもなの」

東から南へと、いつの間にか月が動いていた。冴え冴えとした月明かりが、敏也をみつめる亜沙子の顔に降り注ぐ。

手を伸ばし頰に触れたら、自分の中の分厚い壁にも届くような、魔法の呪文が聞こえるだろうか。

4

桃香から電話があったのは、亜沙子の話を聞いてから数日後の夜だった。

携帯の着信表示を見て相手が誰なのかわかったので、テレビを見ている汐野に目配《めくば》せし、敏也はルーフバルコニーに出た。亜沙子は帰宅前、結希は寝ている時間だった。

桃香からの電話など何年ぶりだろう。かかってきた時点である程度、話の内容に察しがついた。

久しぶりだねと言われて「うん」と返し、元気かと訊かれ、そっちはと尋ねる。儀式のようなやりとりのあと桃香は押し黙る。やがてわざとらしくため息をついた。

「お父さんとこの前、会ったんでしょ?」

「ああ。大宮の駅前でちょっとね」

「私のこと、なんて言ってた?」

探るように尋ねられ、敏也は少し間を空けた。

「今度こそ本格的に呼び戻す、みたいな口ぶりだった」

電話口で桃香は笑ったようだが、掠《かす》れた息が漏《も》れ聞こえただけだ。

「借金で首が回らなくなったとか、それを肩代わりしてやるのを条件に連れ戻すとか、言ってた？」

「まあね」

桃香は今、どういうところにいるのだろう。どんな見てくれをしているのだろう。

敏也は亜沙子の話を聞いたときとほぼ同じ場所に立ち、手すりにもたれかかり空を見上げた。雲が広がっているのか、月はどこにも見当たらない。

ゆっくり思い返してみると、脳裏に浮かぶ桃香は、ボレロタイプの制服をまとった中学生の女の子だった。三つ年下なので、初めて会ったのは小学生の頃だろうが、よく覚えていない。母親である則子はしょっちゅう向原の西尾木家にやってきたが、桃香と顔を合わせるのは正月や法事の席がせいぜいだった。

姉である恵里香は標準体重を大幅にオーバーし、ずんぐりした体格に大きな顔、小さな目と丸い鼻、お世辞にもかわいらしい外見とは言いがたい。本人も気にしているのか、人前に出るときは頑なにうつむき、口数は極端に少なかった。桃香と同じ学校に通っていたが、制服姿の記憶がないのは丸めた背中をカーディガンで包んでいたからかもしれない。

妹の桃香は正反対だ。愛嬌《あいきょう》のある顔立ちで体つきも細く、長い髪をふたつに結び、鼻歌と共に、当時習っていたバレエのポーズを取るような子だった。親戚が集まった席でも物怖《ものお》じせず親に生意気な口を利き、叱《しか》られるとむくれ、宥められると図に乗る。子猫のように気まぐれでありながら、年寄り連中のご機嫌取りだけは忘れないしたたかさも持ち合わせていた。

姉は高校卒業後、地元の大学に進み、会計事務所のようなところに勤めたと聞く。無愛想で陰気な子だったが、働き始めてからは体格も少し締まり、法事などで会釈《えしやく》くらいはするようになった。

妹は東京の大学をせがみ、結局中退。地元を出てからはいっそう好き勝手にやっている。役者を目指すも所属劇団は火の車。資金繰りのために男は肉体労働、女は水商売。珍しくもないパターンなのだろう。桃香はまったく異なる世界に飛び込み、すでに若いとは言えない年だ。これ以上深みにはまれば、ぼろぼろになっての野垂《のたじ》れ死にが比喩《ひゆ》でも冗談でもなくなる。さすがに本人もわかっているはず。

「それで桃ちゃんはどうするの?」

「どうもこうもないよ」

「帰るの?」

唇を噛むような気配がする。

「帰って、トシくんと結婚する?」

疑問形を疑問形で返された。

「おれとの結婚は別問題だろ」

「同じだよ。あの人たちの条件はそれだもん」

「おれは結婚しない。最初に言ったろ」

桃香は押し黙った。沈黙を重く感じる。敏也くんにその気がないのはわかっている。親がうるさいからしばらく聞く振りをしていようと、さばけた口調で言った桃香はどこに行ったのだろう。年月はそれをも変えてしまったか。

「トシくんは向原の家に帰りたくない?」

「なんだよ、いきなり」

「もしそうなら、私たち、似たところがあるなと思ったの。私だってけろりとした顔で、何もなかったように気楽に、そろそろ帰ろっかなあって頬杖をついてるわけじゃないよ。そこまで馬鹿じゃないから。でも、どうにも身動きがとれない。もしかしたら生きる死ぬの瀬戸際なのかもしれない。大げさに聞こえる?」

「いや。大変だとは思うよ」

「うん。すごく。ああ、だけど、まだウリやクスリはやってないよ。それはほんとのほんと。安心してね」

敏也は顔を歪めることで、湧《わ》き上がる不快感をやり過ごした。やっていようがいまいが、どうでもいいのだと彼女には理解できないだろう。本音としては帰郷を思い留まらせたいが、それも利己的な理由だ。

西尾木家から離れて東京で好き勝手をやっている分には無関係でいられるが、帰ってくればいやでも視界に入る。目障りだ。

「トシくん？」

「ん？」

「やっぱり電話じゃまどろっこしい。会おうよ。こっちに出てこられない？　なんなら私が行くよ。大宮だよね。昼間は仕事？　夜でもいいか。明日は無理だけど、明後日《あさって》とか、明明後日《しあさって》とか。早くがいい。会っていろいろ話がしたい」

「会う？」

思い切り怪訝そうな声が出た。眉をひそめて首をひねると、レースのカーテン越しに灯りのともる室内が見えた。汐野はソファーに腰かけ、テレビではなくキッチンの方を向いている。カウンターの内側に誰かいるらしい。亜沙子が帰ってきたのだろう。

場所をずらして西側の部屋をうかがうと、こちらは照明が落ち真っ暗だ。明日の時間割を揃《そろ》えたランドセルを机の傍《かたわ》らに置き、寝相の悪い結希がベッドの布団をはねのけながら眠っているにちがいない。ドライヤーをめんどくさがって生乾きの髪で寝てしまったので、明日の朝はひと騒ぎだろう。洗面所でジタバタする結希に、いいから朝飯を食べなさいと雷を落とすことになりそうだ。

ここ数年で耐久力なら相当鍛《きた》えられているが、今受話器から聞こえてくる声は、次元の異なるどす黒い感情を呼び覚ます。

「ちょっと、何考えてるの。お父さんやお母さんではなく、私とだよ。まずはふたりで話し合わなきゃ。トシくんだってそう思うでしょ。大切なことだもん」

「この電話で充分だよ。結婚についてならさっきも言ったとおり、するつもりはない。家に帰るかどうかの相談は、おれ以外の誰かとすればいい」

短く「え?」と驚いたような声がする。相手の顔色をうかがうようにかけてきた電話だが、すげなくつっぱねられるとは予想していなかったのだろう。甘くない現実を少しは見てきただろうに、自分の都合ひとつで横車を押そうとするのは何も変わっていない。

「待ってよ。何、その言い方。どうかしてるんじゃない? 子どもの頃と今とではちがう。当たり前でしょ。トシくんだって、お父さんには私との結婚を承知するって言ってるよね」

「そうしようと提案したのは桃ちゃんだろ」

「だから、子どもの頃とはちがうと言ってるの。いつまでもごまかしてはいられない。はっきりさせなきゃいけない時が来たの。私と一緒になるかどうか。トシくんの本心を聞かせて」

「さっきからずっと言っている」

窓辺に人影がふたつ立つ。汐野と亜沙子だ。窓は開けないがレースのカーテンを左右に押しやったので、ルーフバルコニーは丸見えのようだ。ふたりに向かって片手を振りながら、敏也ははっきり答えた。

「一緒にはならない」

「どうして」

「誰とも結婚しない」

返事の代わりに荒い息づかいだけが聞こえる。そろそろ切ってしまおうか。携帯の画面を見ていると再び桃香の声がした。

「ずいぶん偉そうなんだね。何様って感じ。いつからそんなに偉くなったの。西尾木家のおかげで学校も出られたんでしょ。大学にも行かせてもらったんだよね。会社も世話してもらって今のりっぱなマンションにも住んで。トシくん自身は何もしてない。一から十まで厄介になって、ぶら下がっているだけだよ。その自覚ある?」

威勢良く言われ、やれやれと星のない夜空を見上げた。

「私はこれまで、大人たちの陰険な悪口にまどわされず、トシくんと付き合ってきた。ほんとうにね、すごいことを言う人がいっぱいいるんだから。公平な気持ちを保つって簡単じゃないんだよ。私たちの縁談だって親戚はみんなありえないって思ってる。でも私は、相手がトシくんだから承知した。今になってそのへんの女の人と一緒にしないで。聞いてる?」

「うん」

「東京での私はたしかに世間知らずの甘ちゃんだったけど、向原に帰ればちがう。腹をくくってやり直せばできないことはない。ねえ、よく考えて。私たちで大勢の人間を見返すことができるんだよ。名家の主《あるじ》にだってなれる。これってすごいことでしょう？ ほんとうはね、縁談くらいいくらでもあるの。お母さんが具体的な話も持ってきてる。パートナーとして良さそうな人はいっぱいいる。でも私は、やっぱりトシくんを考えずにいられない。これから先の大きなチャンスを、どうせならトシくんと一緒にと思うのよ」

もしかして口説《くど》かれているのだろうか。見方によってはそうかもしれない。

「もうひとつ、このさい言うけど、将人くんひとりの天下にするのは面白くないじゃない。トシくんもさんざん嫌な思いをしてきたでしょ。ふたりして一泡吹かせてやろうよ。私はその気満々だから」

黙っているとさらに続ける。

「トシくんが結婚を嫌がるのはお母さんの再婚のせい？ ひどい目に遭ったと思ってる？ おばさんの最期はお気の毒だったしね。でもあれ、うちのお母さんは関係ないよ。全部、美弥子おばさんだよ。あの人、ほんとうに意地悪だから。昼ドラも真っ青な嫁いびり。それはわかっているよね」

わかってないのは桃香だろう。もう十四年前になる。敏也は高校に通っていた。十一月の初旬、北関東もぐっと冷え込み霜が降りる季節に、敏也の母である景子《けいこ》は咳《せ》き込む風邪を患《わずら》っていた。医者にかかる機会を逸《いっ》したまま市販の風邪薬で症状を和《やわ》らげ、当時は西尾木家の嫁として各種の催《もよお》し物に駆り出されていた。

咳は発作のように始まると止まらず、粘りけの強い痰《たん》を多量に吐き出した。見かねた敏也は病院行きを勧《すす》めた。口うるさくせっついたつもりだ。景子は「そうね」とうなずき、明日こそとくり返した。

美弥子たちがわざと邪魔したと、さすがにそこまでは思わない。けれど数々の雑用を押しつけられなければ病院にも行けただろう。そしてただの風邪ではなく、肺炎だと気づくこともできた。高熱の伴《ともな》わない肺炎があることを、景子も敏也も知らなかった。

忘れもしない十一月初旬の金曜日、景子は美弥子より塩原《しおばら》に行くよう命じられる。新設されたアートギャラリーの開所祝いに、則子と共に行くはずが他の用事ができたそうだ。

景子は体調の悪さを訴えたが、大宮まで車を出してもらえばいいとにべもなく言い捨てられる。那須《なす》塩原までは大宮から新幹線で一時間弱。ギャラリーの所長には面識があり、あなたも世話になっているでしょうと睨《ね》め付けられ、それ以上は言い返せなかった。

当日は昼前に向原の家を出て、解熱剤で熱を抑えながら新幹線に乗り込み、会場で則子と落ち合った。夕方からレセプションパーティが開かれ、景子は何度かふらついて椅子に腰かけたという。咳が止まらず洗面所に駆け込むこともしばしばだった。

満身創痍《まんしんそうい》だったが、人々の談笑するパーティに形だけ出席すればあとは帰れると思ったのだろう。半ばで退席を口にすると、則子があわてて首を横に振った。主催者の好意で塩原温泉に宿を取っているという。具合が悪いならそこで休めばいいと説得された。もはや断る気力もなかったのだろう。景子は言われるがままに温泉地へと連れて行かれた。宿に着いてみれば則子は同行していない。あのあとすぐにとんぼ返りしたらしい。景子はそれを聞きながら玄関先で倒れ、仲居たちに抱えられながら客室に寝かされた。高熱を発し、咳き込むと止まらず呼吸困難に陥《おちい》る。

ただならぬ様子に救急車が呼ばれたが、日暮れから降り始めたみぞれが雪に変わり、それが災いした。細い山道でスリップ事故が起き、救急車の到着が遅れたのだ。麓《ふもと》の病院に搬送されたのは日付の変わる頃だった。

知らせを受けた敏也が駆けつけると、母の顔には白い布がかけられていた。

雪さえ降ってなかったらと、宿の人は無念そうに言った。こんなことにはならなかったと。

ちがうだろう。もしも塩原に行かされていなかったら。もしも山奥の温泉に行かされていなかったら。それらふたつと天候の悪化は同じに語れない。いくつもの悪意が母の退路を断ち、つらい、苦しいという訴えを封じ込み、死地へと追いやったのだ。

その日、美弥子が出かけた用事とは、ジュエリーと着物の新作発表会だった。則子もそれを知り、ギャラリーの主催者に温泉宿をせがんでおきながら景子に押しつけ、会場を抜け出した。口裏を合わせていた美弥子を追いかけ、宝石や着物で埋め尽くされた会場へと向かったのだ。

「まさか死ぬとは思ってなかったわ」

「案外あっけないものね」

「結果オーライ?」

「ああ、すっきりした」

火葬場からの帰り道、ふたりの中年女がそう言って笑うのを、敏也は駐車場の片隅で目にした。

脳裏に焼き付いて一生消えない、忘れがたい光景となった。


桃香からの電話は適当に聞き流しつつ、会って話すことだけは承知しなかった。それが結婚についての返事でもあると、桃香も受け止めざるを得ないだろう。

そうなったら次はどう出るか。考えるまでもない。ニシオギグループの総領の姪、という氏素性が彼女の自由を奪ったのかもしれないが、同時にそれは華やかな看板ともなりうる。片時も忘れていなかっただろう。自分は他の人とちがう。出るところに出れば、下にも置かない待遇を受ける特別な存在だと。

だから東京での夢が破れても、他の世界で「煌《きら》びやか」を叶えようとする。親の勧める縁談といっても、敏也ならば過去のいざこざを隠す必要もない。立場だけで言えば、自分が圧倒的に強い。ありがたがって結婚し、一生尽くすと踏んでいたにちがいない。予期せぬ反抗に遭い、桃香が激怒するのは目に見えていた。当たり散らす先は親、それも言い出しっぺである父親だ。父親も黙っていない。彼にとっても敏也は、全身全霊でもって自分に、娘に、家に、忠誠を誓うのが当たり前の存在なのだ。

5

桃香からの電話があった翌日と翌々日は何事も起きなかった。

さすがに気になって仕事中も集中力に欠けた。秋の商談会に向けての打ち合わせで、何度か話しかけられても返事に詰まり、質問を訊き返してしまった。終わったあと、書類の片づけをしていると、日垣がそばに来てどうかしたのかと尋ねられた。

今までだったら適当にごまかし謝るだけだったが、ふと気が変わる。

「実は西尾木の家の方でちょっとありまして」

日垣は目の色を変えて訊き返した。

「なんだよ。何があったの?」

「もしかしたら実家に帰るかもしれません」

「向原だっけ。そこに大きな家があるんだろ。引っ越すわけ？」

敏也がうなずくと、日垣は眉毛を大げさに上下させた。

「まさか、ここを辞めるっていうんじゃないだろうな」

社内での打ち合わせだったので、一階の小部屋を使っていた。他の社員は次々に退出し、ふたり以外誰もいなかったが、日垣は話が漏れるのを気にして部屋の隅に敏也を引っぱった。

秋の商談会では造成中の分譲地について新規契約が期待されている。日垣は営業マンとして今から闘志を燃やし、経理担当の敏也は実務面でサポートする。ここしばらくその体制だったので、いきなり抜けられては彼も困るだろう。

「まだわからないんです。いろいろはっきりしてなくて」

「だったら続けろよ。向原なら通えるじゃないか。充分、通勤圏内だ」

間髪を入れずに言われ、敏也は少なからず驚いた。大宮暮らしと向原では何もかもが分かたれ、断ち切れるとばかり思い込んでいた。

「通勤……」

「初めて聞くような顔するなよ。今が近すぎるんだ。三十分くらい早起きしろ。できるだろ。子どもじゃあるまいし。あ、子どもはどうするんだ。ほら、引き取ったという子」

「連れて行きます。その子のことがあるから帰るようなもので」

「知られてもいいのか」

「はい。ほんとうは西尾木家と繫がりのある子なんです」

「そりゃまた大変そうだな。もともと含みがありそうだったし。でも、おまえのけじめはここでの仕事がちゃんとできてからにしろよ。うだうだ迷うな」

壁際にぐっと詰め寄られ、暑苦しさを押しのけながら、気がついたら敏也は笑っていた。日垣に言われて初めて、向原の実家から通勤する自分の姿が浮かび、なぜか愉快でたまらなかった。


その時は笑ったものの、夕方になると汐野からあわてふためいた電話がかかってきた。たった今インターフォンが鳴り、出てみると、スーツ姿の若い男がディスプレイに映った。西尾木敏也の家と確認した上で、折り入ってご相談したいことがあるので取り次いでほしいと言う。汐野が敏也の不在を伝えると、待たせてもらうと答えたそうだ。

「どうしよう。下にいるわよ、きっと」

マンションはオートロックなので、居住者が許可しなければ中に入れない。汐野が部屋にいるとわかってもすんなり引き下がるのは、初めから外で待つつもりなのだ。もとより平日の夕方に、会社勤めの敏也がいないのは承知している。

「相手はなんと名乗った?」

「小林《こばやし》さんだったかしら。切れ長の一重まぶたで冷たい雰囲気。礼儀正しいを通り越して慇懃無礼《いんぎんぶれい》な感じ。あらやだ、けっこう好みだわ。そうね、トシがいいって言うなら、中に入れてお相手くらいしてあげてもよくってよ。どきどきするのもまた一興」

「叔父の名前は出さなかったか？　岸田善彦っていうんだ」

「ううん。別に」

「わかった。おまえ今日は一日ミシン仕事と言ってたよな」

「ええ。お茶とおビールとどちらをお出しする？」

「そのまま大人しく部屋にいろ。中には入れるな。下まで見に行くな」

けたたましく「えーっ」と騒がれる。

「あのな、堅気《かたぎ》のサラリーマンとは限らないぞ。恐ろしい目に遭いたくなかったら、静かに縫《ぬ》い物してろよ」

うぇ、ひゃ、きょ、という意味不明な声を聞きながら通話を切った。改めて携帯を見てみると叔父からの着信はない。桃香もあれきりだ。けれどどう考えても心当たりはそれだけ。血相変えて乗り込んで来るのが自然な流れで、世間体を気にした叔父が代理を差し向けたにちがいない。

マンション前で慇懃無礼な男に捕獲されるか、叔父に電話して自ら出向くことを約束するか。

帰宅途中では結希がいるので前者は避けたかったが、後者はなんの解決にもならない。結婚を断るもっとも大きな理由を叔父に打ち明ける気はないのだ。

それからも汐野からはたびたびメッセージが入った。彼はなぜかマンションの管理人と懇意《こんい》なので、代わりに表の様子を探らせているようだ。

小林と名乗った男は黒塗《くろぬ》りのセダンをマンション前の道路に駐《と》め、運転席にじっと座っているらしい。スモークガラスなので車内の様子はわからない。管理人は素知らぬふりを装いわざわざ車の正面にまわりこみ、運転席と助手席をチェックして他に誰もいないのを確かめたようだ。

敏也はそれらの報告を受けながらいつも通りに定時まで働き、切りのいいところで後片づけに入り、曾根崎に挨拶して帰路に就いた。さすがに買い物に寄る余裕はなく、真っ直ぐ学童保育に向かい結希を引き取った。

昔のように手を繋いで帰るということはないが、ランドセルを弾《はず》ませ、歌うような気楽さで、結希はその日にあったことをしゃべる。今日は給食の酢豚風うま煮が酸っぱすぎて今イチだったという話だったが、途中で敏也の方から話題を変えた。

マンション前に待ち伏せしている車があるらしいと言うと、俄然《がぜん》、結希の目の色が変わる。

「今まで話してなかったけど、おじさん、親戚の女の子と縁談があったんだ。縁談、わかる？」

「結婚するみたいな話？」

「そうそう。もうずっと前にね。相手もすでに女の子って年じゃない。この前、はっきり断ってしまったから、厄介なことがあるんだ」

結希はその場に立ち止まり、眉根をきゅっと寄せた。

「テレビドラマみたい。どんな人？　ほんとうに断っちゃうの？　亜沙ちゃんは知ってる？　内緒にした方がいい？」

敏也も足を止めた。あとひとつ角を曲がったらマンション前の道路に出る。エントランス近くに駐まっているという黒塗りセダンも見えるだろう。携帯をチェックすると汐野からのメッセージが入っている。「まだいる」とリアルタイムの報告だ。

「亜沙子はいいけど、これから会う人には、結希ちゃんが西尾木雄一の娘であることを内緒にしてほしいんだ。ややこしくなるとおじさん、拉致《らち》されちゃうから」

びっくりした顔であわててシャツの袖口を摑《つか》む。

「おじさんがどこかに連れて行かれるのは絶対に嫌だよ」

「結希ちゃんが黙っていればなんとかなる。でも近いうちに行かなきゃいけないところがある」

「どこ？」

「向原のおじいちゃんの家だ。おれや、君のお父さんの家。その話はまたあとでしよう。今は目の前のピンチを切り抜けなきゃ」

にわかに不安げな顔になった結希を促《うなが》し、敏也は角を曲がった。手招《てまね》きして横に並び、いつもの道を歩く。これから先の大きなヤマは西尾木雄太郎との対面であり、誰を差し向けてこようが善彦に臆《おく》している場合ではない。

マンション近くの路肩には、なるほど黒い車が駐まっていた。寄り道せずに駅前から歩けば、正面で待ち構える位置になる。学童保育に寄ったので背後から歩み寄る形になった。運転席の男はバックミラーのチェックも怠《おこた》らなかったらしく、敏也たちが三メートル手前まで近づいたところで車外に出てきた。

スーツ姿の同年代の男だ。汐野が好みと言った切れ長の目尻を下げ、笑みらしいものを浮かべている。行く手に立ちふさがる恰好《かっこう》だ。結希が恐がってへばりつく。歩きにくくなったが変わらぬ足取りで距離を詰めた。

「西尾木敏也さんですね。突然お邪魔して申し訳ありません。わたくし、こういう者です」

名刺を差し出され、仕方なく足を止めた。受け取ると、叔父が代表取締役社長に納まっている不動産部門の子会社で、秘書室に所属しているらしい。苗字はたしかに小林だ。

「敏也さんの叔父上に当たられる岸田善彦氏より、命を受けて参りました。お連れしたいところがあるので、どうぞお乗りください」

うやうやしく車へと促され、敏也は首を横に振った。

「桃香さんとの件ならば、桃香さんに訊くよう叔父に伝えてください。こちらからの話はないので。では」

会釈して彼の横をすり抜けようとするが、すばやく動いて行く手を阻《はば》む。

「そういうわけにはいきません。あなたにはあなたなりの本音があるでしょう。言いにくい話もあるかもしれません。このたびはきちんとした席を設けております。『もとむら』という料亭はご存じですか。お連れするのはそこです。社長も腹を割って話がしたいとおっしゃっています」

何を言われても、紳士的な話し合いがなされるとは思えない。敷地の広い料亭の「はなれ」を確保し、いざとなれば殴る蹴るくらいはするだろう。

敏也が傍らの結希を気にするそぶりを見せると、小林はさらに如才《じょさい》なく微笑む。

「よかったらお子さんもご一緒に。わたしもいますし、お子さんのお相手が得意な仲居もおります。ご心配なく」

「悪いけど行く気はまったくない。時間の無駄だ。君は、あの手この手を尽くして説得を試みたけれど言うことを聞かなかった、と報告してくれ」

「は？」

「今までそれなりにご機嫌を損ねないようにしてきた。でももう、おしまいにするよ」

「どういう意味ですか」

小林の表情が改まり、探るような低い声で上目遣《うわめづか》いに敏也を見た。

「こんなところでするような話じゃない」

やんわり押しのけ数歩前に出ると、その前にまわりこむ。

「待ってください」

「おれに触るなよ。指一本でも触れたら、暴行罪で訴えてやる」

言いながら、彼の背後に向かって顎《あご》をしゃくった。マンションの入り口には管理人と汐野が並び立ち、固唾《かたず》をのんでこちらをうかがっている。それに勇気を得たのか、結希がにわかに騒いだ。

「おじさん、警察、呼ぼう。おまわりさんに来てもらおうよ」

小林が聞きとがめる顔になったので、とっさに結希の口をふさいだ。

「呼ばれたくないだろう、道を空けろよ」

「よしてください。わたしは何もしません」

「物わかりのいい男でよかった。またな」

「わたしはしなくても、他の人の保証はない。今日ならば料亭にお連れできるんです。この機会を逃さないでください。あなた自身のためです」

「おれは近いうちに向原の実家に帰る。これからのことは西尾木雄太郎と話し合うつもりだ。今日にでも連絡を取ってみるよ。叔父にそれも言ってくれ」

小林は虚を突かれた顔になった。善彦と敏也の関係、複雑な事情をひととおり心得ているならば、西尾木雄太郎の名前を聞き流せない。叔父も同じだ。

棒立ちになった小林の横を、結希と共に通り抜けた。汐野や管理人が道端まで出て大げさに手を振る。それを見て気を抜いたわけではないが、背後から呼び止められた。

「結希ちゃん」

ピンクのランドセルがくるりと向きを変え、敏也も振り返った。小林は結希だけを見つめていた。

「さっき、敏也さんのことをおじさんって呼んでいたね。敏也さんは、君のお母さんの弟？」

とっさに結希の頭が左右に動きかけて、不自然な角度で止まる。敏也はその頭に手を置いて、自分の前へと押し出した。小林の視線をさえぎってやると、結希は地面を蹴って駆け出した。汐野たちのもとにすっ飛んでいく。

「あの子は誰の子ですか。社長はあなたの付き合っている女性の連れ子と、それしか考えていません。でも結希ちゃんは学校であなたのことを、お母さんの弟とかお父さんの弟とか、親しい友だちに話している」

「君が気にすることじゃないよ」

敏也は笑いかけてくるりと背中を向けた。善彦に言われて敏也の身辺を調べたのは小林なのだろう。結希の名前も顔もよく知っていた。結希を含めて汐野や亜沙子の写真くらい撮っているだろう。本腰を入れてさらに調査すれば、結希の父親が誰なのかわかってしまう。敏也の抱えている秘密がバレるのは時間の問題だ。

雄太郎に連絡しなくてはならない。向原の家に帰るときが来たのだ。

マンションのエントランスでは、汐野と結希と管理人が手を取り合うようにして騒いでいた。恐かったね、無事でよかった、これからも気をつけなきゃと、大人ふたりが結希に言い聞かせている。マンションの住人が通りかかり、何かあったんですか、不審な車が駐まっていてねと、これまたやりとりが続く。

汐野の携帯には亜沙子から電話があったらしく、たった今ふたりが帰ってきたと説明している。亜沙子にも怪しい男の訪問を話していたのだ。途中で電話を結希に替わると、結希はたちまちパッと表情を明るくする。毎日会っている相手なのに、どうしてそんなに喜べるのだろう。あきれてしまうような満面の笑みだ。

そして新たに外から入ってきたマンションの住人が騒ぎに摑まり、黒い車ならまだいると指を指す。どよめきがあがった。味方が増えたことで気が大きくなったのだろう。管理人が俄然張り切り、注意してやると言いながら表に出て行く。みんなもあとに従う。

小林もせいぜいうろたえればいい。それよりも「西尾木さん」「結希ちゃん」と、声をかけてくる住人の顔と名前がだいたいわかるのが不思議だった。

越してきて数年は知り合いなどひとりもおらず、管理人の顔さえ覚えていなかったのに、結希が来てからは同じ小学校に通う家族と顔見知りになり、公園に来る乳幼児の親とも挨拶を交わすようになり、犬を飼っている人とも口を利くようになった。結希がよちよち歩きの子どもにかまい、犬の散歩にもついていくからだ。

その結希が敏也に飛びついてきた。ほっとした顔をしている。トラブルを無事回避したと思っているのだろう。よかったねという笑みと、信頼に満ちた眼差しを向けられ、黙って頭に手を置いた。

トラブルはむしろこれから始まる。君とおれとで起こしていくんだよ。ここから離れ、何もかもに別れを告げ、大きなトラブルメーカーになる。

待ち伏せしていたのがどこの誰なのか、結希が眠りについてから、汐野に説明を求められた。亜沙子は新人研修のチーフ役を任され、帰宅が遅かった。万が一にも漏れ聞こえないようにと、リビングの一番奥、窓際まで連れて行かれた。

ご丁寧にも床に腰を下ろした汐野は正座している。大事な話だからと言われ、のっけから気が重くなる。敏也はラグマットのはじに座り、小林の来訪が善彦叔父の差し金であることを話した。結希の学校での言動を彼が知っていることも。

「バレるのは時間の問題ね」

敏也が思ったのと同じことを言う。

「叔父に騒がれるのは面倒だ。ついさっきＶＩＰな親父にメールしたよ。折り入って話したいことがあると。向こうの都合次第だけれど、早ければ週末に結希を連れて行く」

汐野は顔を伏せ、押し黙る。眉だけがぴくぴく動くのが見えた。

「あのね、トシ」

おもむろに口を開く。

「これでも私だっていろいろ考えるのよ。あなたは養子縁組をしてもらえなかったから相続権がない。でも結希ちゃんがいれば変われる。そう言ったでしょ。どういうこと？　あんたはなんのために結希ちゃんを引き取ったの」

きちんとメイクをほどこした顔が持ち上がる。強い視線が敏也を射貫《いぬ》く。

「雄太郎さんは息子の血を引く子がいればすべてを与えたいと思うでしょう。でも今のままでは叶わない。戸籍上は赤の他人だから。結希ちゃんと養子縁組するしかない。あんたの狙いはそれ？」

敏也はふっと息をつき、口元に薄い笑みを刻んだ。ちらりと汐野をうかがうと、完全にまなじりが吊り上がっている。

「どういう交換条件を出すつもり？」

「なんだと思う？」

「単純な養育費の請求ではないわよね。まさか、自分のことも養子縁組しろと？」

否定しないのが返事だ。

「それがあんたのほんとうの意趣返し？　母親が再婚したときに、自分を息子として認めなかった雄太郎氏に、長男の忘れ形見を使って認めさせるの？」

ばっかじゃないのと、汐野は吐き捨てた。

「そんな交換条件、ありえない」

「そうカリカリするなよ。選択の自由は向こうにあるんだ。認める認めないの話じゃない。あの人は選べばいい。おれは選ばれる側だ」

「結希ちゃんをほしければと、人の弱みにつけ込むんでしょ」

「言っとくけど、結希はあの人の養子にならないよ。戸籍上の親はおれだ。おれがうんと言わない限り、誰も何も動かせない」

汐野の目が丸く見開かれる。

「どういうこと？」

「雄一の子に自分の身代を継がせたいのなら、その親であるおれを養子にすればいい。いずれ孫のものになる。もしも遺言状で譲るにしても、あの子に入るものはおれが預かる。

結局は同じことだよ」

「そこまで考えてるの。いつから？」

初めから。というのは汐野の心情を気づかって言わなかったが、おそらく伝わっただろう。

雄一に子どもがいると知り、たったひとりで育てている母親が余命幾《いく》ばくもないと知り、親子に近づくことにした。結希の親権が取れてはじめて叶う計画なのだ。裕福で善人な弟を装い、それこそ母親の弱みにつけ込み、生きているうちに、つまりは手続きのハンコがもらえるうちに、それ以外に道がないと説得して戸籍上の親になった。

「親権の有無が問題なら、親になった時点でお父さんに交渉すればよかったでしょ。この数年間はなんだったの。どうして大宮に引き取り、学童保育に預け、送り迎えまでして学校に行かせたの」

「子どもの意思ってのは馬鹿にならないからな。未成年の場合は聞き取り調査に重きが置かれる。向こうが敏腕の弁護士を雇《やと》うと苦戦を強《し》いられる。だから結希との良好な関係は必須だ」

「引き取って面倒を見て、数年がかりで関係を築く。意図的に自分になつかせたわけ？」

「すげー手間ひまかかっているだろう」

ざっくばらんに言うと近くにあったクッションを投げつけられた。

「やると決めたらとことんやり抜く男なんだよ、おれは。この数年間、我慢に我慢を重ねた。目的があったからだ。でなけりゃこんな生活、一日だってまっぴらだ」

声を荒らげて言ってやると、汐野はくしゃりと顔を歪めた。

「ほんとうに馬鹿だわ。あんたの計画なんかとっくに崩《くず》れているのに。気づかないの？実家に戻るのはやめなさい。結希ちゃんの素性がばれたらしょうがないわ。交換条件を変えるの。雄太郎さんとの養子縁組を了承するかわりに、あと数年間、せめて小学校を卒業するまで、できれば中学校を卒業するまで、ほんとうは成人するまで、ここでの暮らしを続けさせてほしいって」

「は？」

「私には無理ね。きっと亜沙ちゃんも。あんたを止められない。あんたのお母さんにも結希ちゃんのお母さんにも雄一さんにも申し訳ない」

汐野は肩を落としてうつむいた。洟をすする音がする。まさか本当に泣いているのだろうか。

計画は順調だ。結希は充分なついている。窮地を救ってくれた叔父に恩義を感じ、その意思に従い生きていく。雄太郎は将人に目を掛けつつも、今はまだ伯父と甥の関係だ。ここで自分が養子におさまれば、将人のほしかったものをすべて横取りできる。

母を死に追いやった叔母たちもせいぜい地団駄を踏めばいい。叔父たちがどんなふうにご機嫌を取るのかは見物だ。西尾木家の身代はまちがいなく、自分に転がり込んでくる。雄太郎が結希の存在を無視できない限り、それは確実なのだ。

めそめそする汐野にかける言葉を探していると、携帯が振動した。雄太郎からのメールが届いた。

おまえとは私もゆっくり話がしたかった。週末は時間を作る。土曜日に帰ってきなさい、と。

賽《さい》は投げられた。汐野の言うように、蒲田のアパートに向かったあの日から、この計画は止められない。西尾木家がばらばらになって崩壊するまで、止まらない。

六章　嵐を呼ぶ

1

　結希は助手席に座り、真っ直ぐ前を向いていた。敏也がハンドルを握《にぎ》る車は薄曇《うすぐも》りの空の下、中山道《なかせんどう》を北上していた。
　順調にいけばほんの小一時間の距離だ。心積もりとしては昼前の到着だった。土曜日の朝に、珍しく結希は起こされる前に布団から出てきて、外の天気を気にした。前の晩に降っていた雨はやんでいた。雲の切れ間から日が差しているのを見てほっとした顔になる。運動会や遠足の朝を敏也は思い出した。結希にとって、初めておじいちゃんに会いに行く特別な日だ。運動会と似たようなものかもしれない。

　その、おじいちゃんである雄太郎の今日の予定は、敏也にしてもよくわからない。土曜日に来いと言われただけだ。忙しい人なので土日も用事があるのかもしれないが、細かく指定されなかったところを見ればどこかで会えるのだろう。

向原にある実家には何度となく往復している。慣れた道なのに赤信号で止まるたびに深く息をついてしまう。助手席の緊張が伝わるというより、自分自身も肩に力が入っているのだ。

信号を気にしながら首をひねって視線を向ければ、結希も気づいて敏也を見る。情けない声で「おじさん」とつぶやく。

紺色の半袖ワンピースに、白いレース使いのボレロ。清楚《せいそ》で可憐《かれん》で品のあるお嬢さまに少しでも見えるよう、敏也がデパートで選んだ久しぶりのよそ行き着だ。靴も靴下も鞄《かばん》も、いつもの田舎臭い安物とは異なる。

そこそこかわいらしい顔立ちをしているので、浮くことなく着こなせているのは上出来だ。第一印象は大事。取り分け、年配の人たちの好みを外したくない。

及第点を付ける気分で、敏也は優しく微笑み返した。

「そんなに緊張しなくても大丈夫だよ」

「だって、こんな服着て」

「似合っている。かわいいよ」

小学校の入学式の朝は新しいワンピースにはしゃいでいたが、同じ褒《ほ》め言葉を言ってやっても、今日は飾りボタンやボレロの裾《すそ》を小さな指先でいじっている。

「おじいちゃん、結希のことをどう思うかな」

「喜ぶよ、とっても。君は初めての、そしてたったひとりの孫だ」

ここしばらくのお決まりのセリフを口にする。

「そうかな。こんなにドキドキするの、初めて」

「いつも通りに、じゃなくて、いつもより行儀良く、礼儀正しくしていれば大丈夫だ」

真剣な面持《おもも》ちでうなずく結希の頭は、亜沙子が念入りに仕上げた三つ編みに覆《おお》われていた。子どもの細い髪の毛を丁寧にとかし、少しずつつまみ上げて束《たば》ね、右に左にリズミカルに手を動かす。亜沙子の白い指先が敏也の脳裏をよぎった。まるで祈りの儀式を見るようだった。

気のせいではないだろう。彼女は黙々と手を動かしながら、さまざまな思いを編み込んでいた。出来上がったときに、結希の目の高さまで腰を落とし、ふっくらした頬《ほお》を手のひらで包んだ。言葉の代わりに口元をほころばせたのが、彼女の精一杯の愛情だ。居合わせた誰もがよくわかっていた。結希も敏也も汐野も。

その汐野はひとしきり洟《はな》をすすったのち、胸元にあしらわれたボレロのリボンを結び直した。「まあ、かわいい」と言いながら、結希を抱き寄せまた泣いた。

今生の別れじゃあるまいしと笑い飛ばしたいところだが、茶化すのはためらった。持って出たのは一泊程度の着替えだが、結希は今日を限りに別の運命を生きることになる。

「おじさんもドキドキしているよ」

「私を連れて行くから？」

「それもあるけどね」

信号が変わり、再び車を走らせていると、向原の西尾木家を初めて訪れた日のことを思い出した。母の再婚が決まるまでに義父とは二回ほど顔を合わせていた。

一度目は高崎市内のレストラン。今の結希のように、精一杯のよそ行きの服を着せられ、礼儀正しくするようしつこく言われた。初めて会ったときの義父は気さくに笑みを浮かべ、食事の合間に学校の様子などを尋《たず》ねてきた。

うまく答えられないと、「この子は頭が良くて」と横から口を挟《はさ》む母が恥ずかしかった。子どもの目から見ても義父には成功者特有のオーラがあり、立ち居振る舞いや言動が堂々としていた。浮つきっぱなしの母とは真逆だ。なぜ、よりにもよって母をかまうのか、不思議でならなかった。

二度目は郊外にある料亭だった。雄一も同席した。結婚の話は具体化していたので、家族になるかもしれない人たちと意識し、敏也は前回以上に緊張した。雄一がどんな人間なのかも気になった。初めてできる兄弟だ。けれど当の雄一は反抗期まっただ中で、父親の再婚などどうでもいいと言わんばかりの態度だった。

ろくに挨拶《あいさつ》もせず会話に加わらず、父親にたしなめられそっぽを向き、本格的に叱咤《しった》されて怒り出す。親子げんかはそのときからパターン化されていた。敏也と母である景子のふたりが、雄一の眼中に入らなかったのも同様だ。彼にとって最初から最後まで、そりの合わない父親が勝手に再婚した女性とその連れ子だった。

夢や希望など持ちようもなく、敏也は西尾木家の敷居をまたいだ。すでに身重だった母親は「なんとかなるわ」と能天気ぶりを発揮し、敏也の不安を倍増させた。そしてその不安は的中する。

「結希ちゃんは大丈夫だよ」

標識に沿ってハンドルを切りながら言った。

「君には強い味方がある」

「みかた？」

血の繋《つな》がりだ。声には出さずに答えた。

母親が義父の子を産んでいれば、西尾木家の一員に迎え入れられただろうか。そうすれば自分もあの家に居場所ができた、とは思わない。ますます余所者《よそもの》であることを意識せざるを得なくなっただろう。けれど、たとえそうであっても、母の早死には防げたのではないか。

熊谷を過ぎ向原に入ったところで、それまで進んでいた中山道から離れて、なだらかな丘陵《きゆうりよう》地帯を走る。間もなく田んぼや畑が広がる先に、分厚い緑の一群が見えてきた。敷地面積二千坪を誇《ほこ》る西尾木家の本宅だ。

新しい鞄の持ち手を結希がぎゅっと握りしめる。あれだと気づいたらしい。分厚い生け垣を周囲に巡《めぐ》らせ、眺《なが》めようによってはものものしい要塞《ようさい》だ。もっとも熊谷と高崎の中間地点である地価を思えば、大した資産価値はない。建物を入れても一億円がせいぜいか。

ニシオギグループの頭領が今なお本拠地としているところに意味がある。高崎市内にも豪勢な別宅を構えているが出張が重なるときだけ使っているらしい。運転手付きの車で行き来するので向原でも不便はないのだ。

雄太郎自身も本宅を気に入っているようで、精力的に友人知人を招いてもてなす。年明けの新年会を皮切りに、春は花見、夏は納涼会、秋になれば紅葉《もみじ》狩りと、華やかな宴《うたげ》が繰り広げられ人脈作りに一役買う。遊びではなく、あくまでも仕事の一環だ。その結果、資金援助の相談やら陳情やら、縁故に頼みたい人は向原を訪れる。

敏也は一時期、本宅での雄太郎の社交を補佐する役目に就《つ》いた。使用人に交じって雑用に明け暮れる毎日だったが、今となっては無駄でなかったと言えなくもない。本拠地を受け継ぐ資質を培《つちか》っていたとも考えられるではないか。

将人はビジネス面で頭角を現しているつもりだが、自分はまったくちがうアプローチでほしいものを手にする。

今日はそのための一歩となる。みんなの認識を変え、これまでの自分をも一新する。

来客を気にしながら車を正門に着け、助手席に向かってもう一度、大丈夫と告げる。結希にではなく自分に言っているのかもしれない。気持ちを引き締め、渡されているリモコンキーを操作した。防犯システムを解除させてガレージの門扉を開ける。結希を乗せたままガレージに入ると、雄太郎の車しか見当たらなかった。

敏也は家族用のスペースに車を駐《と》め、荷物と共に結希も下ろした。屋敷から人の出て来る気配はない。敏也の到着はわかっただろうが、出迎える者はいない。いつものことだ。

歩きながら手を差し出すと、結希も求めていたように敏也の手を握った。

「やっぱり大きな家だね」

すっかり萎縮《いしゅく》し、不安げにあたりを見まわす。

「あとで探検してみるといいよ。家の中も庭も」

「いいの？」

「その前に、驚かせるといけないから紹介しておこう」

やっとたどり着いた正面玄関を行き過ぎ、庭へとまわる。そこでも結希は目を見張った。丸く見開いた瞳がかわいい。完璧に手の行き届いた庭園が広がっていたのだ。敏也は細い手を引っぱって進み、母屋に近い場所にある小屋へと歩み寄った。

「犬？　二匹いる」

結希はおっかなびっくり近づくが、犬たちはすでに鼻を鳴らし尻尾を振っていた。この家で唯一、敏也を大歓迎してくれる存在だ。

「陸丸《りくまる》と、クータだよ」

「陸丸は、結希ちゃんのお父さんが名前を付けたんだよ」

「お父さんが？　どっち？」

「白い方。紀州犬っていう種類だ」

雄一が父親に反発して家を出る前ぎりぎりに、もらわれてきた犬だ。その頃はまだ、よちよち歩きの子犬だった。段ボールの中で毛布にくるまって眠る姿を見て、「かわいいな」と目尻を下げていた。敏也が背後からのぞき込むと体をずらしてくれたので、雄一と共に段ボールを囲んで犬を見つめた。

「なんて名前にする？」と、訊かれたのも昨日のことのように思い出す。子犬を見て和《なご》んでいたのだろう。まるで優しい兄のように声をかけてきた。思いがけなくて、敏也は気の利いた言葉が返せなかった。

犬は好きだったよな。うん。この犬、おまえがかわいがれよ。

そんな会話もあった。言われたときは意味がわからなかったがあとになって気づいた。

雄一はすでに家を出る決意を固めていたのだ。

「十二年前のことだから、陸丸ももう十二歳だな。あとで散歩に連れて行こう。そうだ、結希ちゃんのお母さんと初めて会ったときに、一緒にいたのもこの陸丸だ」

「お母さんと？　どうして」

「前に一度だけ、ひとりで訪ねてきたんだ。でも大きな家に驚いて、すぐに帰ってしまった」

「知らなかった。あの犬、お母さんにも会ったの」

結希は言いながら顔をしかめ、目を潤《うる》ませた。敏也はポケットの中からハンカチを出して渡した。

「おじさん、もう一匹は？」

「あれは大宮に行ったあとだからな。よくわからない。純血種じゃなく雑種らしい。見た目からすると柴系だな」

保健所で殺処分になるところをもらわれてきたと聞いたが、いつ誰が連れてきたのか、詳しいいきさつは知らない。まだまだ子犬だったので、賢く穏《おだ》やかな陸丸が何くれとなく面倒を見たそうだ。親子というより親分子分の関係に近く、陸丸がなついている敏也に対してはは初対面からひどく従順だ。

「なんて名前？」

「クータだって」

「どういう意味？」

さあねと答えていると、すぐそばの広縁から声がかかった。

顔を向けてハッとする。義父だ。スラックスにVネックのサマーセーターというラフな恰好《かっこう》。七十代になるが、第一線で働いているだけあって立ち姿に年寄り臭さがない。そんなところで何をやっていると言いつつ、敏也の傍《かたわ》らに視線を向ける。同伴者がいるのに気づいていたのだろう。結希はすばやく敏也の陰に隠れた。

「玄関から入ります。今、少し時間をもらえますか。話したいことがあります」

「そう言われていたから、午前中を空けていたんだ」

「書斎でもいいですか」

畳《たた》みかけるように言うと、義父の眉根《まゆね》が寄った。ぐずぐずした人間を嫌うが、先んじられるのも好まない。わかっていたが、今日は特別な日だ。イレギュラーで行かせてもらう。

書斎というのに符丁《ふちょう》的な意味合いもあった。私邸であっても使用人やら客人やらが多く、内輪の話はしづらい家だ。これというときに使われるのが主《あるじ》専用の書斎だった。

敏也にしても今まで何度となく呼びつけられ、緊張のひとときを過ごした。切り出される話題は高校卒業後の進路について、あるいは就職先について。大宮に行くよう言われたのも書斎だった。

「そこの子どものことも、聞かせてくれるんだろうな」

「はい。もちろん」

「まあ、いいだろう。コーヒーを持ってきてくれ」

広縁の方が高い位置にあるので、上から言い置いて義父は踵《きびす》を返した。姿が見えなくなるまで見送ってから敏也は結希を急かして玄関にまわった。

中に入るとまたしても結希が「わあ」と固まる。ようやく出てきた使用人にコーヒーをふたつ頼み、吹き抜けの玄関室や豪勢な生け花に唖然《あぜん》としている結希を、まずはリビングに連れて行く。そこでも「すごい」を連発する。大宮のマンションのそれよりひとまわり広い程度だが、ダイニングテーブルやソファーセット、サイドボードなど、置かれている調度がすべて一級品だ。大宮ではリビングが一番広い部屋だが、この家ではむしろ手狭な感がある。

「驚いていたら切りがないよ」

たしなめていると、顔なじみのお手伝いさんがやってきた。美千代《みちよ》さんと呼ばれている六十代の女性だ。今はこの人が一番の古株。

「お帰りなさいませ。何ヶ月ぶりです？　お部屋に風を通しておきましたよ」

如才《じよさい》なく微笑み、結希に気づいて「あら」と首を傾《かし》げる。

「こちらは？」

「大事な子どもなんだ。おれは書斎でお父さんと話がある。美千代さん、見ててもらえないかな」

「私が、ですか」

「忙しいだろうが折り入っての頼みだ。絶対に目を離さないように。名前は結希。心細くしているから、優しくほぐす方向で」

結希に対しても、おとなしく待つよう言い聞かせた。そうこうしているうちにもトレイにのったコーヒーセットが運ばれてくる。ふたりの好みは知られているので、砂糖やミルクは添えられていない。

敏也はそれを受け取り書類ケースを小脇に挟み、あとのことを美千代に任せて廊下に出た。

リビングを出て、三回曲がった先の突き当たりに書斎はある。ノックをして扉を開けると、義父は壁に設《しつら》えられた書棚の前で本を出し入れしていた。書斎といっても執務室を兼ねているので、入ってすぐの正面に立派なデスクセットが置かれている。書類も山積みだ。年代物の重役室といった趣がある。

部屋の中央には小ぶりのテーブルとそれを挟む形でソファーがあり、敏也はトレイを手に歩み寄った。義父もすぐにやってきて、どっかり腰を下ろした。

「話というのはなんだ。結婚か？　いきなり子どもを連れてくるというのは、らしくないだろ」

「すみません。その方が話が早いと思いまして」

互いにコーヒーをすすり、ひと息入れたところで敏也は本題を切り出した。

「さっき結婚という言葉が出ましたが、たしかにそういう話題です。ぼくではなく、雄一兄さんの」

「は?」

「お父さんは、兄さんに特別な女性がいたことを知っていますか。亡くなったときもほんとうは東京でその人と暮らしていたんです」

義父はまさかと言って笑うが、その声は早くもうわずっている。

「兄さんを連れ戻そうとした人たちは、勤め先を突き止め本人に直談判《じかだんぱん》し、帰ると約束させたところで手を抜いたんでしょう。住まいに踏み込むことはしなかった。していれば、家族がいたことに気づいたのに」

「いや、待て。なんの話だ」

敏也は持参した書類ケースの中から紙切れを取りだして広げた。

「婚姻届です。兄さんは、帰郷する前にこれを作っていました。お父さんに女性のことをきちんと話した上で東京に戻り、役所に提出するつもりだった」

それが叶わなくなったのは言わずもがなだ。義父は震える手で紙を受け取り、息子の直筆の署名を見て息をのんだ。捺印《なついん》もされている。日付は帰省した年。月まであっている。あとは日にちと証人欄を埋《う》めれば正式に提出できる。

「どうしておまえがこれを?」

「兄さんが亡くなった後、たまたま家の前で女の人と会いました。そのときは口を利くこともなく、相手も黙って去って行ったんですけれど、数年経っても忘れられずに調べました」

「なぜ私に言わなかった」

わななく義父の指先が今にも書類をくしゃくしゃにしてしまいそうで、敏也は「お父さん」と声をかけ、やんわりその手から書類を取りあげた。畳んでファイルに戻す。貴重な物証なのだ。

「話したかったです。話そうと思いました。でもこの千秋さんという女性は、たったひとりで小さな女の子を育てていました」

「あの子か?」

打てば響く速さで気づき、義父は絶句する。敏也は慎重にうなずいた。

「誰にも言わないでくれと頼まれました。お父さんに打ち明けなかったのは申し訳なかったと思っています。心苦しかったですよ。でもぼくは、千秋さんのたっての望みをむげにできなかった」

「黙れ！」

握りしめた拳を義父はテーブルに叩《たた》きつけた。カップとソーサーが跳《は》ね上がり、中のコーヒーがこぼれた。今にも飛びかかってくるような険《けわ》しい形相《ぎょうそう》で、義父は敏也を睨《にら》みつける。凄《すご》みのある声音で、ねじ伏せるように怒鳴る。

「言い訳など、聞きたくない！　どれほどの裏切り行為か、わかっているのか！　今ごろのこのこ現れおって」

思わず腰が引けるも、ここで負けるわけにはいかないのだ。

「お父さん、この女性はすでに亡くなっています。ぼくが改めて会ったのは四年近く前の秋。そのときすでに不治の病を抱えていました。すぐに入院させましたが、余命数ヶ月と宣告され、本人もよくわかっていた。その彼女が、必死の思いで訴えたら、むげにできないのは当たり前じゃないですか。どういう望みかと言えば、娘の存在は西尾木家に伏せておいてくれと」

腰を浮かし身を乗り出していた義父の全身から、ふと力が抜ける。

「なぜ、どうして」

「千秋さんは身寄りのない人でした。兄さんが亡くなったのを知っても、自分や娘のことを言い出せなかったのは、取りあげられるのを恐れたんでしょう。つましくふたりで暮らしていました。けれど病気になり、幼い娘をたったひとり残して逝《い》かなくてはならなくなった。そうなってもまだ、西尾木家に託《たく》すのは不安だった。だからこちらには一切、連絡がなかったんですよ」

「どうしてだ。雄一の子なら、大事に育てるのに決まっている」

「西尾木家が立派すぎたんだと思います。兄さんだって、出てしまった家なんですよ」

義父の視線が敏也から離れる。虚《うつ》ろに宙を泳ぐ。痛いところを突かれたのだ。

「ぼくもずいぶん警戒されました。何度も足を運び、勝手なまねはしないからと約束し、遠慮する彼女を説き伏せる形で病院の費用やアパートの家賃を出しました。兄さんの家族を路頭に迷わせるわけにはいかないから」

「それで、その女性はいつ亡くなったんだ？」

「入院して四ヶ月後の春先に亡くなりました。娘の小学校入学式までは生きていられなかった」

「あの子はふた親を亡くしたのか」

敏也はうなずき、今度は写真の束を取りだした。トレイをはじにどけ、トランプゲームの要領で順番に並べていく。

マタニティウエアの千秋と目尻を下げた雄一が並んで収まった写真。今にもはち切れそうに膨《ふく》らんだお腹に、ほっぺたをくっつけた雄一の写真。白い布にくるまれた赤ん坊をおっかなびっくり抱えた雄一と、すっぴんでも充分きれいな千秋の写真。誇らしそうに「命名」とした半紙を掲《かか》げてみせる雄一の写真。大泣きの赤ん坊と情けない顔になっている雄一の写真。ベビーカーを押す後ろ姿。よちよち歩きの幼児を、両手を広げて待ち構える写真。

敏也が蒲田のアパートでみつけたスナップだ。親子三人で水族館に行ったところで途切れる。

義父は恐ろしいものでも見るように頬を引きつらせた。ゆっくり顔を近づけ、首を左右に振る。雄一と、しゃがれた声で呻《うめ》く。目を瞬《しばたた》く。義父のまったく知らなかった世界がそこにはある。失った息子が蘇《よみがえ》り、生き生きと動き出したのかもしれない。

敏也はそんな義父にただ見入った。雄一の臨終を告げられた病室が目の前の光景と重なる。一代で財をなし、頭領とも呼ばれるようになった男にも、できないことがある。曲げられない現実がある。自分も母の死に直面したとき、義父と同じような顔をしていただろうか。

同時にもうひとつ、敏也の胸中をよぎる病室があった。今よりもっと幼い結希が、小さな唇を真一文字に結び、白い布団のはじを握りしめていた。

書斎の真ん中で、どれくらいぼんやりしていただろう。ふと我に返り、敏也は残っている数枚を空いているスペースに置いた。

病室での千秋と結希。一緒に出かけた冬の山中湖。千秋の遺影が置かれたお通夜の祭壇。結希の小学校の入学式。遠足。運動会。クリスマス。お正月。

「おまえが大宮に引き取ったのか」

「千秋さんに頼まれました。母親を亡くしてすぐの時期に、西尾木家に連れて行くのはやめてくれと。数年間はふつうの環境で伸び伸び育ててほしいと。それが雄一さんの望みでもあったと」

あらかじめ用意してあった嘘を織り交ぜて言う。千秋は、西尾木家についてほとんど触れなかった。悪いようにはしないという敏也の言葉に、祈るような目でうなずくだけだった。

義父は大きく息を吸い込み、吐き出し、「わかった」と唇を噛《か》んだ。

「しばらくひとりにしてくれるか。あまりにも思いがけない話だ」

「はい。写真は……」

「このままでいい」

ネガは持っている。素直に立ち上がり、敏也はドアへと向かった。

「待て。あの、子どもは？　なんという名だったか。ああ、雄一が付けたんだったな」

「結ぶ希望と書いて、結希と言います」

「いい名だ。あとで会おう。雄一の子だったら私の孫じゃないか。昼飯は食べていくんだろ。いや、もっとゆっくりしていきなさい。子どもの喜ぶメニューをなんでも言うといい。おやつもだな。女の子なら甘いものが好きか。今、あの子はいくつだ？」

「小学四年生で、十歳になります」

「敏也」

いつになく、真っ直ぐ名前を呼ばれた。

「おまえもゆっくりしていきなさい。ここは、おまえの家だ」

ありがとうございますと頭を下げ、書斎を辞した。人気のない暗い廊下に出て、ほんの数メートル歩いたところで足が止まる。頬に違和感があり指先をあてがうと、雫《しずく》が伝っていた。それに驚く。

長いこと意識し続けた大きな山場を無事にクリアした。上々の首尾だった。ほっとして気が緩《ゆる》んだのだろうか。自分の母や千秋のことを思い出しナーバスになったのかもしれない。

でも脳裏でくり返されるのは、たった今聞いたばかりの、義父のひと言だ。

ここはおまえの家だと言った。たしかにそう口にした。胸が苦しく熱い。勝手に嗚咽《おえつ》がこみ上げ、こらえると体が震えた。重要なセリフはもっと他にある。心に刻みつけたいやりとりがあった。なのにひと言に支配され、身動きできない。

そこに、壁越しの咆吼《ほうこう》が聞こえた。ひとりきりになった義父が手放しの悲嘆にくれているのだ。見なくてもありありと姿が浮かぶ。敏也の母が亡くなったときもそこまで悲しまなかった。敏也自身の身に同じことが起きても似たようなものだろう。雄一だけが別格なのだ。どこまでいっても義父が求めるのは雄一ただひとり。すっと手足の強《こわ》ばりが解けた。頰はすっかり乾いている。義父のひと言に感動して涙ぐむ自分の幼さに笑うこともできた。

暗い廊下を再び歩き出す。角を曲がると、かつて雄一に呼び止められた場所に出る。生前の雄一と最後に言葉を交わした場所だ。

おまえはちがうから。

ここから出て行くことを考えろ。

そうだよなと呟く。

「この家はあんたのものだ。でもこれから先はみんな、おれがもらうよ」

あの日と同じように突き当たりの窓から光が差し込んでいた。歩み寄ると子どもの声がした。結希だ。美千代が気を利かせたのだろう。芝生の庭でシャボン玉遊びをしていた。

七色に輝く光の玉が風に流され舞い上がり、無邪気な歓声と共に、青い空にとけていった。

2

思いがけない話に珍しくも取り乱した雄太郎だったが、孫娘との初めての昼食を見合わせたくはなかったのだろう。

結希には途中で軽いお菓子が出され、一時まで待つように言われた。庭が望める明るい和室に座卓が用意され、海苔《のり》巻きやいなり寿司、茶碗蒸しや香の物が並ぶ。敏也が来るとわかって準備された昼食だ。

ふかふかの分厚い座布団に座らされた結希は、体を左右に動かすと小舟のように揺れるのを面白がる。やめろと言っても聞かない。到着してすぐは緊張していたが、シャボン玉遊びの後、合流した敏也にせがんで犬を出してもらい、すっかりいつものペースだ。犬は品良く賢いが、結希は芝生に尻餅《しりもち》をついたり転んだりと忙しい。ワンピースには草が、ボレロのレースには泥がつき、せっかくのよそ行きが台無しだ。

「お行儀良くと言っただろ」

「おじさんもやってみて。どっちがいっぱい傾《かたむ》くか、競争しよう」

「しないよ、そんなの」

「見て見て。きゃー。すごい。わっ」

思い切りひっくり返ったところで、襖《ふすま》が開いて義父が現れた。なんて間の悪い。結希は吹っ飛んだ座布団を引き寄せ、あわてて座り直した。舌を出す雰囲気で肩をすくめる。給仕していた美千代が噴き出した。

義父は呆気にとられたようだが、幸いにして恐ろしい形相にはならず、おもむろに自分の席についた。常日頃から子どもと接していないので、どうしていいのかわからないのだ。先に羽を伸ばしていた結希の方がくったくなく頰をほころばせ、義父はぎこちない笑みで応じた。

敏也は間に入り、双方に話しかけた。学校での様子。大宮での暮らしぶり。雄一のこと。ようやくその場が和むも、近くに控え、茶を淹《い》れていた美千代が「あの」と声を上げた。やりとりを聞いていて、結希の父親が誰なのか察しがついたらしい。使用人の分をわきまえた彼女が主たちの会話に口を挟むなど、ふつうはありえないことだ。けれど、そうせずにいられないほどの混乱に見舞われた。

「申し訳ありません。でも、そちらのお嬢さまはまさか」

雄太郎が「まだ伏せているように」と言い、美千代は白い布巾を目や鼻に押し当てる。体を折るようにしてうなずいた。心配顔の結希に、敏也はここぞとばかり優しく微笑んだ。

義父と美千代を襲った驚愕《きょうがく》は、西尾木家に関わるすべての人が味わうことになる。

食べ慣れた巻き寿司が格別に旨かった。敏也は茶碗蒸しのなめらかさに舌鼓《したつづみ》を打つ。陽差しの当たる障子の眩《まぶ》しさが心地良く、自分の中にも明るい陽が差すようだ。何重にもかけられていた重いコートが肩から滑《すべ》り落ち、初夏にふさわしく身軽になった気がした。

昼食後は結希を伴《ともな》い、屋敷と庭を案内してまわった。どうしても外せない用事があると言って出て行った義父は、小一時間ほどで帰宅した。庭にいたふたりのもとにやってきて、鯉《こい》の泳ぐ池へと結希を連れて行く。太鼓《たいこ》橋の上から仲良く並んで餌《えさ》をやり始めた。あきれるほど柔らかな声を出し、相好《そうごう》を崩す。

敏也は庭に置かれたガーデンチェアに腰かけた。間もなく美千代がティーセットを持ってきた。

「旦那さまのあんなお顔、初めて見ましたわ」

「おれも同じこと思ってた」

「ですよね。それにしても驚かせないでくださいよ。心臓がきゅうっと縮まりましたからね。雄一さんにお子さんがいたなんて」

テーブルにトレイを置いた美千代は大きく息をついた。

「敏也さんが面倒を見ていたんですか？」

「おれが知ったのはあの子が保育園にいた頃だ。母親は治らない病気に罹《かか》っていて、四ヶ月後に亡くなった」

「おかわいそうに」

美千代はエプロンからハンカチを取り出す。

「ダメですね。私がこんなふうにめそめそしていては。結希ちゃん、とても素直に育ってらっしゃる。会ってすぐにわかりましたよ。そこも、私には驚きなんです。敏也さんに子育ての才能があったなんて」

「いや、そういうわけでは」

「謙遜《けんそん》なさらないでください。ちゃんと面倒を見なければ、あんなふうになつきませんから」

「もっと物静かで控《ひか》え目な女の子がよかったんだよな。初対面のときまでそれがイメージだった」

本音を漏《も》らすと、美千代に背中を叩かれた。ひどく受けたようで大笑いされる。

結希がいかにちがうタイプの子かは一目瞭然《いちもくりようぜん》だ。いつの間にか橋から下り、池の縁《ふち》のぎりぎりにしゃがみこんで、鯉の名前を尋ねている。あんまり身を乗り出すので、あわてて義父が結希のもとに駆け寄る。

少しは苦労してほしいと思った。

「雄一さんにもお小さいときがあり、旦那さまとあんなふうに鯉に餌をやっていたのかもしれませんね。私は雄一さんが小学校高学年の頃にこちらに来たので、知らないんですよ。ヨシエさんなら覚えているでしょうが。そうそう、ヨシエさんが結希ちゃんのことを知ったらどれほど喜ぶか」

ヨシエは長年この家を仕切ってきたので、我が物顔で出入りする義父の妹たち、美弥子と則子とは微妙な力関係にあった。おかげで後添《のちぞ》えとして入った敏也の母親を、美弥子たちと結託していじめるということはなかったが、温かみのある付き合いはしてもらえなかった。

ヨシエにとって仕えるべき主は、あくまでも西尾木家の直系なのだ。雄一の急逝には倒れるほどの痛手を受けていた。

「ヨシエさんが結希のことを知ったら喜んでくれるだろうね。それはわかっているけれど、喜ぶ人ばかりではないだろう?」

敏也が含みのある言い方をすると、美千代の顔が曇る。たちまち心当たりが浮かんだのだ。

「結希は頼みの綱としていた母親を亡くし、たったひとりで大宮に引っ越してきた。小学校の入学式もおれに連れられて出席したんだ。まわりは両親と一緒なのに。どれだけ寂しかったか。でも自分の境遇《きょうぐう》に負けることなく元気に育ってくれた。大きな哀しいことはあったけれど、親切で優しい人たちに恵まれたんだと思う。でもこれからはそうはいかない。いろんな波風が立つ。悪意にもさらされる。事情をよくわかっている美千代さんにはなんとしてでも力を借りたいんだ。頼めるかな」

「もちろんですよ。私はこの家に仕える人間です。雄一さんが残した大切な命を、誠心誠意お守りします」

「それを聞いて安心した」

チェアの背もたれに背中をあずけ、敏也は両手を上げて思い切り伸びをした。

「子どもの面倒を見るのって、ほんとうに大変だった」

「おひとりで、すべてを?」

「友だちがいたからいろいろ手を貸してもらった。ひとりではどうにもならないことがあるんだ。でも基本的にはおれがやるしかなくて。学校の授業参観も個人面接も宿題のチェックも」

「頭が下がります。よくおやりになりましたわ。これからはなんでもお手伝いいたします。ただ、どちらにお住まいになるんでしょうかね」

「うん」

「旦那さまはお放しにならないと思いますよ」

結希たちは池から離れ、その奥にある紫陽花《あじさい》の群生へと移動していた。本格的な夏前のこの時期、緑の葉の間に紫色や水色、白、薄紅、さまざまな花が浮かぶように咲いている。

景子もしっとりした眺めを気に入っていた。わたし紫陽花が好きなのよ。こんなに綺麗《きれい》に咲きそろうのを見ながらのんびりできるなら、それだけでもここに来た甲斐《かい》があると思うの。そう言って、敏也に向かって微笑んだ。

他に楽しみはなかったのか。庭だけなのか。あの頃と同じ突っ込みが口にのぼりそうになる。そしてどんなに綺麗でも、命を削《けず》るほどの価値はないだろう。

夕飯はハンバーグやオムライスなど、子どもの好きそうなメニューが並んだ。

結希の寝具は客間に用意され、風呂から歯磨《はみが》きまで美千代がかいがいしく世話を焼いた。どこから調達したのか絵本も出てきて、寝付くまで枕元で読んでやるそうだ。舐《な》めるようにかわいがられ結希は上機嫌で床についた。

今後の話し合いについては夜にと言われていたが、翌日に持ち越されることになった。突然の孫娘の出現と慣れない子どもの相手に、義父も疲労困憊《ひろうこんばい》らしい。敏也にしても久しぶりに自室でひとりの時間を過ごした。

翌日の日曜日、張り切った美千代に連れられ、結希は犬の散歩に出かけた。機嫌はよかったようだが髪型にはこだわり、まわりを困らせた。ヘアセットの得意なお手伝いさんが前日のように三つ編みにしようとすると、いやがってべそをかいたそうだ。

前日は亜沙子が編んだことを思うと、デリケートな心情があるのだろう。敏也が話しかけると電話がしたいと駄々をこね、眠りこけているだろう汐野は出てこなかったが、亜沙子には数コール目で繋がった。

結希は夢中になって昨日からのことを話し、聞き上手の亜沙子の反応に嬉しそうにしていた。案の定、里心がついたらしく、電話を切った後は帰りたいを連発する。なだめすかして朝食をとらせ、あとのことは美千代にたのむ。敏也は再び書斎に向かった。

一晩を経て、義父はいつもの落ち着きを取り戻していた。結希の存在が新たな活力をもたらしたのか、肌の色つやはいつも以上にいい。日曜日の予定はすべてキャンセルしたらしい。

「あの子が雄一の子ならば、このままというわけにはいかない。取り急ぎ昨夜、増岡《ますおか》に話をしてみた」

古い付き合いの弁護士だ。

「彼も相当驚いていたが、さっそく親身になって考えてくれたよ。婚姻届は提出されなかったので、結希は千秋さんの子どもとしてのみ出生届を出されたのだろう。雄一との親子関係は成立してない」

イエスの意味で、敏也はうなずいた。

「従って私とも赤の他人だ。ところで、あの子の親権は誰が持っている?」

「ぼくです」

「どんな手続きを取った？」

「亡くなる前に、千秋さんが必要書類に署名捺印をして、自ら関係部署に届け出てくれました。おかげでそのあとも、小学校への入学手続きなどスムーズだったんです」

「おまえひとりか」

「はい」

「だったら話が早い。その親権を私に移せばいい。孫ではなく養子という形になるが、正式に我が家の子として相続権その他を与えられる。もとは雄一が譲り受けるはずだった。叶わなくなったが、実子がいるならば宙に浮かずに済む」

「結希がこの家の後継者になるのですか？」

　義父は当然だという顔で胸を反《そ》らした。

「叔母さんたちが黙っていませんね。将人さんも」

「おまえが心配することじゃない。雄一の子どもが継ぐのなら、なんの問題もない。とやかく言うやつがいたら、こちらから縁を切るまでだ」

　本気だろう。身内だから取り立ててやっている。逆に言えば、切るのに惜しむ人材ではないのだ。

「午後には増岡がやってくる。今後の手続きについてよく聞いてくれ」

「お父さん」

弁護士に言うのでもよかったが、ふたりきりで話せる場を用意してもらい、敏也は非常に重要な内容を口にした。

「結希の親権を動かすつもりはありません」

「どういうことだ？」

「言葉の通りです。これからもあの子の親はぼくです」

意味がわからないらしい。とまどう顔になるだけだ。

「いや、だから、それは大変だっただろう。ふた親を亡くした子どもを育てるのは並大抵の苦労じゃない。私がすべてを肩代わりしよう。任せなさい。おまえは身軽になって、おまえ自身の幸せを探すべきだ。結婚もしたいだろう。自分の子もほしいだろう。先々まで見据《みす》えなくてはならない」

敏也は伏せていた顔を上げて義父に視線を向けた。穏やかに説き伏せようとしているが、その奥にたやすく激昂《げっこう》する猛獣を潜《ひそ》ませている。腹に力を入れ、静かに見返す。相手がどんなに威厳に満ちていても、権力や財力を有していても、決定的な切り札を握っているのは自分だ。

「結婚はしません。子どもも結希ひとりです。そう決めています」

「どうしてだ。あれは、おまえと血の繋がりがない。赤の他人じゃないか。養子縁組をするなら、私の方がふさわしい。実の孫なんだ」

わかっている。よくわかっている。だから、思いついた計画だ。せいぜいこだわればいい。血の繋がりを望めばいい。結希をどうするか、決められるのは親権を持っている人間だけだ。思い知って、義父は折れるしかない。

昼食を挟んで午後一番に弁護士の増岡が訪れた。義父は彼だけを書斎に呼び寄せ、長い時間こもっていた。敏也は何食わぬ顔で結希を庭に誘った。

鯉に餌をやった後、物置に眠っていた竹馬を出して乗ってみせる。久しぶりだったので勘を取り戻すのに時間がかかったが、すいすい歩けるようになると結希だけでなく近くにいた庭師や運転手まで拍手した。

結希にもやらせたが、すぐには乗りこなせず、きゃーきゃー騒いでやかましい。そうこうしていると母屋から増岡と美千代がやってきた。美千代は結希にお菓子作りをしましょうと持ちかけ、仲良く手を繋いで引き上げた。

あとに残った敏也は増岡に促《うなが》され、昨日と同じガーデンチェアに腰かけた。義父は仕事関係の弁護士を別口で雇っているので、増岡は主にプライベート部分の相談役になっている。干し草を食《は》むヤギを思わせるような初老の弁護士だ。敏也とも顔なじみだった。

「活発な明るいお嬢さんですね。かわいがられて育ったのがよくわかる。美千代さんともそんな話をしていたのですよ。雄一さんのお子さんというのにも、もちろん度肝《どぎも》を抜かれましたが」

昨日からの義父と敏也のやりとりを克明《こくめい》に聞いてきたそうだ。写真も丹念に見させてもらったという。

「突然の話で、あなたのお父さんも気が動転しているんですよ。だからいきなり不躾《ぶしつけ》なことを言ってしまったらしい。あの子の存在を知ってから今まで、あなたはあらゆる面で自己を犠牲にしてきた。そうでしょう？　病身の千秋さんの臨終まで看取《みと》り、葬儀を出し、年端《としは》もいかない子を引き取って、衣食住の面倒を見てきた。ご苦労だったのひと言ですませられるものではない。そこは私から、少々厳しく雄太郎さんに意見をしておきました。よくわかってくれたと思います」

敏也は礼を表すつもりで頭を下げた。

「言葉だけでなく、できうる限りのことをしたいと、これは紛《まぎ》れもなく雄太郎さんの気持ちです。面と向かっては言いにくいこともあるでしょう。敏也さんの本音を、まずは私に聞かせてもらえませんか。雄一さんの子どもをみつけて、手厚く世話を焼いてきたんです。どんな望みでも大きすぎるということはありません。遠慮なく言ってください」

「謝礼という意味ですか？」

「私も率直に言います。その方向でお考えください」

「ぼくは結希の親権を誰にも渡しません。この先、いつまでも」

増岡は渋い顔で息をついた。

「なぜですか。雄太郎さんが持つのが自然じゃないですか。息子を亡くし、あの人はあの人なりに深く傷ついている。息子の忘れ形見がいるなら、引き取って育てたいと思うのは人情ですよ。これだけ大きな家ならいらぬ軋轢《あつれき》もあるでしょう。雄太郎さん自身、不器用な人だ。敏也さんに懸念《けねん》があるならじっくり話し合えるよう、私が責任を持って場を作ります。頭から親権を譲らないとおっしゃらないでください」

「それが前提だからです」

「あなたが親であり続ける？　この先もひとりで結希ちゃんを育てるのですか？　だったら雄太郎さんにもしものことがあったとき、結希ちゃんにはなんの権利もない。雄一さんの子に、この家のものを継がせないつもりですか」

「そうは言ってません」

敏也の返事に、増岡は眉をひくつかせて身を乗り出す。

「どういう意味ですか」

「ぼくの望みは……」

言葉を選ぼう。慎重に話そう。焦《あせ》らなくていい。勝ちは手の中にある。

「ぼくもこの家の一員になりたいです。母親の再婚でこの家に来ました。小学校の頃から、雄太郎さんをお父さんと呼び、雄一さんを兄さんと呼んできた。雄一さんは亡くなってしまったけれど、その子どもを引き取って育てるようにもなった。ぼくにとって、すべてが小さなことではありません。運命というか、切っても切れない強い繋がりを感じずにいられない。結希がお父さんの実の孫なら、ぼくのことも子どもとして認めてほしい」

増岡はかすれた声で「それはつまり」と言う。

「養子縁組をぼくとしてほしいんです。お父さんのものは雄一さんの代わりにぼくが継ぐ。ぼくから結希へと受け継がせる。だから結婚はしません。結希以外に子どもはもうけない。必ず結希に、すべてを譲ります」

義父はこれを聞いてどう思うだろう。あきれるだろうか。とまどうだろうか。怒るだろうか。

なんでもいい。

そろそろ引き上げよう。かわいい結希を連れ、大宮に帰ろう。

もう二度と、ここには来ないかもしれない。義父には会わせないかもしれない。すべては自分次第。

会いたいならば相応のことをしてもらおう。

唖然とした増岡を尻目に、敏也は立ち上がった。体をひねって振り向くと、池の水面で無数の鯉が口を開け、主からの餌を待っていた。

養子縁組なら結希とではなく自分、という敏也の要望は、増岡にとっても予想外の難題だったのだろう。

3

その日、少なくとも敏也と結希が滞在している間は、雄太郎の耳に入れなかったらしい。おかげで穏やかで平和な時間が保たれた。

敏也はすかさず美千代を人気のない場所に呼び寄せた。ここで働いている人たちは信用している。けれど遅かれ早かれ、結希の件は叔母たちの知るところとなる。彼女たちがどうふるまうのか。けっして楽観視はできない。結希を守るためにも西尾木家の様子を聞かせてほしいと頼み込んだ。

美千代にしても、雄太郎の実妹たちは扱いづらい相手だ。金切り声を上げて大騒ぎするさまが脳裏をよぎったのだろう。わかりましたとうなずいてくれた。

大宮に戻ると、洋服作りをしていた汐野だけでなく、美容院から早帰りした亜沙子まで出迎えてくれた。結希はおじいちゃんに会ったと嬉しそうに話し、デジカメで撮った写真を次々に見せた。

夜になり、興奮気味の結希がすっかり寝付いてから、敏也は向原での一泊二日をかい摘《つま》んで話した。養子縁組の件を雄太郎がどう受け止めるか。すべてはこれからだ。

数日はなんの音沙汰もなく過ぎた。木曜日の朝早くに、美千代から電話があった。前日の夜、結希のことを聞きつけた美弥子と則子が、血相変えて乗り込んできたそうだ。

ふたりは使用人を捕まえては根掘り葉掘り質問攻めにし、書斎でみつけた雄一の写真にわななき、嘘っぱちだと決めつけた。どこの馬の骨ともわからない、騙《だま》されている、親子揃《そろ》って女にだらしないと、言いたい放題だ。とても黙って聞いていられなかったと美千代は口惜《くや》しがった。

精一杯の反撃として、「今の言葉は旦那さまにお伝えします」とすまし顔で申し渡したところ、ふたりはさらに目を吊《つ》り上げた。使用人の分際で生意気なと思っただろうが、まわりはその使用人ばかりだ。分の悪さを感じたのか、雄太郎の帰宅を待たずに引き上げたという。

「父さんはなんて?」

「ともかくお気をつけてくださいね。そちらに行くかもしれません」

「心配されていました。私も相当騒いでしまいましたし。敏也さんにはある程度の免疫《めんえき》があるでしょうが、結希ちゃんは子どもです。まだお小さいのに、心ない言葉で傷つけられるなんて。雄一さんが草葉の陰でどんな顔をしているかと思ったら、泣けてきますよ」

叔母たちに通じている人間が近くにいる。忠義面して邪魔者の出現を報告したのだろうが、どこの誰なのか、気にし出すと切りがない。すべてに白黒付けることはどうせ不可能だ。

「旦那さまは結希ちゃんを正式に西尾木家の子どもにしたいとお考えです。まわりに余計な口を挟ませないためにも、なるべく早くに手続きをすませたいと。でも、結希ちゃんではなく、敏也さん自身が養子縁組を望まれているとか」

「ああ、聞いた?」

「正直びっくりしました。本気ですか」

「あの子ひとりを西尾木の家にやるわけにはいかないよ。潰《つぶ》されてしまう」

美千代は黙り込んだ。せいぜい考えてほしいと敏也は思った。ふたりの叔母と自分と、どちらがマシなのか。

しばらくして、思い切るような雰囲気で美千代は声の調子を変えた。

「お守りしたくとも、使用人には限界がありますね。いえ、お気遣いなく。ほんとうのことですから」

「おれだって力不足だ。だからこの前、真っ先に美千代さんに頼んだ。あの子のことを本気で思ってくれる人で、まわりをしっかり固めたい」

「ええ。よくわかります。とても大事なことです」

美千代から心強い言葉を得られて気持ちが上を向いたが、そのあとかかってきた電話にはうんざりした。叔父、善彦からだった。

聞かなくても内容は察せられる。ほうっておくと勤め先に現れかねないので、デスク仕事の区切りがついたところで、敏也は廊下に出て電話を受けた。

「やっと繋がったか。何をやっている」

「すみません。仕事が立て込んでいまして」

「大した仕事じゃないだろう。もったいぶるな。聞いたぞ。雄一に隠し子だと？　それをおまえが育てていたって。なんだ、それは。どうして言わなかった」

長々と繰り言が続き、口を挟む余地もない。敏也は壁にもたれかかり天井を仰いだ。

「親子でひっそり暮らしていたのならそっとしておけばよかっただろう。何もおまえがしゃしゃり出る必要はなかったんだ。雄太郎さんに言いにくかったなら、私に相談すればよかった。なぜ黙っていた。そういうのを恩を仇《あだ》で返すって言うんだぞ。私がどれだけおまえに目を掛けてやったか。今さら忘れたとは言わせないぞ。他の連中はおまえなどハナから使用人扱いだった。私だけが身内として接し、自分の娘との縁談だって大真面目《おおまじめ》に考えてやった。それがわからぬおまえではないだろう」

思わず「はあ」のひと言くらい出そうになるが飲みこむ。

「黙ってないで、何か言いなさい」

「叔父さんにはよくしていただき、感謝しています。でもぼくは西尾木雄太郎の息子です。やはり、真っ先に話をするのは父になってしまいます。申し訳ありません」

「だからそれは……」

「兄の子はまだ小さいので、これからは父とよく話し合い、一緒に育てていきたいと思います」

「ほんとうに雄一の子か。義兄さんもどうかしている。容易《たやす》く信用するなんて」

「ぼくが嘘をついていると？」

「そうじゃない。おまえとは言ってないだろ。雄一と付き合っていた女がうさん臭い。財産目当てとは充分考えられる」

この先延々と、この手の偏見はついて回る。千秋のことを何も知らずに。知ろうともしないまま。

桃香からも電話があった。出ないでいるとメールが届いた。どういうこと、なんで言わなかった、信じられない、裏切られたと、これまた恨み言尽くしだ。

わずかに眉を動かしただけであっさり流したが、その日の夜遅く、再びかかってきた美千代からの電話はすぐさま応じた。しょっぱなに将人の名前が出て緊張する。ある意味、もっとも待ちこがれていた報告だ。

「日の暮れた七時過ぎに突然、将人さんがいらっしゃいました。リビングのソファーに座り、旦那さまの帰りを待つと言うんですよ。夕飯をうかがうと、いらないからビールをと。軽食といっしょにお出ししました。喉が潤うと、やはり結希ちゃんのことが話題に出ます。いろいろ訊かれているうちに旦那さまが戻られました」

義父とは同じ会社で働いていても部署が異なる。社内でする話でもない。結希について母親からあることないこと吹き込まれ、矢も盾もたまらず向原を訪れたのだろう。彼の人生に関わる一大事だ。

待つのはリビングのソファーでも、話し合いそのものはお決まりの書斎にちがいない。そう思っていたところ、悠然と現れた雄太郎に向かって、将人はその場でまくしたてた。ほとんどが批難《ひなん》であり、抗議だ。

どこの誰ともわからない子どもの出現に、我を忘れてどうします。頭を冷やしてください。雄一さんが亡くなって、もう七年ですよ。今になって子どもが出て来るわけがない。伯父さんの心の隙《すき》を巧《たく》みに突いているんです。話を持ってきたのが敏也と聞いて、唖然とするやら情けないやら。あれが、西尾木家のためになることをするわけがない。騙されないでください。しっかりしてください。

最後は涙ぐむような熱弁ぶりだったらしい。

「父さんは、なんて?」

敏也はできうる限り落ち着いた声で尋ねた。

「旦那さまは上着の内ポケットから写真を取り出しました。敏也さんがお持ちになったあれです。この頃はずっと持ち歩いてらっしゃいます。将人さんはご覧になり、少しは顔つきを変えました。赤ちゃんを抱っこしているのは紛れもなく雄一さんですものね。でもすぐに表情を改め、これはねつ造された写真だと。今どきの技術では顔の部分だけ入れ替えることもできる。合成された偽物だと、声高におっしゃいました」

ありありとシーンが浮かぶ。将人はどこまで行っても将人だ。

「すると旦那さまはため息をつかれ、おまえは雄一の子どもがいればいいとは、ほんのわずかでも思わないんだな。結婚を思う女性とめぐり会い、その人との間に子が生まれ、温かな家庭を築《きず》く。あれの望んだ幸せがあったのかもしれないと、一瞬たりとも想像しないのか。雄一の子が現れるのは、おまえにとって不愉快か。頭から嘘っぱちだと決めつけるだけか、と」

義父は呆然とする将人を前に、「わかった」と静かに告げた。

踵を返しリビングを出ると、あわてて追いすがる将人をふりほどいて二階に上がり、それきり出てこなかった。将人は階段の途中で使用人たちに止められ、泣き言や恨み言をまき散らした末に引き上げたという。

敏也は快哉《かいさい》を叫びそうになった。声は抑えたが拳を握りしめ、マンションの自室で飛び跳ねてしまう。顔がにやけて止まらない。

将人の言動は、墓穴を掘るというやつか。馬脚を現すでもいい。もともと将人にとって雄一は邪魔者だ。家出をして雄太郎の期待を裏切ったときも、陰でほくそ笑んでいた。説得されて戻るかもしれない瀬戸際で雄一は事故死し、さすがに驚きはしただろうが、哀しみよりも安堵が勝っただろう。喜びに変わるのも早かったはずだ。

亡き息子を未だに悼《いた》む雄太郎と、その息子に取って代わり富も権力も手中に収めようとしていた甥の将人では、根本的に思いが異なる。利害が一致しない。抜け目なく被っていた化けの皮がはがれ、義父は将人に何を見ただろう。


美千代からの電話を切りリビングに出ると、亜沙子と汐野が待ち構えていた。たった今のやりとりを話す間も顔が緩んで声がうわずる。いつになくはしゃぐ敏也にふたりは眉をひそめたが、将人を知る汐野は途中から目を輝かせた。

「下品で嫌いな言葉だけど、敢《あ》えて言うわ。ざまーみろ」

「だよな。自分ひとりの損得勘定しか考えられない男だ。初めから跡取りの器じゃない。さっさとクビになれ」

「なるわよ。お父さんは馬鹿じゃないもの」

「愛想をつかされたあいつが早く見たい」

「私も」

朗《ほが》らかに盛り上がっていると、亜沙子が横から口を挟んだ。

「笑ってていいの？　将人って人が嫉妬深くて計算高くて性根のねじ曲がった男なら、このままおとなしく引き下がらないわよ。絶対に悪あがきする」

「そうね。亜沙ちゃんの言う通りだわ。財産をごっそり持って行かれそうな孫が現れただけでなく、今までせっせとご機嫌取りしていた雄太郎さんにガツンとやられたんだもん。足元ぐらぐらだわ。そういうときって小物ほど浮き足立つのよ」

「おれも噛みつかれる覚悟はしてるよ。明日にもすごい剣幕でやってくるんじゃないか？」

敏也がけろりとした顔で言うと、亜沙子に睨まれた。

「トシの心配より結希ちゃんよ。何かあってからでは遅いでしょ」

「いやいや、さすがに今の段階で子どもに手は出さないよ。まだすべてを失ったわけじゃない。犯罪者になるような根性もないよ」

「本人が直接危害を加えるとは限らないわ」

亜沙子の不安はまんざら的外れでもないだろう。立場の悪さを思い知れば知るほど将人はじっとしていられない。ありとあらゆる手を使い、敏也の足を引っぱり、結希を排除しようとするだろう。

「放課後の自由行動はやめさせる。学童保育の先生にもよく頼んでおく。おれが迎えに行くまで学童にいれば、とりあえずは安全だ。その上で、おかしなやつがうろつくようなら西尾木の義父に相談してみるよ」

真面目な提案だったが汐野が色めき立った。

「そうよ、ボディーガードをつけてもらいましょう。ねえねえ、私にもお願い。私だって危ないわ。暗い夜道をひとりで帰らなきゃいけないときがあるの。いきなり拉致られて人質にでもされたらどうする？　あんただって困るでしょう。そうなる前に、屈強なボディーガードよ」

完璧に無視し、結希にはよくよく言い聞かせようと心に誓った。学校と学童保育以外の活動は厳禁だ。

4

結希が向原デビューを果たしてから、敏也の携帯にはひっきりなしに電話がかかるようになった。メールも届く。

善彦叔父や桃香には引き続き絡《から》まれ、美千代以外の使用人からもなぜか連絡があり、これはふたりの叔母の手の者かもしれないのでうかつなことは言えない。挨拶さえしたことのない遠縁の人やニシオギグループの社員を名乗る者もいた。弁護士の増岡からは結希の通っていた保育園や住んでいたアパートについて尋ねられた。身辺調査が始まっているらしい。

仕事があるので勤務時間は意識的に携帯を遠ざけた。ときどき着信リストを眺めていると、目を引く名前があった。

松尾だ。向原の西尾木家で最初から最後まで味方でいてくれた、唯一の存在と言ってもいい。松尾がいたからこそ、母を亡くした後もあの家にいられた。残るように助言してくれたというのもあるが、他の使用人の態度がひどくならなかったのは彼の睨みが利いていたからだ。

美千代から連絡が行ったのだろう。携帯電話の番号は互いに登録していたが、これまで一度もかかってきたことはなかった。気になったのに、すぐにはかけ直せない。後ろめたさがあるからだ。結希を使って養子縁組を企《くわだ》てたことを、おそらく自分は、松尾にだけは知られたくなかった。失望されたくないし、本心を見透《みす》かされるのもいやだ。

夕方になり、やっと腹をくくって折り返した。松尾は今、高齢者向けの集合住宅に入っている。

何度目かの呼び出し音のあと繋がり、しわがれた男の声がした。たどたどしい挨拶を交わしているうちにも相手の声に張りが出て、松尾の顔が昨日別れたように鮮明に浮かんだ。ゆっくり旧交を温めている時間はなく、仕事中だと言うと松尾の方から本題を切り出した。驚きましたと言われ、敏也はうなずいた。

「みんなにびっくり仰天《ぎょうてん》されたよ。叔母さんたちも将人さんも頭からでたらめだと決めつけるけど、松尾さんは信じてくれるだろ。おれだって、そこまでの大ボラは吹けないよ」

「ええ、わかっております。実は私も、結希ちゃんのことは知っていました」

一瞬、まわりの音が消えた。階下にある展示コーナーで交わされている会話や、電話に出た社員の受け答え、自動ドアの開閉音が遠ざかる。

「今、なんて言った?」

「雄一さんから打ち明けられました。火事に巻きこまれる前日のことです」

「子どもがいると、松尾さんには話したのか。だったら何故、それを言わなかった。なんでだよ。呼んでやればよかっただろ。千秋さんも結希も、雄一の死に目に間に合ったのに」

意識は戻らなかったが二日間、雄一は生死の境を彷徨《さまよ》った。

「申し訳ありません。回復されるとばかり……。まだお若かったし。まさかあれきり息を引き取るなんて。亡くなってしまってからは、果たしてお呼びしていいかどうか、わからなくなりました。雄一さんという後ろ盾がなくなった西尾木家で、小さな子どもを抱えた女性がやっていけるでしょうか。そっとしておいた方がいいような気がしたのです」

「松尾さん」

それはおかしい。ひとりで判断する問題ではないだろう。僭越《せんえつ》だと思うも、敏也の脳裏には自分の母の姿がよぎる。たとえ雄太郎の子を産んでいたとしても、母の景子は彼女らしい幸せが摑めただろうか。

「私は結局、何もできなかった。雄一さんから聞いていたのに、目をそらして口をつぐんだ。黙っていることで、母子を守った気になっていたんです。でもちがった。結希ちゃんのお母さんは亡くなられたそうですね。あなたがいなければ、身寄りのない子としてどうなっていたことか」

「礼でも言うつもりですか」

「言わせていただけるものならば。そして礼とは別に言わせてください。敏也さん、あなたは良いことをなさった。正しいことをなさった。忘れないでください。この先何かあったときに、どうぞ思い出してください。千秋さんを看病し、最期を看取り、結希ちゃんを引き取って育てた。良いことをなさったんです。何もまちがえていない。雄一さんは喜んでおられます」

ひとつひとつの言葉が引っかかる。飲み込めない。混乱する敏也を置き去りにして、松尾は電話を切った。

ほんとうだろうか。

通話の終わった携帯を手に、敏也は立ち尽くした。雄一が松尾に打ち明けるというのはあるかもしれない。松尾に一目置いているのは自分だけじゃない。難しい相談事の相手として、雄一も松尾を頼ったのだろう。けれどその内容は、大き過ぎる秘密ではないか。雄一に実子がいる。雄太郎の孫に当たる。ひとりで抱え一切口外しないなど、ありえるだろうか。ふつうはできない。ちがうか。

そして敏也に対して、「良いことをした」とわざわざ言うのもわからない。どういう意味だ。

ぼんやりしていると人の気配がして名前を呼ばれた。顔を上げると、廊下の先に日垣がいた。

「どうかした？　トラブル？」

敏也の佇《たたず》む場所まで歩み寄ってくる。

「なんでもないです。日垣さんの方こそ、何かありましたか？」

「何っていうんじゃないんだけどな。ちょっと耳に入れたいことがあって」

なんだろう。

「昨夜、おまえが帰った後、社長に呼ばれたんだ。行ってみると西尾木家の代理人を名乗る男がいた。西尾木敏也について訊きたいことがある、と。社長とは面識があるみたいで、怪しい人じゃないから応じてほしいと頼まれた。おまえにも隠さず話していいんだってさ。だからこうして声をかけた」

身辺調査か。結希ではなく自分の。

「何を訊かれました?」

「帰宅時間とか、早く帰る理由とか、仕事ぶりとか、アフターファイブの付き合い方とか、休日出勤とか。知ってることは話したよ。仕事的にはまあまあだけど、付き合いは悪い。そんなとこ」

「早く帰る理由は?」

日垣は頭を掻《か》いてみせた。

「社長が席を外してくれてさ、向こうから学童保育のことを言ってきたから、おれもちょっと。まずかった?」

「いいえ。大丈夫です」

敏也が笑みを浮かべると、日垣は大げさに胸を撫で下ろした。

「ああよかった。もともと知ってることは少ないけどね。学童保育に迎えに行く時間があるから、代わりの人がいるとき以外はさっさと仕事を片づけさっさと帰る。学校からの急な呼び出しで早退することもあるし、ごくごくたまに遅刻もある。本人は理由を言わないから、誤解されまくって友だちもいない。でも、まわりの方が慣れたよな。こういうやつだと割り切ってしまえば腹も立たない。人間、あきらめが肝心だ」

「仕事はちゃんとやってますよ」

「当たり前だ。やってなきゃとっくの昔に追い出してる。やっているから、もうちょっとここにいろよ。それも言っておいた」

ニカッと笑われ、今度は敏也が肩をすくめた。

「おれだけじゃないぞ。望月《もちづき》や権田《ごんだ》、三杉さんも延長希望だ。ああ見えて曾根崎さんも。よかったな」

イベントの予算管理や広告主との交渉、資材の調達、在庫管理と、任せた分だけ敏也に抜けられたら困るのだ。曾根崎に頼まれ進めている無駄の削減も、作業効率のアップへと地道に繋がっている。

ありがとうございますと答えて時計を見ると、思ったより押していた。それこそ定時退勤に差し障る。日垣と別れてオフィスに戻り、脇目も振らずに事務作業を片づけ、回せるものは翌日に回していつもより十分遅れで会社を出た。

結希を預けてある学童保育に着いたのは、急ぎ足のおかげもあって、ほとんどいつもの時間だった。玄関先で挨拶すると顔なじみの先生がやってきて、結希を呼びに行く前に小声で話しかけられた。

「実は、先ほどちょっと気になることがありまして」

向原から帰ってすぐ、不審者に注意してもらうよう頼んでおいた。

「中庭で遊んでいるときに、見慣れぬ女の人が結希ちゃんに声をかけてきたそうです。他の子どもに『あなたが西尾木結希ちゃん？』と尋ね、その子がうんと言って指を指すと、結希ちゃんのもとにやってきて笑顔で『こんにちは』と」

学童保育は小学校近くに建てられた地域施設を利用している。敷地はフェンスで囲まれているが、建物とフェンスの間には細い通路があり、子どもたちは門から直接中庭へとやってくる。大人でも小柄な人なら、通り抜けられるだろう。

「若い女性だったので、みんな、誰かのお母さんかと思ったみたいです」

「ちがったんですね」

「ええ。中にいた職員が気づいて庭に降りようとしたら、その人は結希ちゃんに話しかけるのをやめて、すぐに出て行ったそうです。結希ちゃんに訊いたらぜんぜん知らない人だと」

「何を話したんでしょう」

「短い時間だったので、これという話はしなかったみたいですよ」

直接訊いてくださいと言われ、結希を連れてきてくれた。礼を言ってともかく帰路に就いた。

帰る道々、結希にあらためて尋ねると「うーん」と首をひねる。名前を訊かれ、うなずき、こんにちはと言われ、うなずいた。

「ほんとうにそれだけ?」

「あとね、私の頭についていた葉っぱを取ってくれた」

「葉っぱ?」

「初めは虫って言われたの。びっくりして固まっていたら、葉っぱだったみたい。大丈夫よって取ってくれた。そのあとすぐ、山下《やました》先生が『どうしたの』ってお部屋から言ってきて、女の人は『またね。ありがとう』ってにっこり笑っていなくなっちゃったの」

またね。ありがとう。ただの挨拶だろうか。にっこり笑ってというのも気味が悪い。敏也は立ち止まり、結希の頭を見下ろした。

「おかしなもの、仕込まれてないだろうな」

髪の毛を掻き分け、二つ結びにしているゴムをいじくり、Tシャツの襟首を引っぱってのぞき込み、結希にいやがられる。

「おじさんってば。やめて。何もされてないよ」

「わからないだろ」

「だったら、みつかった?」

言い方に棘《とげ》があり、目つきも悪い。生意気な。いつからだろう。こんなかわいげのない子に育てた覚えはない。尖《とが》らせた口をつねってやりたくなったが、その横に、滑り込んでくる車があった。

少し前で停車して、運転席から誰か出て来る。敏也は身構《みがま》えた。顔が見えるなり息をのむ。

将人だ。

薄暮の中、彼は悠然と車のドアを閉め、敏也たちのもとに歩み寄る。寺の行事の際も顔を合わせているが、面と向かって対峙《たいじ》するのは久しぶりだ。大宮の、自宅マンション近くの路上というのはもちろん初めて。スーツ姿でネクタイを締めている。会社帰りか。

汐野たちには覚悟していると威勢のいいことを言ったが、実際にそうなってみると心臓が勝手に暴走する。結希を自分の背後に押しやるので精一杯だ。

将人は目の前で足を止め、何も言わずに口元を動かした。にやりと笑って見せたのだろう。双眸《そうぼう》はまっすぐに敏也を見据える。

「元気そうだな」

静かな声だが、抑えている強い感情が透けて見えた。腹を空かせた肉食獣が獲物に飛びかかる前に溜めを作っているような、不穏な空気が色濃く漂《ただよ》う。

「将人さんもお元気そうですね」

「そうでもないさ。気分は最悪だ。今、おまえの顔を見てもっと悪くなった」

「だったら、わざわざ来なければいいのに」

言い終わる前に将人が一歩を踏み出し、とっさに敏也は結希を抱えて後ずさった。

「どの口が言う。おまえ、いったい何をしでかすつもりだ。赤の他人のくせに、あの家に出入りするだけで厚かましいんだよ。飯を食わせてもらい、大学まで出してもらっただろ。この上、何を望む？　よりにもよって雄一の子を使うなど、やり方が汚すぎる。人間のクズのすることだ。最低なんだよ、最低！」

いきなり頭ごなしに罵倒《ばとう》され、気の弱い者ならその場にへたり込んでしまうかもしれない。じっさい結希は震え上がって敏也にしがみついた。

「将人さん、往来ですよ」

「だからなんだ。ふざけやがって！」

「いちいち怒鳴らないでください。子どもがいるんです。怯《おび》えて泣いているじゃないですか」

敏也は体をひねり、結希の頭に手を乗せて宥《なだ》めるように前後に動かした。このおじさんは昔からこうなのだと、声に出して言ってやりたい。さらに興奮するだろうからやめておくけれど。

「その子は誰の子だ。おおかた、おまえの子だろ」

「は？」

「雄一の子のわけがない」

「やめてください。子どもの前でする話じゃない。結希ちゃん、帰ろう。驚かせて悪かったね。おじさんが謝っておくよ」

結希を抱えるようにして歩き出すと、将人の腕が伸びてきて敏也の襟首を摑《つか》んだ。

「逃がさねえよ、クズ野郎。いもしない雄一の子を使って、伯父さんから金品を巻き上げようなんざ、卑怯もいいとこだ。唾《つば》のひとつでも引っかけてやらなきゃ気が収まらない。そう思っていたら、もっと大それたことを企《たくら》んでいただろ。正式な養子縁組だと？　なんだそりゃ。西尾木の身代をぶんどろうって言うのか！」

乱暴に揺さぶられ、その煽《あお》りを受けて結希が敏也から手を離した。バランスを崩し、道端に尻餅をつく。あっと思う間もなく、将人はさらに敏也を締め上げた。身長がある上に力任せなので、すべてが一方的だ。ふりほどこうともがきつつ、反撃の拳を握りしめていると、立ち上がった結希が将人の腕に飛びついた。

「やめて。おじさんに何するの。放して！」

勇敢とか健気とか、言えたらいいけれど、子犬がまとわりついたようなものだ。カッとした将人が足蹴《あしげ》にしかねない。襟元を摑む将人の手首を握りしめ、力尽くで引きはがそうとしたが、それより先に膝《ひざ》蹴りが敏也の腹部に食い込んだ。横に払われ、よろめきながらも辛うじて踏みとどまる。体を折って、腹部を押さえる。息が止まるような痛みをこらえていると、将人は結希に向き直っていた。

さすがに襟首をねじり上げたりはしないが、凶悪な人相のまま、腰を落として結希の顔をのぞき込む。

「君のお父さんとお母さんは誰だ？　どういうふうに仕込まれている？」

腹の痛みにかまっている場合ではない。敏也が「おい」と叫ぶのと、離れたところから声が上がるのが同時だった。

首をひねって目を見張る。マンションの管理人と住民たちだ。四、五人でモップや箒《ほうき》を片手ににじり寄ってくる。

通りかかった人が気づいて管理人に告げ、帰宅してきた人も加わり、心配して来てくれたのだろう。汐野にも知らせたのか。あくまでも一般市民なので、駆《か》けつけるというより、おっかなびっくり及び腰で近づいて来る。

「に、西尾木さん、大丈夫ですか」

「警察を呼びましょう。警察」

「結希ちゃん、怪我はない？」

「こっちにおいで。早く」

てんでに騒ぎ、結希に向かって手招《てまね》きする。それらの背後から、けばけばしい極楽鳥もどきが躍《おど》り出た。

「ひどい！　なんなのこれは。小さな子、それも女の子に暴力を振るうなんて。さいて

—！　あんた、自分のやってることわかってるの？」

汐野の甲高《かんだか》い声と駆けつけた人々の真剣な顔に、将人はあわてて両手を挙げた。

「誤解だ。何もしてない。おれは何も」

「してるでしょう。恐ろしさのあまり震え上がってるじゃないの。立派な暴力。犯罪行為よ。私たちみんな、目撃者だからね！」

「そうだそうだ。出るところ出るぞ」

「誰か、警察呼べ。地域の安全は、じゅ、住民で守ってやる」

「西尾木さん、腹、やられたね。医者に行って診断書を書いてもらうんだ」

「立件、立件」

将人は騒ぎを静めるべく身振り手振りでちがうと言うが、その拍子に結希にぶつかり、よろめかせてしまう。再び色とりどりの悲鳴が上がった。金縛りに遭《あ》ったように動けなかった結希だが、手を差し伸べる汐野の懐《ふところ》にやっと飛びこむ。

ひしと抱き合うふたりに、まわりはいっそう興奮した。道行く人やマンションからの新たな助っ人も加わり、車ごとぐるりと包囲されていく。

「将人さん、帰るなら今ですよ。ほんとうに警察が来ます」

「おれは何もしてない。してるのはおまえだろう」

「ですから」

「おまえが、おれの潔白を証明しろ」

膝蹴りをした人間のセリフか。十代の若造でもひどいが、三十男じゃないか。

「わかりました。出るところに出るのでいいんですね」

「いやその。おれはかまわないぞ。でも時間のロスだな。ちっ。車を出すから、連中を下がらせろ」

どこまでも横柄な彼に、携帯のシャッター音が注がれる。囲んだ人たちが写真を撮り始めたのだ。さすがに仰天し、顔を隠しながらやめろやめろと将人は騒ぐ。ネットにさらされニシオギグループの跡取り候補とバレたら笑い事ではすまない。

すべての携帯を取り上げたかっただろうが、近づくとまたシャッターを切られるので、最後は観念して運転席へと逃げ込んだ。ぶつけられては近所の人が気の毒だ。敏也はやっと前に出て、人々を下げて道を空けてやった。

将人の車が見えなくなってから、結希を管理人に預け、汐野が駆け寄ってきた。

「怪我は？　やられたんでしょ」

「おれならなんともない。大丈夫だ。でも結希が。いくらあいつでも、小さな子に手は上げないと思っていたんだけどな。言葉の暴力ってのがあったよ」

雄一の子ではない、とか。おまえの子だろうとか。

向原に行けばそんな雑音は日常茶飯事になる。痛めつけるためだけに、本人の嫌がることを言い続ける輩《やから》はいくらでもいる。侮辱《ぶじょく》も愚弄《ぐろう》も湯水のように注がれる。避けて通れない道だ。

よくわかっていた。くっきりと思い浮かべることができる。まさに経験者だ。驚くようなことは何ひとつないはずなのに、現実は少しちがった。

結希に降りかかると、頭にカッと血が上る。理屈を言っていられない。傷つける言葉をまき散らす将人を、殴ってでも黙らせたかった。汚らしい手が少しでも触れたかと思うとゾッとする。

結希は、大らかに笑う子に育った。友だちがいて、近所の人たちにもかわいがられている。現に今も、顔なじみに慰《なぐさ》められ、励まされながら一緒に帰っていく。将人や叔母たち、善彦叔父に、馬鹿にされるいわれはないのだ。

「どうしたの、トシ」

「あの子は向原に行くより、ここにいた方が幸せだろうな」

汐野と並んで歩いていると、言わなくてもいい言葉がこぼれた。

「そう思うなら考え直してよ。あの子が泣くところを見たくないわ」

「おれも。けど無理だ。傷つくのと引き替えに、莫大な財産を相続する」

「それがおかしいの。結希ちゃんだけじゃない。あんたも傷つくの。いい？　この世には、魂を犠牲にするほど価値のある財産はないの。早く目を覚まして」

「今さら正論を言うな。何もかも水に流して穏やかに暮らすことが、おれにはできない」

どうしても結希を犠牲にするしかない。それだけが将人に一矢報《いっしむく》いる手段だ。叔母たちを踏みつけることができる。何度、夢に見てきただろう。西尾木家のすべてを、義父の手から直々に譲り受ける。もうすぐ叶う。跡取り息子は雄一でなく、自分だ。

深く息を吸い込み、腹の底から吐き出す。蹴られた痛みがぶり返し、それごと奥歯を噛みしめた。


帰宅して遅くなった夕飯をとった後に、敏也は増岡に電話した。夕方の出来事を向こうの耳に入れるためだ。嫌悪感をあらわにしては私怨《しえん》と受け取られかねない。告げ口のようなかわいらしいものでもない。

冷静に言葉を選びつつも将人の所業が口惜しかったこと、腹立たしかったことは包み隠さず話した。すっかり怯えてしまった結希についても可哀想だと訴えた。増岡は当然、将人がどういう人間かを知っている。さもありなんと思ったのだろう。話の途中から、相槌《あいづち》はほとんどため息だ。

「この件は私から雄太郎さんに話しておきます」

「よろしくお願いします」

「あなたに怒られそうですが、将人さんがじっとしているとは思えませんでした。いろいろ耳に入り、大変な剣幕でしたから。しかし大宮に現れ、結希ちゃんにひどいことを言うとは」

せいぜい憤慨《ふんがい》してほしい。増岡にも義父にも。

「結希ちゃんと敏也さんについては、将人さんが騒ぐまでもなく、こちらで調べています。雄一さんの勤め先や、当時の住まいにも、私自身が行ってみました。大家さんがよく覚えていましたよ。お似合いの、とても仲の良い若夫婦だったと。赤ちゃんが生まれ、一緒に買い物に出かける様子も近所への散歩も、微笑ましく見守っていたとのことです。しばらく旦那さんの姿が見えないと思ったら、いきなり引っ越すと言われ、ずいぶん心配したそうです。亡くなったと言うと、しばらく言葉がありませんでした」

雄一の幸福のすべてが詰まった場所だ。今の結希の大らかさと無関係ではないだろう。優しい両親から精一杯の愛情を受けて育ったのだ。

増岡はその後、千秋の移り住んだ蒲田のアパートや、結希の通った保育園にも足を運んだらしい。他に頼るあてのない親子が身を寄せ合い暮らしていたさまが、ようやく実感できたという。

「近所の人や保育園の先生、親御さんたちにも話をうかがうことができました。皆さん、これまたよく覚えていました。若くして亡くなった千秋さんと、残された結希ちゃんのことは、未だに思い出すと泣けてくるそうです。ほんとうに目を赤くされるので、今の結希ちゃん、向原にいらしたときの写真を見せました。喜んではもらえたのですが、どなたもスイッチが入ったように泣き始めるんですよ。あの弟がちゃんと育てているのかと、感激しきりだそうです。あ、私ではなく皆さんが言ってるんですよ」

敏也は苦笑いと共にうなずいた。葬儀のさいも、引っ越しの前日、挨拶に行ったときも、みんな号泣レベルの泣きっぷりだった。そして心底、結希の身を案じていたらしい。

「蒲田でもちゃんとやってたんだけどな。そんなに信用されなかったか」

「敏也さんは今よりお若かったんですから。しょうがないですよ」

慰められてしまった。増岡の話の中に知った名前が出てきて敏也にしても懐《なつ》かしい。先生、友だちの母親、大家、世話になったふたりの老女。今でもみんな元気のようだ。

「この話はもちろん雄太郎さんに伝えました。敏也さんからの申し出、養子縁組についてはあまりにも思いがけなく、雄太郎さんにしてもたいそう驚かれていました。けれどここ数年の様子を聞くと、頭をもっと柔らかくしなければならないのかと言い始めて」

「お父さんが?」

「ええ。結希ちゃんのことがわかって以来、美弥子さんと則子さんの言動はそりゃもうひどいものです。ずっと目を掛けていた将人さんまで、でたらめと決めつけるだけ。言ってみれば結希ちゃんの敵ばかりです。味方になってくれる人がいなければ、引き取ってもらいだけでしょう?　雄太郎さんも考えたようです」

敏也は電話口で笑みを浮かべた。思った通りの展開ではないか。

「さらに今日の、将人さんの常軌《じようき》を逸《いっ》したふるまい。自《おの》ずと腹が決まるんじゃないですか」

増岡が叔母たちに取り込まれていなかったことに、今さらながら祝杯をあげなくてはならない。敏也の要望にぎょっとしながらも、彼の雇《やと》い主はあくまでも西尾木雄太郎なのだ。それ以外の顔色や旗色に左右されたくないらしい。立派な処世術だ。

「つきましては、これは私自身の提案でもあるのですが、結希ちゃんがまぎれもなく雄一さんの子どもであると、科学的な証明ができればと思います。美弥子さんや則子さんも勝手なことが言えなくなります」

「いわゆる、ＤＮＡによる親子鑑定ですね」

「はい。雄太郎さんは雄一さんの遺髪をお持ちです」

「知っています」

仏壇の引き出しの奥、桐の箱の中にしまいこまれている。雄一の亡骸《なきがら》が荼毘《だび》に付される前に、人に勧《すす》められ、雄太郎自らが鋏《はさみ》を入れた。まっ白な半紙に、黒い髪が横たわった姿は雪景色の中を飛ぶ黒い鳥にも見えた。誰にも追いかけることが叶わず、二度と今の場所には戻らない。

「親子鑑定はむしろ望むところです。よろしくお願いします」

次の土曜日に結希を連れて向原に行く約束をして、敏也は電話を切った。リビングにある物入れの奥には、長いこと手つかずの段ボール箱がある。中身は千秋の遺品だ。愛用していた手提《てさ》げ袋や財布、マスコット人形、手帳、手紙、本、アクセサリーといった雑貨類が詰まっている。その奥底、四角い小箱の中に、敏也が鋏で切った千秋の髪の毛が入っている。

雄一と千秋、ふたりの遺髪が結希を新しい未来に誘《いざな》う。雄一はともかく、千秋の髪の毛を切るとき、敏也はこの日が来ることをはっきり胸に思い描いていた。

七章　夢見たものは

1

次の土曜日、敏也は結希を伴《ともな》い、向原にある西尾木家を訪ねた。

結希にとっては二度目の訪問になる。車の中では不安げな顔も見せたが、到着するなり美千代たちの歓迎を受けて相好《そうごう》を崩《くず》した。前回、とても喜んだ白桃のジュースも用意されていて、よく冷えたそれを飲み干した後、庭に降りていった。二匹の犬が鼻を鳴らし、尻尾を振っている。

敏也を待ち受けていたのは増岡だ。応接間に通され、DNA鑑定の話を聞いた。それによると毛髪は鑑定資料として適さないそうだ。

「私も具体的な話を聞いて初めて知りました。途中から切った髪からは細胞がほとんど採取されないそうです。引っこ抜いたときに毛根が付着していれば、なんとかなるそうですが」

思いがけない話だったが、増岡の表情が暗くはないので敏也は落ち着いて尋《たず》ねた。

「では、どうすればいいんですか。雄一さんのもので残っているのは遺髪くらいですよね」

「雄太郎さんがいます。雄太郎さんにも協力してもらい、結希ちゃんとの間柄を鑑定してもらいます。親子鑑定ではなく、祖父鑑定ですね」

「ああ、そうか」

うなずきながら理解が追いつく。血の繋《つな》がりはふたりの間にもあるのだ。増岡はすっかり手柄顔で話を続ける。

「今の時代、DNA鑑定についてはいろんな業者が乱立しているようです。こちらとしては法的な効力のあるきちんとした鑑定書がほしいので、専門の機関に依頼しました。午後にはこちらに来て、結希ちゃんと雄太郎さんの口腔粘膜《こうくうねんまく》を採取するとのことです。二週間ほどで結果が出ます」

「父親に限らなくてもよかったんですね」

「ええ。でもせっかくなので、雄一さんの髪の毛、爪、へその緒なども提出する予定です」

「へその緒って、干からびたへんなものですよね。結希のと千秋さんのがありますよ。ほんとうは千秋さんの遺髪があったんですけれど」

「今日、持ってきていますか？」

敏也は三つの小箱が入った袋を増岡に渡した。遺髪の入った箱は自分が用意したものだが、あとのふたつは知らない。「結希」と書かれたものはまだ新しいが、「千秋」と書かれた箱はかなり古い。

「お預かりします」

鑑定に役立ちそうなものはすべて提出するらしい。

午前中、義父は出かけていたようだが、敏也たちが昼食をすませた頃に戻ってきた。上機嫌で結希を呼び寄せ、デパートの包装紙にくるまれた箱をいくつも手渡す。さっそくその場で開けさせると、女の子の喜びそうなぬいぐるみやらブラウスやらが出てきた。

結希はひとつひとつに大喜びし、かわいいを連発する。おじいちゃんの目尻は下がりっぱなしだ。義父は生まれて初めて、女の子向けの玩具《おもちゃ》売り場や洋服売り場に足を運んだとのことだ。付き合った秘書役の男性と共に、慣れない買い物の様子を話す。日の当たる明るい座敷はひとしきり笑い声に包まれた。

やがてＤＮＡ鑑定の業者が現れ、こちらの用意した書類を確認した後、結希と雄太郎は口を開けさせられた。歯科検診よりも容易《たやす》くサンプルは採取され、業者は帰って行った。あっという間のことで、それさえ笑い話のようだ。

夕方になり日が傾《かたむ》くと涼しい風が吹き、結希は美千代に誘われ庭で水まきを始めた。木陰で眺《なが》めていると義父が歩み寄ってきた。珍しく将人の名前が出る。あれも困ったものだと顔をしかめる。

「結希を守ってやれるのは、やはりおまえしかいない」

自分に言い聞かせるように口にするので、敏也は慎重に目を伏せた。

「この前、つい一昨日だな、雄一の住んでいたところに行ってみたよ」

「お父さんが？」

「アパートを見て、大家という人にも会ってきた」

義父は手を伸ばし、頭の近くに伸びた小枝に触れた。視線はその先へと向けられる。重なり合った葉の間に白い輝きが見える。空の欠片《かけら》のようだ。

「ずいぶん褒《ほ》められたよ。親切で優しくて礼儀正しくて、アパートの人たちに好かれていたらしい。年寄りの重たい荷物を持ってやったり、切れた電球を換えてやったり、怪我《けが》したよその子を抱えて近所の病院まで走ったり。テレビの音がうるさいと住民同士が揉《も》めたときも、仲裁《ちゆうさい》に入ったそうだ」

義父はどんな思いで足を運んだのだろう。スケジュールのびっしり詰まった忙しい人だ。結希のために土曜日の午後、家にいるのも至難の業だろうが、それだけではなかった。雄一の暮らした町に出向いたのだ。そこに雄一はもういないのに、行かずにいられなかった。

親だからか。世話になった人に礼を言い、話を聞いて、自分の知らない部分を埋《う》めようとする。褒められても懐《なつ》かしがられてもつらいだろうに、義父はわざわざ訪ねた。

「増岡から亡くなったことを聞かされて、大家はそのあと、アパートの出入り口にある紫陽花《あじさい》に手を合わせたそうだ。雄一が植えたと言うんだよ。薄紫色の額紫陽花でね、郷里の母親が好きだった花を、たまたま散歩の途中にみつけたからと話したようだ」

「紫陽花？」

義父は半分うなずき、半分首をひねった。

「あれの母親の好みは、もっと気取った花のはずだが」

敏也は芝生の庭から視線を動かし、ガーデンセットの脇にある緑のかたまりを見つめた。

雄一の産みの親は元公爵家か子爵家か、そういった家柄のお嬢さまで、体が弱く病気がちだったらしい。雄一を産んだあとも長いこと体調がすぐれず、子どもを向原に残したまま冬は暖かな伊豆《いず》、夏は涼しい軽井沢《かるいざわ》と、療養《りょうよう》を兼ねて別荘に滞在した。

やがてそこでの男との密会がばれ、本人も望んで離婚が成立した。病弱でも浮気はできたと、口さがない叔母たちはよく言ったものだ。今は再婚して関西方面に住んでいるらしい。

歩き出した義父が庭の奥の紫陽花の群生へと向かい、敏也もあとに続いた。ふと、蒲田のアパートがよぎったのは話の流れのせいか。千秋たちの暮らしていた「わかば荘」の入り口付近にも何か植えられていた。ひょっとして紫陽花だったのだろうか。思ったところで結希の声がした。

「おじさーん、畑に行ってアスパラガス採ってくるね」

西側の庭ではゆるやかな斜面を使い昔から野菜が作られていた。家庭菜園の域を超え、市内にあるレストランや高級割烹《かっぽう》に提供されているのだ。西尾木家が出資している飲食店だから、というのが大きな理由だが、店を任されているシェフたちは西尾木邸の宴会では腕をふるい、持ちつ持たれつの関係だ。

「グリーンアスパラ、好きなんですよ」

「あの子が?」

「ぼくです」

敏也は結希に向かって親指を立てた。これで夕飯はフライもバター焼きも思うままだ。

「気づかなかったが、案外おまえは子育てに向いているんだな」

「まさか。ぜんぜんですよ」

「あの子がおまえを見る目には、なんていうかこう、信頼が感じられる。少なくとも私に比べれば断然子どもに好かれるんだろう。これからはおまえの意見を尊重しなくてはならないな」

似つかわしくないことを言われ、敏也は義父の顔を見た。笑みのようなものを口元に浮かべ、紫陽花の茂みをみつめている。

「おまえの母親も子どもを大事にしていた」

今度はさらに唐突な話題だ。

「陽気でタフで気取りがなくて、一緒にいると気持ちが和《なご》む。人気者だったのはおまえも知っていただろう? 言い寄る男はたくさんいた。でも、自分には子どもがいる、あの子がいれば充分幸せだと口癖《くちぐせ》のように言っていた。牽制《けんせい》の意味もあったのだろう。いっとき付き合った男は、息子抜きの結婚を迫ったそうだ。彼女はびっくりし、冗談じゃないと突っぱねた。そんな話を人づてに聞いたよ。彼女らしいと思った」

初めて聞く話だ。一代で財をなし、関連企業をいくつも束《たば》ねるやり手の成功者と、歌手になりそこね、昼間はブティックで働きながら、ごくたまに場末のクラブでマイクを握る女。最初から釣り合いが取れていない。もっと言ってしまえば、男にはいくらでも遊ぶ相手がいただろう。条件の良い再婚話も次々に舞い込んだはずだ。

なぜよりにもよって敏也の母親だったのか。長いこと不思議でならなかった。けれど今、すべてではないにしても答えのひとつをみつけた気がした。どんな玉《たま》の輿《こし》であったとしても、子どもと別れての結婚などあり得ない、そう言い切る女だったからこそ、義父の歓心を買ったのだ。一人目の妻は我が子を捨てて出て行った。

「不幸にするつもりなどなかったんだが、景子には申し訳ないことをした。おまえにもだ」

義父のとなりで敏也は紫陽花の花に目をやった。物言わぬ花は黙ってそこで咲き、風が吹けば枝葉を揺らし、雨が降ればしっとり濡れる。褒めそやしてくれる人が誰もいなくても、自由気ままに色を変え、歌のひとつでも歌っているようだ。

雄一が植えたという紫陽花はどんな花をつけたのだろう。敏也の母が肺炎をこじらせて亡くなったとき、雄太郎は東南アジアに出張中、雄一は大学生でアメリカに語学留学中だった。雄太郎は訃報《ふほう》を受けるなり急遽《きゆうきよ》、帰国したが、雄一は連絡の取れないところに遠出していたらしく、向原に戻ってきたのは告別式の翌日だった。

帰宅するなり玄関先で声を荒らげていたのは知っている。なぜ待っていなかった、もう一日くらい、どうして延ばせなかったかと、使用人たちにくってかかっていた。

亡くなったのが彼の実母ならばそうしたかもしれない。実母でなかったから、待たずに荼毘《だび》に付された。わかりやすい理由があるのに、なぜそこまで憤慨《ふんがい》するのか。せっかくの帰国が無駄足になったと腹を立てているのか。居合わせた誰もが思っただろう。敏也も思った。騒ぎを聞きつけ飛んできた松尾がなだめすかし、雄一は骨壺の置かれた仏間へと連れて行かれた。

その後もしばらく滞在し、家の中でぶらぶらしていたようだが、敏也にしても顔色を窺《うかが》う余裕はなかった。まだ高校生で、肉親と死に別れたばかりだ。ひとつ屋根の下にいたのだから、顔くらい合わせただろうが記憶にない。

覚えているのはひとつだけ。汐野を誘い、母親の郷里を訪ねた帰り道のことだ。向原駅の改札口に雄一がいた。出先で一泊したが、松尾には話していたので無断外泊ではない。姿を見たときは、これから出かけるのかと思ったくらいだ。

けれどそうではなかったようで、雄一はぶっきらぼうに「迎えに来たんだよ」と言った。バスを待つか、タクシーにするかと訊かれ、答えられないでいると踵《きびす》を返し歩き始めた。昼間から飲んでいたらしく、車の運転ができなかったようだ。敏也は仕方なく、雄一の背中を追いかけた。

向原の駅から家までは徒歩で三十分はかかる。太陽が沈んでいく夕暮れの道を、男ふたりでつかず離れず歩いた。どこに行っていたのかと訊かれ、母親の生まれ故郷だと話した。乗った電車や食べた物、泊まった宿屋、平凡な寒村の風景。尋ねられたら答えるだけなので、ちっとも弾《はず》まない会話だったが、風になびくススキの一群や畑の上に広がる空をぼんやり眺めるにはちょうどよかった。

いつの間にか足が止まっていた。数メートル先で雄一も足を止め、同じものを眺めていた。

たのだろうか。「お母さん」とは、めったに口にしなかった。でもときどきはそう呼んでいた気がする。楽しげに会話しているのを目にしたこともある。景子はもちろん義理の息子をかわいがっていた。雄一くん、雄一くんと話しかけていた。

突然の義母の死を、雄一も悲しんでいたのだろうか。それなりに義理の母に馴染《なじ》んでい

今ごろになって、どう思っていたのかと訊きたくなる。これまでろくに考えもしなかった。自分にとって雄一は、何もかもに恵まれた大金持ちのお坊ちゃまだった。父親に反抗するのもお坊ちゃま特有の我儘《わがまま》にしか思えず、数年間の家出でさえ、お遊びの類《たぐい》に受け取っていた。最初から最後まで、結局自分は偏《かたよ》った見方しかしていない。

雄一の本心はどこにあったのだろう。そんなことを思うのは結希の笑い声が遠くに聞こえるからだ。

七年前、火災にさえ巻きこまれなければ、おそらく雄一は千秋と結希を伴い、向原に帰ってきた。たとえ本人の望みでなかったとしても、後にも先にも雄太郎の息子はひとりきりだ。次期当主として覚悟を決めれば、妻子くらい守れるだろう。東京から呼び寄せて一家を構え、精力的に仕事を覚える。人脈を広げる。経験を積んで父の片腕になる。将人よりすんなり将来像が浮かぶ。

生前の言葉に「おまえはここから離れろ」とあったので、彼が本来の道を歩むところを、自分は見ることができなかっただろうが。

雄一が生きていれば離れるだけだった家を、敏也は振り向いて見渡した。いないから、戻る。いれば、戻らない。

まるで同じところにいられない関係のようだ。もしも義理の兄弟でなければ、もう少しちがう関係が築《きず》けただろうか。駅前から自宅まで、夕暮れの道を歩いたのが、最初で最後の肩を並べたひとときだった。

ぼんやりしているとにわかに家の中が慌ただしくなった。人影が行ったり来たりして大きな声が飛び交う。和室の障子が開かれ、広縁から誰か降りてくる。

叔母たちだ。苦手意識で思わず敏也が後ずさると、義父は眉根《まゆね》を寄せて舌打ちした。結希にとって無害なはずの家屋敷が、たちまちきな臭くなる。

「敏也、とうとう捕まえたわ。あなた、何をうろちょろしてるの」

「おとなしくしてると思ったら、大きなまちがいだったわね」

「子どもはどこ？　結希ちゃんって子」

「今日は会わせてもらうわ。雄一の子なら私たちの身内でしょ。あんたは引っ込んでなさい」

開口一番、挨拶《あいさつ》をすっ飛ばしての毒舌三昧は相変わらずだ。

「兄さん、この前、電話で話した件は考えてくれた？　子どもの将来のためにもだいじな話よ。そうでしょ」

上の妹である美弥子が義父にすり寄るようにして言う。敏也が尋ねる目をすると、義父は鬱陶《うっとう》しそうに口を開く。

「将人に縁談が持ち上がっているんだ。結希をそこの養女にしないかと言われてね」

美弥子がしたり顔でうなずく。

「子どもには両親が必要よ。当たり前でしょう」

則子が割り込む。

「それならうちの恵里香と晴信《はるのぶ》さんがふさわしいわ。すでに結婚していて、仲むつまじい若夫婦なのよ。結希ちゃんのことを話したら、ぜひ家族の一員になってほしいって。かわいがられて幸せに育つわよ」

「ほんとうかしら。仲がいいなら、すぐにでも自分たちの子どもができるんじゃないの？」

「雄ちゃんの子どもなら大切に育てると言ってるの。姉さんところの将人くん、お世辞にも子ども好きじゃないわ。それに、まだ結婚もしてない。相手のお嬢さんにどう言って納得させるつもり？」

ふたりは一緒に現れたが、仲良く手に手を取ってではないらしい。相手に抜け駆けさせないために、先を争うようにしてやってきたのだ。結希を雄一の子として認めないと、あちこちで息巻いているのに、その一方、親子関係がはっきりした場合にも備えている。結希を養女に迎えれば、相続権も転がり込んでくるという計算だ。

誰にも渡さないという敏也の意志はハナから軽んじられている。まともに取り合ってくれるのは雄太郎ひとりのようだ。

何が飛び出すのかわからない人たちと、今ここで争う必要はない。借りを返すのはまだまだ先でいい。

敏也は素早く雄太郎に耳打ちした。

「結希を、叔母さんたちに会わせて大丈夫ですか?」

雄太郎は唇を噛《か》んで険《けわ》しい顔になった後、小声で言った。

「余計な雑音は入れない方がいい。おまえたちはアスパラを持って『鈴川《すずかわ》』に行ってなさい」

市内にある高級割烹だ。西尾木家がオーナーなので融通が利く。

敏也がうなずくのを見て、雄太郎は妹たちのもとへと歩み寄った。話があるなら家の中で聞く、茶の一杯も飲もう、そんなふうに声をかけて引き上げていく。

三人の後ろ姿を見守りながら、敏也は自分の背筋が伸びているのに気づいた。芝生の庭に立っているだけだが今までとはちがう。気を遣って身を縮めたり一歩下がったり顔を伏せたりは、もうしなくていいのだ。義父と対等に言葉を交わし、ふたりの叔母に臆《おく》さない。この屋敷のどこにいても、自然体でまっすぐ立っていられる。

向原に来てから初めて知る感覚だった。胸の奥深くまで息を吸い、ゆっくり吐き出す。気持ちいい。身も心もほどけるようだ。こんなにも風は軽やかで空は広かったのか。もう二度と見下される側にはまわらない。弱者にはならない。強者として見晴らしのいい場所に立ち、好きなだけ朝焼けも夕焼けも眺めよう。

「おじさん」

生け垣の向こうから声がした。

敏也はそこで待っているように言い、西側の畑へとまわり込んだ。籠《かご》いっぱいのアスパラガスを抱え、結希が誇《ほこ》らしそうに笑っていた。美千代も青々とした束《たば》を掲《かか》げてみせる。叔母たちのことを伝えれば、美千代はたちまち顔を引き締め、敏也と結希のために動いてくれる。矢面に立つ必要はないのだ。

手厚く守られる心地よさに浸《ひた》ろう。それもまた手に入れた特権だ。

2

叔母たちにどう言い含めたのかは定かでないが、義父は敏也たちの避難していた割烹に現れ、早めの夕食をとったのちに関西方面へ出かけていった。どうしても外せない会合やら記念式典への参加があるそうだ。

仕事の話が出たことで、敏也の今後についても訊かれた。向原に帰ってくるとして、自分自身はどうするつもりなのかと。当面は今の仕事を続けたいと話した。車があれば充分通える。

義父は「リッカテリアか」と敏也の勤務先をつぶやいてから、おもむろにうなずいた。

「おまえの将来についてはいずれきちんと話し合わなくてはならないな。おまえの出した希望に私が応じたとして、仕事の面でも雄一の代わりになりたいか？」

食事をしながらの問いかけだった。結希が同席しているので、表面上はとても穏やかで優しげな笑みを浮かべている。和やかな空気を少しも変えることなく、さらりと投げかけてくるのが心憎い。敏也は箸《はし》を持つ手がおぼつかなくなった。

「どうした？」

「いいえ。今後のことはまだ考えられなくて。すみません」

落ち着こう。いちいち動揺していたら切りがない。

「できればしばらくの間は、大宮での暮らしをあまり変えたくないと思っています。リッカテリアで働き、定時で帰って来ようかと」

言いながら結希を見ると、初めて見る沢ガニの素揚《すあ》げに恐る恐る指を近づけていた。条件反射のように「わっ」と声を上げ、驚かせてしまう。きゃーとのけぞり、敏也に向かって頬《ほお》を膨《ふく》らませてから笑い出す。

「結希のためか」

義父も笑っていた。敏也も白い歯をのぞかせてうなずく。

いかにもな善人面《づら》だが、じっさい環境の変化に伴う結希のストレスを少しでも軽減したかった。結希は唯一無二の、重要な持ち駒《ごま》だ。もうひとつ、ビジネス面において無理やりの割り込みはしたくなかった。正式に養子となれば、まわりの反応は自ずと変わるだろう。その中で、まずは雄太郎を取り巻く人々を見定めたい。信頼に足るのは誰なのか。危ういのは誰なのか。

関連企業を取り仕切るトップの座も、しゃにむに望んでいるわけではない。お飾りの重役、名前だけの肩書きでもかまわなかった。いずれ株主になると思い今までも経営に目を配ってきたが、実質的な地位に野望は薄い。自分がほしいのはあくまでも雄太郎の私財であり、西尾木家のトップの座だ。

そういった思惑をまったくわかっていないのが将人だった。

完全に雄一に取って代わるつもりだった将人は、敏也も同じ考えだと信じて疑わない。養子縁組がなされた瞬間に自分は失脚し、次期社長候補というポジションを根こそぎ奪われると思い込んでいる。だから浮き足立ち、無駄に騒ぐ。荒れている様子はその後も方々から漏《も》れ聞こえた。

こういうときこそしっかり働けと言ってやりたいが、仕事に限らず、雄太郎の私財が少しでも横取りされるのは我慢できないのだろう。

叔母ふたりは雄太郎にきつく釘を刺されたようで、直接ちょっかいを出してくることはなくなった。則子の娘である恵里香と桃香からはそれぞれ母親、父親にせっつかれたのだろう、話があると言ってきた。やんわり断ると、案外しつこく食い下がらない。見ず知らずの女の子を養女にするなど、ほんとうは考えられないのだ。

親子鑑定ならぬ祖父鑑定の結果を待っている間にも、結希の夏休みが近づき、西尾木家の所有する別荘への誘いがあった。敏也と結希だけでなく、汐野や亜沙子にも声がかかる。結希がさんざんふたりの話をしたからだ。

亜沙子は尻込みしたが、汐野は乗り気だった。私たちで結希ちゃんを守るのよと言われれば、亜沙子も首を横に振れない。敏也にしても、今までの労を労《ねぎら》いたい気持ちがあった。夏休み明けの二学期をめどに、新しい生活は始まりそうだった。向原の家は二階部分に手が入り、結希の部屋が増築される。地元の小学校への転入手続きも、もうすぐ取られる。

子どもの存在を打ち明けてからあっという間のことだが、息子の忘れ形見を一刻も早く引き取りたいという義父の意志は固かった。

それに突き動かされ夢見心地でいると、七月二週目の金曜日、結希を引き取っての学童保育からの帰り道、マンション近くに黒い乗用車が駐《と》まっていた。
中から出てきた男を見て緊張が走る。将人だ。数週間前とそっくり同じシチュエーショ
ンではないか。ちがっているのは結希の全身に緊張が走り、敏也の背中にへばりついたこ
とくらいだ。
棒立ちになるふたりの前に将人は悠然と歩み寄った。顔には笑みを浮かべている。鬼気
迫る剣呑《けんのん》な薄ら笑いではなく、頬に不自然な強《こわ》ばりもない。肩もそびやかしていない。だ
からといって警戒心を緩《ゆる》めるはずもないが。
「この前は騒がせて悪かったな」
しれっと言う。
「結希ちゃん、恐がらせてごめんね」
「将人さん」
「わかっているよ。子どもには配慮が必要だな。おれだってそれくらいの分別はあるさ。
誰かさんがあまりにも見え透《す》いた策を弄《ろう》するもんだから、この前はさすがに堪忍袋の緒が
切れた。でもまあ、どんなときでも冷静でなきゃダメだな。反省したよ」
何を言っているのだろう。眉をひそめる敏也を尻目に、将人はわざとらしく「結希ちゃ
ん」と猫なで声を出す。
「これから少し大切な話があるんだ。先に帰ってもらえるかな。マンションはそこだろ?

ひとりで待っていられるね?」

「なんの用件かは知りませんが、増岡さんに言ってください」

「おまえに話があるんだよ」

将人とふたりきりになるのは、敏也にしても避けたかった。聞きたい話もない。無視して通りすぎたかったが、黙って帰る男ではない。豹変《ひょうへん》して手を出してきたら今度こそ訴えてやればいいが、その前にまき散らすであろう暴言を結希の耳に入れたくなかった。

「おじさん……」

「大丈夫だよ。話を聞いたらすぐ帰る」

「でも」

敏也の身を案じ、一緒に帰ろうと腕を引っぱる結希をなだめ、なんとかマンションへと向かわせた。途中で何度も振り返るので、笑みを浮かべるしかない。

「ずいぶん仲がいいんだな」

結希の姿がエントランスに消えたところで、将人は肩をすくめた。

「話ってなんですか」

「変わらないな、おまえは。昔からクソ生意気でかわいげがない」

「おとなしく子分になれば満足でしたか」

「偉そうな口を利くな。ちっとも偉くないだろ。滑稽《こっけい》だよ」

大人げないとは自分でも思った。将人のそばにいると、ただそれだけで口の中にドブ水が入ってくるようだ。比喩《ひゆ》ではなく、じっさいの過去を思い出して。

「とにかく、そう機嫌悪そうな顔をするなって。お互い、もう子どもじゃないんだから。考えてみたら、おまえとの付き合いも長いよな。何年だ？　二十年近くか。こんなに続くとは思わなかった。どうせ短いと踏んでいたのに、大した根性だ。ガキの頃から延々と西尾木家にぶら下がり、執念深いもいいとこ」

「そういう類の話ですか」

「ちがうよ。これが最後だと思うと、長かったなあと。こうやって面と向かってしゃべるのも今日でおしまいだ」

だったらどんなにいいだろうと心の底から思う。

「おまえは雄一の子をみつけ、育て、すっかり舞い上がっている。天下でも取ったつもりだろ。馬鹿だな。哀れ過ぎて、おれまで泣けてきそうだ」

「は？」

戯《ざ》れ言《ごと》としても気持ち悪い。おまけに顔を突き出してくるもんだから、横っ面を叩《はた》きたくて腕がむずむずした。

「トシ、おまえ、騙《だま》されたんだよ」

「誰に？」

「決まってるだろ。あの子の母親だ」

相手をする代わりに時計を見た。帰りたい顔をしてちらちらまわりをうかがうのに、将人は構わず話を続ける。

「この前、もめ事になった日があっただろ。あれの少し前に、人を使って女の子の髪の毛を手に入れた。放課後の学童保育だっけ。そういうところで。ＤＮＡ鑑定には毛根ってのが必要なんだってな。業者の人間に言われて、ちゃんとついてるのをもらったんだ」

「結希から？　もしかして、中庭に現れた若い女性というのは……」

将人は「それだよ」と破顔する。不審者は結希の名前を確認しながら目の前にやってきて、頭についていたものを取ってくれたそうだ。虫かと思ったが葉っぱだったと言われ、結希はほっとした顔だった。けれどちがったらしい。最初から髪の毛を狙《ねら》って近づいたのだ。

「わざわざ人を使ってまでそんなことを。わかっていますか。髪の毛一本とはいえ犯罪行為ですよ。まして相手は子どもだ」

「いちいち大げさなことを言うな。わかっているさ。本人とか保護者の承諾がなければ、表だっての証拠にはならないそうだ。まどろっこしいがしょうがない。ただどうしても、あの子が雄一の子でないことを確かめたかった。人任せにはできない」

「無駄です。おれは嘘などついてない」

「かもしれないな。それなりに調べてみた。おまえは四年前の秋、佐藤千秋と、その娘である結希の住む場所に初めて出向いたそうだな。千秋が亡くなった後は、ひとりぼっちになった子どもを引き取り育てた。おまえのことだから、西尾木雄太郎の財産に目をつけてのことだろうが、この数年間は真面目《まじめ》に世話を焼き続けた。雄一の子に望みをかけ、すべてを犠牲にしてきたわけだ。すごいよ。びっくりだ。でも真実は真実だからな」

さっきからこの男は何をしゃべっているのだろう。路上の立ち話だというのに、長くてくどい。

「鑑定の結果が出た。おまえの育てた子は雄一の子じゃない」

ああそうですかと言いそうになる。将人の口から出るのは、将人の願望だ。

「すでに亡くなっている人間との関係性を調べるのは難しい。でも幸い、伯父さんは達者だ。向原で働く者に頼んで伯父さんの髪の毛を採取した。それを使い、祖父かどうかの鑑定というのをやったんだよ。人に頼んだことだから、ほんとうに伯父さんの髪の毛かどうかは気になる。念のためにおれの母親とおれ自身の髪の毛も一緒に調べてもらった。するとどうだ。おれたちが血縁関係にあるのはほぼまちがいない。データ上のパーセントがそう言っているんだ。ところが結希はちがう。あの子だけは遺伝子の配列がまったく一致しない。つまり赤の他人なんだよ」

将人の鼻の穴がふくらむ。頬が赤らむ。目は異様にぎらつき、ほんとうに頭がおかしくなったのではないかと、敏也は心配になった。

「おまえは、失敗したんだ」

「それ、たぶん結希の髪の毛ではなかったんですよ。簡単なことじゃないですか。すみません が、家で心配してると思うので帰らせてもらいます」

「まちがってない。頼んだ女が、正しく西尾木結希って子の髪の毛を取るところをおれは見ていた。戻ってきたときは指先に一本、細い髪をつまんでいたんだ。それを直ちに業者のよこした容器に入れた。本物なんだよ。おまえは騙された。雄一の子じゃないのに、あたかもそうであるように思い込まされた」

「千秋さんはそんな人ではありません」

通じないだろうなと思ったが、案の定、鼻で笑われる。

「向原に持っていった写真を見ませんでしたか？　偽造なんかしてませんよ。子どもが生まれる前から雄一さんと千秋さんは仲むつまじく暮らしていたんです」

「あの写真が本物ならば」

「本物です」

「雄一も騙されていたんだ。父親はちがう男なのに、あなたの子どもだと言われ真に受けた。つくづく女ってのは恐ろしい。男は馬鹿だ。雄一もな。我が子だと信じ、何もかも犠牲にして、騙されたまま死んじまった。あの世で知って、さぞかし驚いただろうよ」

やれやれ。今に始まったことじゃない。この男の目には、白いものも黒く映り、丸いものも四角く見えるのだろう。

「おい、なにため息ついているんだよ。他人事じゃない。おまえも馬鹿を見たひとりだ。なんの役にも立たない子を育てた。手間も時間も金も、すべて無駄。ドブに捨てたようなものだ。残念だったな」

返す言葉もなく口をつぐんでいると、さらに畳みかけてくる。

「おれの鑑定には証拠能力がないから、伯父さんの方で調べてもらわなきゃいけない。さっそく進言しておく。親族の立ち会いの下、唾でも血でも採取して、徹底的に分析してもらうんだ。おまえ、必ず協力しろよ。逃げも隠れもするな」

言われるまでもない。すでにやっている。そして明日は結果を聞きに行く。

疑いを挟む余地はどう考えてもなかった。少なくとも千秋は人を騙すような女性ではない。将人がどんな偏見を向けようと、口汚く罵《ののし》ろうと、大それた企《たくら》みをする図太さに欠ける。もしも知恵をつける人間がまわりにいれば別だっただろうが、明日をも知れない重病を患《わずら》ってなお、結希をひとりで育てようとしていた。彼女の頭の中に西尾木家はなかった。

この世には将人の理解を超えた人間がいる。敏也にも意外だったが、事実なのだからしようがない。世の中は広くて、さまざまな価値観が入り乱れている。

達観したことを思いつつ、目の前の、将人の自信に満ちた態度も気になった。

ＤＮＡ鑑定は将人にとって決定的な敗北を意味する。結希は「どこの馬の骨だかわからない存在」ではなくなる。本来ならば、やらせまいと必死になるのではないか。そうならないのは、彼のもとに届いた結果が期待を裏切らなかったから。

要するに、髪の毛がまちがっていたのだ。結希のものではなかった。

それしか考えられない。けれど。

ふと浮かんだ顔に、敏也は息をのむ。

松尾だ。

亡くなる前の雄一から、子どもの存在を打ち明けられていたのに、自分ひとりの胸に収めたらしい。今まで秘密が守られたのは、松尾が誰にも相談せず、一片たりとも漏らさなかったからだ。迷わなかったのだろうか。悩まなかっただろうか。

そして松尾は千秋の死を知らなかった。ということは、母子家庭となったふたりを陰ながら見守ることもなかったのだ。どんな暮らしをしているのか、気にならなかったらしい。どうして雄太郎の孫をほったらかしにできたのだろう。忘れるなんてありえない。

いつの間にか自分が砂漠の真ん中に立っているような気がした。ゴーゴーと風の音だけがする。乾いた砂粒が頬に当たる。口の中にも入ってくる。足元はすっかり砂に飲まれている。

誰かに呼ばれた気がして顔を上げた。将人が何か喋《しゃべ》っていたが呼び声はもっと上からだ。遥か彼方の空には縁《ふち》をあかね色に染めた雲が横たわっていた。日が暮れて夜が来る。砂漠にも似た町の真ん中にも刻々と闇が広がる。

視界の隅に動くものがあり目を向けると、マンションのベランダに結希がいた。ひらひらと動く手は小鳥の羽ばたきにも重なり、今にも空へと舞い上がりそうだ。

三年と数ヶ月前、蒲田のアパートで自分がみつけたものは、なんだったのだろう。

3

将人と別れ、敏也がマンションの自室に入ると、結希が玄関先で待ち受けていた。大丈夫だよと笑いかけ、ついでに肩まですくめてみせた。

「何を話してたの?」

「うーんと。大人の話だな」

「ひどいこと、されなかった?」

「今日はぜんぜん。あのおじさんもいろいろ考えてるんだよ。ああ、お腹空いた。用意しなきゃな。何がいい?」

着替えて手を洗い、いつものようにキッチンに立った。冷蔵庫からキャベツやタマネギを出し、冷凍庫にあった肉を解凍する。

「野菜炒めにするの？」

「うん」

「お豆腐の残りがあったでしょ。お味噌汁も作らなきゃ」

「あったっけ」

「あるよ。ほら、納豆の後ろに隠れているの」

いつの頃からか、結希は言わなくても台所仕事を手伝うようになった。りんごの皮くらいは剥《む》くし、炒《いた》め物もするし、食器も洗う。亜沙子が根気よく面倒を見るので、できることが増え、手際もよくなっている。

「おじさん、昨日の蒸し鶏も出して。早く食べた方がいいんだって。亜沙ちゃん言ってた」

「ああ。だったらサラダか」

敏也が保存容器に入った蒸し鶏をみつけてカウンターに置くと、結希はすばやく野菜室からキュウリやトマトを取り出した。

みんなはお仕事に行っているから、私はご飯係になるというのを、三年生の後半から口にしている。敏也をはじめとした大人から、一方的に世話を焼かれるだけの子どもではなくなるらしい。少しずつではあるけれど。

すでに昔とは異なり、結希はひとりで留守番もできるし、簡単なものなら買い物にも行ける。風呂も洗えるし、洗濯物を取り込むこともできる。汐野が熱を出して寝込んだときには、水だのアイスクリームだの煮込みうどんだのをせっせと運んでいた。

ここがあってよかったと、これまた大げさに喜んでいた汐野は、野菜炒めとサラダがてきあがる頃、大荷物を抱えて帰ってきた。けばけばしくふりふりの服装を好む彼が洋裁を習ってどうするのかと思いきや、とんでもない美的センスと波長の合う人がいるらしく、そこそこ仕事が入ってくる。世の中は確かに広い。

口を尖らせ「また野菜炒めぇ」と言いながら、すでに着席している敏也や結希を横目に、自分の分だけ冷凍のシュウマイや唐揚げを電子レンジで温める。結希が将人の再来を告げると、持っていた皿を落としかけるほど驚いた。

「やだ！　何しに来たの、あの野蛮人！」

「騒ぐなよ。どうってことない話だ」

敏也はサラダに箸をつけ、前日に亜沙子が作った蒸し鶏を口に入れた。

「結希ちゃん、こわい思いしなかった？　ううん、したわね。したに決まっている。あの狂犬男が視界に入るだけで恐ろしいわ」

「話しかけられた」

まあ大変と、汐野がのけぞったところでレンジがチンと鳴った。

将人のやってきた理由を適当にぼやかし、食卓に並んだ料理を食べていると、汐野は自分の身近にいる「将人みたいな男」について米粒を飛ばしながら講釈をたれた。結希はいちいちうなずき、となりのクラスに似たようなのがいると身を乗り出す。敏也は黙々と箸を動かした。味のわからない肉やキャベツを飲みこむ。いつも以上にぼんやりしてしまう。

食べ終わって洗い物をすませ、ソファーに腰を下ろしてからは、つけっぱなしのテレビに目をやったり手元の雑誌を眺めたり。これまた何も頭に入らない。結希は明日の外出を思い出し、シャツやらスカートやらとっかえひっかえ着替えては目の前に現れた。どれがいいかと訊かれる。おじいちゃんに買ってもらった服もあり、汐野はそれがいいともっともらしくアドバイスする。ひまわり柄のチュニックだ。

鞄《かばん》やハンカチも決まったところで風呂に入り、パジャマ姿で「お休みなさい」を言いに来た。早く寝るように言って敏也も手を振った。

結希と入れ替わるように亜沙子が帰宅し、将人の出現を聞くや、キリリとした眉をひそめた。何をしに来た、どんな話かと詰め寄るが、まあまあと宥《なだ》めて缶ビールを分け合った。汐野の関心は将人よりも西尾木家の別荘に移り、グーグルマップを開きながら独自の夏休みプランを提案する。

これこそ適当に聞き流し、疲れを理由に自室に引き上げた。将人の毒気に当てられたのかと言われればその通りだ。苦笑いを浮かべれば、怪しまれることもなかった。

翌日の土曜日、敏也は結希を伴い、当初から予定していた時間に大宮を発った。助手席に座る結希は朝食時のテンションのまま楽しそうにしゃべる。ひっきりなしに囀《さえず》る小鳥と変わらない。敏也は運転席に座ったとたん、スイッチが切れたように手足の感覚がなくなった。

将人から聞いた話が、体に産みつけられた寄生虫の卵のように膨らみ、孵化《ふか》し、皮膚の下で蠢《うごめ》いた。ＤＮＡ鑑定の結果。将人の勝ち誇《ほこ》った顔はなんだったのだろう。

夕食のときもテレビを眺めているときも、卵は増えて孵化は進む。部屋に引き上げひとりになってからは、得体の知れないものが内臓でのたうつような不快感に襲われた。体をくの字に曲げ、吐き気をやり過ごす。布団をくしゃくしゃに丸め、脂汗をかき続ける。ほとんど眠れなかった。

それらがふいに遠ざかる。フロントガラス越しの景色も遠い。前を行く車や信号、センターラインがぼやけて見えづらい。ハンドルを握っている手応《てごた》えもない。街角の四角いビルも瓦屋根の家々も看板も不確かで、おぼろで、夢のようだ。まるで長いこと見続けた夢の中。その「長いこと」とはいつからだろう。

蒲田のアパートを訪ねたときか。大宮に結希を引き取った日か。それとも母の死の知らせを受け取ったときか。向原に初めてやってきた日のことか。

いっそのこと眠り続けていたい。目覚めたくない。どこにもたどり着きたくない。ここから出たくない。行きたい場所があるとすれば。そう思って唇を嚙むと、千秋が亡くなる少し前、親子を連れて出かけた山中湖で見た山の頂《いただき》が浮かんだ。果てしなく遠い高みに駆け上りたい。

祈るように思っても、敏也の運転する車は正確に路上を走った。一度もぶれることなく、向原へと着いてしまう。

助手席にはのどかに鼻歌を口ずさむ結希がいた。今日の髪型は亜沙子の結ったお団子だ。最後の十字路で、右や左に曲がってみたかったが、歌に合わせて後れ毛が揺れるのを見て直進した。

敷地内の駐車スペースに車を駐めていると、若いお手伝いさんが駆け寄ってきた。結希とも顔なじみだ。にこやかな歓迎を受け、結希は自然と手を繫ぎ、仲良く玄関へ向かう。お待ちしてましたよ。今日は何をして遊びましょう。この前の手芸の続き？　お菓子作り？　蔵の中の探検？　ええ、畑にも行かなくちゃ。トマトや茄子《なす》が実ってます。トウモロコシはまだですね。会話を聞きながら、敏也はふたりに続いて建物の中に入った。

美千代がすぐに現れ、心得たように結希たちをリビングへと促す。敏也には小声で言った。

「旦那さまと増岡さんが書斎でお待ちです」

ＤＮＡ鑑定の結果を聞く話になっていた。車中では永遠に着きたくないと、内心、子どものように駄々《だだ》をこねていたが、約束通りの時間に到着してよかったと敏也は思った。遅れなくてよかった。事故がなくてよかった。

手荷物を美千代に預け、書斎へと向かう。長い廊下をゆっくり歩いた。夢うつつに逃げるのではなく、今度はそこから戻るために。母に連れられ向原に来たのも、その母の訃報を受け取ったのも、蒲田のアパートを訪ねたのも、みんな現実だ。ひとつひとつ、思い起こす。自分の目で見て、心で感じたものばかりを。

自分だけじゃない。母も、雄一も、千秋も、そして結希も、汐野も、亜沙子も、逃げられない現実の中で前に進む。どこに向かっているのか、わからなくても進む。

暗い廊下の突き当たりで、敏也は足を止めた。分厚い木の扉の前で拳を握り、ノックする。呼吸を整え中に入る。

応接セットを囲み、義父と増岡が座っていた。敏也は顔を伏せたまま声だけで挨拶をした。空いている椅子に腰を下ろす。誰も何も言わず、沈黙が続いた。重苦しい空気に包まれる。机の上には茶封筒と書類と手つかずのコーヒーがあった。

口火を切ったのは増岡だ。言いにくいのですがと前置きされた。

「鑑定の結果が出ました。残念ながら、結希ちゃんと雄太郎さんの間には血縁関係がほぼないとのことです。実は、雄太郎さんと雄一さんに関しては、三十年前にやはり親子鑑定が行われています。雄太郎さんが最初の奥さんと結婚を解消するさいですね。親子にまちがいないと証明されています。つまり、結希ちゃんが雄太郎さんの孫でないのならば、雄一さんの実子でもないというわけです」

敏也は顔を上げ、増岡に向かってうなずいた。

「ご存じでしたか？」

「いいえ」

「でも、落ち着いていらっしゃる」

一呼吸置いてから、敏也は答えた。

「昨夜、将人さんが来ました」

声がうわずっていないのに安堵する。

「前回のように路上で待ち伏せされ、先に結希を帰してから話が始まりました。人を使い、結希とお父さんの髪の毛を手に入れたそうです。あの人はあの人で鑑定に出し、結果を知らせに来たんです」

「では……」

増岡のつぶやきに被さるように義父が口を開いた。

「将人からは電話があった。ＤＮＡ鑑定をするようにとしつこく言われた」

「結果を見たからです。昨夜はさんざん毒づかれました。おまえは騙された。何もかもおしまいだ。手間も時間も金も、ドブに捨てたようなものだと」

頭の中に、将人の笑い声が鳴り響く。

無意識のうちに敏也は両方の手のひらを固く握りしめていた。気がついて片方を開き、もう片方を包み込む。車のハンドルを握っていたときのような、あやふやな感覚はない。指先は冷え切ってもいないし震えてもいない。それを確かめてから、口を開いた。

「お騒がせしました」

「敏也、おまえは、あの子と雄一の間に血の繋がりがないと認めるのか」

「増岡さんがきちんとしたところに依頼してくれたなら、信用するしかありません」

「それでいいのか」

義父は苛立《いらだ》つような声を上げた。敏也は両手の指先に力を入れてうなずいた。

「昨夜からずっと考えていました。将人さんは結希の母である千秋さんを、頭から性悪女と決めつけています。でも、そんな人じゃないんです。誰かを騙すような人じゃない。あるときぼくは、兄さんとのなれそめを聞きました。すると出会ったばかりの頃、千秋さんには他に付き合っている人がいたそうです」

敏也の脳裏には、病室のベッドの上で思い出話を語る千秋の面影がよぎる。彼女はたしかに、別の男の存在を口にしたのだ。

「うまくいかなくなって別れてしまい、死にたくなるほど寂しくてつらかった。そんなときそばにいて、親身になって励ましたのが兄さんだったそうです。おそらく千秋さんのお腹には別れた男の子どもがいたんでしょう。兄さんは何もかも承知の上で、彼女にプロポーズした」

言いながらも半信半疑だ。血縁関係にこだわる義父の子でありながら、雄一は赤の他人を我が子にしたのだろうか。それでかまわないと思い切ることができたのだろうか。

本人には問いただせない。推し量る手がかりは、やはりあの写真だ。雄一だけでなく、千秋も無邪気に笑っていた。遠慮の塊のような彼女が生き生きしているだけで、ふたりの絆の強さが感じられる。

「雄一は知っていたのか」

「だと思います」

「でもおまえは今の今まで知らなかったのだろう？　千秋という女性は肝心のことを話さなかった。騙し討ちのようなものじゃないか。おまえは雄一の子だと思い込まされて手塩にかけて育ててきた。ちがうのか」

事実を言えばその通りだ。彼女は養子縁組を申し出る敏也に「いいんですか」と念を押した。「雄一の実子ではないけれど」という前置きを、敢《あ》えて飲み込んだのだ。

今になって気づき、やられたとは思う。見事にしてやられた。いっぱい食わされた。けれども不思議と恨みがましい気持ちは湧《わ》いてこない。なぜだろう。自分もまた嘘をついていたからか。兄思いの弟のふりをして彼女を騙そうとした。将人や叔母たちを出し抜くために、結希を利用しようとした。

そしてあのとき、彼女が言えなかった理由が痛いほどよくわかる。金もなく身寄りもなく、自分の寿命ももうない。我が子を施設に入れないために、できることはとても少ない。

わかっているから「ぼくのことはいいんです」と義父の前で殊勝な言葉が出た。

「兄さんは知っていたはずです。だから、ここにもおいそれとは連れてこられなかった」

「ほう。それは、そうかもしれないな。我が子じゃないから、私にも紹介しづらかったか。だとしたら、あいつは何をやっている。東京に出て、人のよさにつけ込まれただけじゃないか。自分の子でもないのに縛り付けられ、朝から晩まで汗みどろで働かされた」

「お父さん、東京での兄さんの暮らしぶりを大家さんから聞いてきたんですよね。誰の目から見ても仲良さそうにしていたんでしょう？」

「だからお人好しなんだ。男としての責任を取ったならまだしも、そうでないなら何をやっている。一時の感情に溺《おぼ》れ、安っぽいメロドラマの主人公になったつもりか。陳腐《ちんぷ》もいいところだ。あれにはもっと大きな、輝かしい未来が約束されていた」

あなたがそんなだから雄一は帰れなかった。

どう言葉を尽くしたところで父親は変わらない。

千秋と結希は受け容れてもらえない。直に会って誠意を見せても同じこと。

現に結希は、もう見放されている。手のひらを返すより早い。

だいじなのは血の繋がりだ。

正しいのはそれだけ。自分の血。

敏也は机の一点をみつめた。

初めて出会ったときから義父は特別な人だった。威風堂々としたたたずまいに圧倒され、憧れを抱かずにいられなかった。実子ではないのが心底、口惜《くや》しかった。ただひとりの息子である雄一が妬ましかった。義父に認めてもらいたかった。どんな手を使ってでも振り向かせたかった。

でも今、ほんとうにこの人なのかと、自らに投げかける。すべてが愚《おろ》かしい人ではない。経営者としての能力は高いのだろう。魅力的な人物かもしれない。けれど、他人を受け容れるという部分の器は大きくもなければ深くもない。

そこに自分は食い込みたかったのか。こぼれたことで自暴自棄《じぼうじき》になるのか。なんとしてでもいつかはと、固執《こしつ》し続けるのか。

おまえはちがうから。

雄一の声がよみがえる。

亡くなる前の最後のやりとりだ。

ここから出て行くことを考えろ。


今まで、光り輝く場所にいる人間から、おまえは赤の他人だから望む資格すらない、さっさと出て行けと、命じられているような気がしていた。

耳にしたとたんに身も心も強ばり、表情やニュアンスを読み取ることはできなかった。

でも雄一の真意は、他にあったのかもしれない。

千秋と結希を思えば、今も昔も向原は鬼門だ。うるさい親戚もたくさんいる。背負わなくてはならない心労は膨大だ。避けたいけれど父親の自分への執着も知っている。いつまでも逃げていられない。覚悟を決めて帰郷した。そのときの、彼の言葉なのだ。

おまえはおれとちがって自由だ。ここに縛られることなく、自分の力でやってみろ。

そんなふうに、肩を叩こうとしたのかもしれない。

雄一の望む幸せが、西尾木家の外にあったとしたら。

「これからどうする?」

義父が問う。

「今まで通り、大宮で結希を育てていこうと思っています」

「本気か?」

そういう訊き方をされ、考える先に言葉が出た。

「あの子は兄さんの子です」

「ちがうだろう」

もう、いい。今さらだが義父と将人はよく似ている。そっくりではないか。その将人は今回の結末を聞き、勝利の雄叫《おたけ》びでも上げるだろう。叔母たちふたりへの復讐も叶わなくなった。でも、少なくとも亡くなった母は、余計なことを考えるなと言ってくれるだろう。素直にそう思える。

憎しみしか持てない連中と、同じものを引っ張り合えば、自分もそいつらと同類になる。これからは天罰が下るのを毎日、遠いところから祈ってやろう。

「大宮のマンションは近いうちに引き払います。西尾木家にお返しします。今までお世話になりました。仕事は変えずにリッカテリアで働いてもいいでしょうか」

「ああ。それは……かまわないが」

「ありがとうございます」

敏也は立ち上がり、座ったままのふたりに頭を下げた。すぐに立ち去ろうと思ったが、ここに来るのは最後かと部屋を見渡した。壁に設《しつら》えられたオーク材の書棚に、ずらりと背表紙が並んでいる。文豪たちの全集、古典物の箱入りシリーズ、海外作家のおそらくは原書、マニア垂涎《すいぜん》の稀覯《きこう》本、コレクターズアイテム。触ることはもちろん、間近で見ることさえとうとう叶わなかった。遠くから眺めるだけの知性の宝庫だ。

壁紙や天井、ぶら下がるシャンデリア、窓枠、カーテン。それらに目をやれば地方の名士の財力をいやでも思い知る。我が物にする日は来なかった。

しっかり嚙みしめて、敏也は書斎を辞した。

暗い廊下に出てみると足取りは軽く、視線が真っ直ぐ前を向く。角を曲がるごとに頰がほころび、まるで微笑んでいるようだ。ここ数年の努力、野望のすべてが潰《つい》えたというのに、機嫌がいいのはおかしいだろう。そう思っても、顔がいっこうに締まらない。

突き当たりに窓のある廊下に出る。待ち構えていたように、正面のガラス窓が叩かれた。結希だ。

「おじさん、ああよかった。早く来て。凧《たこ》だよ。凧揚げ」

急《せ》かされるまま、敏也は和室から広縁にまわった。正月でもないのになぜ凧？　倉庫で見つけたのだろうか。

開け放たれた窓から庭をうかがおうとすると、沓脱《くつぬ》ぎ石の脇に誰かが立っていた。顔を見て思わず目を疑う。

「松尾さん？」

小柄で丸顔なところは昔のまま。撫《な》でつけられた頭髪はめっきり薄くなり、眉毛にも白髪が交じっている。敏也に向かって丁寧に会釈し、物言いたげな視線だけよこした。

美千代だろう。今日、ＤＮＡ鑑定の結果が出ると聞きやって来たのだ。

「たった今、書斎でお父さんと話をしてきました。どんな内容だったのか、松尾さんなら察しがつくんですね？」

庭では出入りの植木職人たちが二手に分かれ、大凧を揚げるべく声をかけ合っていた。結希はすでに揚がった凧の糸を渡され、若いお手伝いさんと一緒に中空を見上げている。

「あの子が兄さんの実子ではないことを、知っていたんでしょう？」

松尾の視線が庭へと向けられる。

「兄さんも知っていたんですね？」

白髪頭が縦に振られた。

「火事に巻きこまれる前に、どんなことを話したんですか」

「東京に家族がいるとうかがいました。お子さんが生まれ、親子三人、仲良く暮らしていると。私は心からの祝福を口にしました。日に焼けてすっかり逞《たくま》しくなった雄一さんはとてもいい顔をなさっていた。『折り入って』と言われても、なんとかなる話だと楽観視してたんです。ところが打ち明けられたのは正真正銘の難題でした。私も、そして雄一さんも、旦那さんの強いこだわりを知っています。血の繋がっていない子どももですが、そういう子を産んだ奥さんにも厳しい目を向ける。美弥子さんや則子さんも黙っていない。並の神経では耐えられませんよ。ですから、しばらく伏せた方がいいと私は言いました。雄一さんも渋い顔でうなずきました。幸い子どもは女の子。いずれ男の子が生まれれば、その子を跡取りにすればいい。そんなふうに考えたんです。けれど直後にあの事故が」

松尾は雄一の告白を胸深くに押し隠すしかなかった。

「もちろん気にはなっていました。雄一さんが思いを残した方たちです。葬儀を終え四十九日もすませ、やっと自分の時間が持てるようになり、遅まきながら蒲田に参りました」

「松尾さん、ふたりに会ったんですか」

皺《しわ》の寄った瞼《まぶた》が小刻みに動く。

「千秋さんは楚々《そそ》とした女性でした。私が挨拶をするとたいそう驚いて目を赤くされました。傍《かたわ》らには小さな女の子がいました。その子の頭を撫で、いつまでも私たちは家族だと」

「その通りでしたよ。彼女は死ぬまで、兄さんと出会えて幸せだったと微笑んでいた」

松尾がかすれた声で「敏也さん」と呼びかける。

「これからどうされますか」

「大宮で結希を育てるよ」

「雄一さんは喜んでらっしゃいます」

以前、電話口で聞いたのと同じ言葉を松尾は言う。

「さあ、どうかな。向いてないのはよくわかっている。でも他に預け先がないからね。兄さんには勘弁してもらうよ」

思わず苦笑いを浮かべたところで、明るい歓声が聞こえてきた。庭師のさばく大凧が風を捕らえぐんぐん上昇し始めたのだ。芝生のはじに控えていた二匹の犬も、人間と同じように首を伸ばして空を見上げている。

さぞかし結希もはしゃいでいると思いきや、勇ましい大凧を尻目に、中凧はふらふら左に右に揺れている。今にも失速しそうだ。大変、どうしよう、ダメだと情けない声が聞こえる。

敏也が松尾を見ると、目尻を下げ口元をほころばせた。早く行きなさいと背中を押された気がする。敏也はサンダル履きで駆け寄り、結希の手から糸を受け取った。素早く巻き取る。ためらわずに思い切りよく引き寄せ、体勢を立て直す。

風が強く吹いたところで、角度を合わせて糸を緩めた。再び凧が勢いづく。尻尾がちぎれるほどはためく。大凧の高みをめざし、みるみるうちに小さくなっていく。敏也は目を細めた。夏空が眩《まぶ》しい光を振りまいている。

「凧ってすごいね」

結希がうわずった声で言う。小さな手が天に向かって差し出される。

無邪気な笑みのそばで、敏也は自分の足が五センチほど浮き上がるのを感じた。いつの頃からか見えない糸にがんじがらめに巻き取られ、地面に縫《ぬ》い付けられていた。それがほどけていく。

今日の顚末《てんまつ》は戻り次第、汐野と亜沙子に話さなくてはならない。ふたりはどんな顔をするだろう。敏也自身を含めてもともと血縁はない。結果を聞いても、義父が味わったような落胆はあるまい。驚くとすれば、雄一も同じように血の繫がりにこだわらない家族を持っていたこと。

思えば雄一にとって、義理の間柄は初めてではない。亡くなる前の最後の会話で、敏也の母、景子が好きだった菓子を仏壇に供えたと話していた。

義理の親子でも本物の情が通い合うのなら、義理の兄弟にもあり得るだろうか。

「おじさん、お父さんも凧を揚げるの、上手だった？」

結希に尋ねられて笑い返した。

君のお父さんのこと、お母さんのこと。

今までとはちがう気持ちで話せそうだ。

ひとところに留まっていては目に映らないものを、遅まきながら見に行こう。行かなくてはならない。

ほんとうに遅いよと、空の上から聞こえたような気がした。

4

駅からの徒歩圏はあきらめてもいいけど、小学校の学区内が望ましい。そんな条件をもとに、転居先を探すべく何軒かの不動産屋に当たった。敏也の希望は逆だったが、汐野と亜沙子は聞く耳を持たない。

八月の上旬、空き家になっていた一軒家を紹介された。住宅街の外れにある、築四十二年という古ぼけた二階建てだ。敏也は目にしたとたんNOを唱えたが、他の三人は「一戸建てもいいねえ」と暢気《のんき》な声を上げた。どうせ引っ越すなら今までとぜんぜんちがうところがいいんじゃないか、だそうだ。

それならそれで探しようもあるのに、不動産屋の若い男の見えすいたセールストークにいちいち乗せられる。大宮駅から徒歩だと二十三分。バスが使えて、停留所からは四分。小学校までは子どもの足でも十分程度。敷地は五十二坪。間取りは４ＬＤＫ。

以前は老夫婦が住んでいたが相次いで亡くなり、相続した現在の家主は海外在住だそうだ。空き家にしたままでは不用心なので、保証人のしっかりした勤め人に住んでもらいたいとのこと。建物は樋《とい》が外れたり雨戸が動かなかったり屋根瓦がずれたりとガタガタだが、入居前にメンテナンスが入り、傷んでいる箇所は補修されるという。畳《たたみ》も新しくなり、破れている障子や襖は張り替えられるらしい。

汐野や亜沙子はこれまで各自でアパートを借りつつ、そこを荷物置き場にして、敏也のマンションで暮らしていた。亜沙子は食費として毎月いくらかを出していたが、汐野はそれさえあやふやだ。敏也自身、家賃や管理費を払っていなかったので、高くない給料でもやってこれた。人のいる鬱陶しさを我慢すれば、金銭面では寛大になれた。

これからはそうもいかない。西尾木家の庇護《ひご》から離れ、優良物件から出て行く。汐野と亜沙子にはその旨を告げ、今後について話し合った。それぞれがアパートに戻り、敏也と結希のみ、新しい住まいに移るというのがもっとも自然な流れだろう。蒲田の頃を思えば結希も成長している。ひとりで留守番くらいはできる。

敏也はけじめのつもりで提案したが、亜沙子は驚いた顔になり、それが哀しげなものに変わるのを見て言葉が出た。

「一緒に行こう。どこでも亜沙子の好きなところに」

固く握りしめられた彼女の拳に手を伸ばし、包み込むと震えていた。夢中で抱き寄せた。

「これまで亜沙子がいたからやってこれたんだ。これから先もいなきゃやっていけない。おれも、結希も」

人一倍寂しがり屋なのに我慢強く、まわりに気を遣い無理をしてしまう亜沙子に、哀しい思いをしてほしくない。素のままで優しいのだから、心配せずに自分をぶつけてほしい。必要としている人間がいることを忘れないでほしい。

めったにない高揚感に包まれ胸を熱くしていると、横から「よかったわねえ」と声がした。視線を向けると、リビングのラグマットに汐野がぺたんと座り微笑んでいた。

「おまえはどうするの?」

「あらやだ。決まっているじゃない」

ウインクを投げかけられ、それ以上は訊かなかった。

そして敏也を抜かした三人は築四十二年の借家を気に入った。いくら修理しても古い家屋特有の薄暗さやすきま風、使い勝手の悪さは直らないのに、その分、割安だと喜ぶ。家賃は三人で分け合うという話になっていたが、抑えられるに越したことはない。

敏也にしても贅沢《ぜいたく》は言っていられなかった。今後は給料内でやりくりしなくてはならない。結希にかかった費用はすべて持ち出しに決まった。回収のあてはなくなり、莫大な財産は転がり込まない。承知の上で、いざとなれば貧乏暮らしなどどうってことない、と高をくっていたが、じっさいに押し入れ付き六畳一間を見たときは目眩《めまい》がした。

個人的なスペースはそれだけになる。今持っている鞄も靴も服も、ＣＤも本もゲームソフトも各種スポーツ用品も、半減では間に合わない。リビングに置いてあったソファーやテーブル、チェストは大きすぎて持って行けないと言われた。

多量の処分を思い、ふさぎがちの敏也にかまわず、亜沙子と汐野はてきぱき話を進めた。

八月中旬に賃貸契約を交わし、翌週から補修工事が入り、ひと月後には畳も障子も一新された。引っ越しは九月の最後の週に決まった。

結希は仲のいい友だちに夏休みの引っ越しを話していたらしい。内緒にしておくよう言っておいたが、黙っていられなかったのだろう。後になって、なーんだと笑われたそうだ。もっと遠くかと思ったら近くじゃないの、と。

ほんとうならば向原に行くはずだった。ＤＮＡ鑑定の結果が出た日、泊まる予定になっていたが急遽、昼食もとらずに帰途に就いた。まだ小学生の結希に、いきなり聞かせるような話でもない。そのうちいつかと、先送りすることにした。義父は書斎にこもったきりで、辞去を伝えても引き留められなかった。挨拶にも出て来ない。早々に引き上げるのは正しい判断だった。

美千代が今まで通りの笑みで見送ってくれたので、結希は「おじいちゃん、忙しいのかな」と言うだけだった。後日、向原への転居がなくなったことを話すと目を丸くした。大人の事情という説明に、なぜどうしてと訊き返さない。素っ気ないまでの「ふーん」という反応に、続けて、今いるマンションからの引っ越しを告げた。

「誰が?」

「みんなだよ。おれと結希ちゃんと、亜沙子と汐野」

「どうして?」

「まあその、心機一転ってやつだな」

「ほんとうにみんな? 結希だけじゃない?」

「ちがうよ」

「おじさんだけでもない? 亜沙ちゃんもしーちゃんも一緒?」

「うん」

「ほんとうにほんと?」

しつこく念を押された。敏也の言質《げんち》だけでは不安だったのか、亜沙子や汐野にも訊いてまわった。一度だけではなく、時間を置いてくり返し何度も確認する。結希にとって、もっとも重要なのはそれだったのだろう。

九月の最後の週の木曜日、亜沙子の休日に合わせ敏也は年休を取り、いくつかの処分品を残しつつも無事に引っ越しの荷物を出し終えた。汐野はマンションの住人たちに送別会を開いてもらい、調子に乗って飲み過ぎて深夜にふらふら帰ってきたが、もちろん早朝、叩き起こした。

結希は学校があったので、朝出て行くときは前の家で、帰るのは新しい住まいだ。何度も行き来しているので迷うこともない。引っ越し後、初めての放課後は友だちまでくっついて来たので、「ただいま」と同時にわいわいきゃあきゃあやかましい。

部屋割りからすると四つある個室のうち、玄関脇にある一室を汐野が使う。二階の三室にそれぞれ敏也と亜沙子と結希が入る。手伝いと称して女の子たちは階段を行ったり来たりに忙しい。庭の草むしりを命じたが誰も聞く耳を持たず、ようやく亜沙子と共に台所の片づけを始めた。敏也はテレビの設置などに駆り出され、洗面所と風呂場を整える頃にはもう夜だった。

その翌週の日曜日も朝っぱらからけたたましくチャイムが鳴らされた。出てみると、西尾木家に出入りしている庭師の親方だ。昔からの顔なじみであり、つい先日も一緒に凧揚げをしたばかり。作業着姿でニカッと笑う。約束した覚えはなく、敏也は「なぜここに」と言いかけたが、親方は手にしていたクーラーボックスを持ち上げた。

「頼まれてきたんだ。中身は肉。いい肉らしい。庭でバーベキューでもするようにって」

「えっと……。もしかして美千代さんが?」

敏也の言葉に、親方は首を横に振った。

「まあ、用意したのはそうだろうけど」

クーラーボックスを敏也に押しつけ振り返る。後ろから段ボール箱を抱えた男がやって来た。凧揚げのときにもいた見習いだ。亜沙子や汐野も何事かと現れ、狭い玄関先で敏也の背中にかぶさる。庭にいた結希もすっ飛んできた。

「美千代さんが気を利かせたのはこっちの野菜だな。うちの畑の採れたてだ」

結希が大喜びで歓声を上げ、親方も弟子も相好を崩す。段ボール箱からはトウモロコシもトマトも茄子もキュウリものぞいている。

「それで、庭ってのはどうなってる？　勝手にいじっちゃまずいんだろうか」

親方に尋ねられ、敏也は玄関から表に出た。

「大きな木を根こそぎ取っ払うには許可が要るけど、きれいにする分にはいいみたいです。ただ見ての通り草ぼうぼうで、どっから手をつけていいのか」

「ほう。やっていいなら助かるよ。今日はここを手伝うようにと仰《おお》せつかってる。ちゃっちゃと進めて、まずはこざっぱりさせよう」

二十坪足らずの庭だが、数年はまったく手が入っていない。雑草はもちろん生け垣も、ツツジや沈丁花《じんちょうげ》といった低木も伸び放題だ。壊れた植木鉢やバケツも転がっている。

「きれいになりますか」

「なるなる。餅は餅屋だ。まかせとけって、坊ちゃん」

「坊ちゃんじゃないですよ」

昔なじみはこれだから恐い。親方はアハハと笑い、バーベキューコーナーを作ってやろうと宣言した。結希と汐野は小躍りし、亜沙子も仕事を抜け出してくると言い出す。ほんとうに作業を前提にやってきたようで、玄関には軽トラックが横付けされていた。

荷台には用具らしき物が見え隠れしているが、それとは別に、敏也はふと目を奪われた。丁寧に梱包《こんぽう》された植木がある。気になって歩み寄り、のぞいている葉の形を見てすぐわかる。紫陽花だ。

「これは？」

「旦那さんが持って行くようにって。引っ越し祝いだってさ。これより肉の方がずっと高いよねえ」

「庭にあったのと、同じ種類？」

親方は「うんにゃ」と首を振った。

「株分けしてきたから、種類がどうのではなく同じだ」

義父がそんなことを。引っ越し先は伝えていたけれど。どんな気持ちで庭師に指示を出したのだろう。失望と落胆だけを見せつけて、別れの言葉もなく背を向けた人だけれど、あのあと何かしら思うことはあったのだろうか。

紫陽花は敏也の母が好んだ花であり、雄一が東京のアパートの片隅に植えた花でもある。同じものを届けてくれたのだ。結希と敏也が暮らす新しい住まいに、再出発の餞別《せんべつ》としてこれを選んでくれた。

「あ、そうだ。伝言もあるんだ。言い忘れて帰ったら美千代さんにどやされる」

「伝言？」

「旦那さんが、たまには向原に遊びに来るようにって。結希ちゃんを連れて」

「うそ」

「おれが嘘ついてどうするんだよ。しっかり伝えたからな。あとから聞いてないなんて言わないでくれよ。さあ、仕事仕事」

親方はそう言って、弟子の名を呼びながら庭へと入っていった。

どういう風の吹き回し、という言葉を思い出し、それこそ風の便りが頭をよぎった。

将人に対して数人の部下がパワハラを訴え、これまでだったらすべてもみ消されるところを、管理部門が問題解決に乗り出したというのだ。将人はたちまち抜き差しならない状況に追い込まれ、近々降格処分が下るのではと、まことしやかに囁《ささや》かれている。

ほんとうならば、経歴に大きな傷が付く。社長候補にふさわしからぬ汚点だ。うやむやにできないほどの不祥事があったのか、それとも有力な後ろ盾をなくしたのか。

窮地に立たされているのは将人だけでない。このたびの結希を巡《めぐ》る顛末に、善彦叔父から嫌味やいやがらせの類《たぐい》が来ないと思ったら、善彦叔父が預かる不動産部門の子会社に監査が入り、多額の使途不明金が明らかになったようだ。どうせ一枚も二枚も嚙んでいるのだろう。さぞかし忙しくしているにちがいない。ニシオギグループ全体に今までとは異なる風が吹いているのかもしれない。

「おじさん」

傍らにいつの間にか結希がいた。「どうしたの?」と言いたげにつぶらな目を向けてくる。敏也は荷台の梱包を指差した。

「向原のおじいちゃんがね、すごくいいものを贈ってくれたんだ」

おじいちゃんと聞き、結希の目が哀しげに揺れるのを敏也は見逃さなかった。汐野や亜沙子とは別れずにすんだが、祖父とは良好な関係が築けなかったと、敏感に感じ取っているのだ。今の結果だけを見ればそうかもしれない。でもねと、敏也は話しかけるつもりで結希の頭に手を置いた。

自分も時間がかかった。迷いあぐね、遠回りばかりだった。心の柔らかな人間もいれば、そうでない人もいる。でもほんの少しでいい。変わる余地があるのなら、いつか、ちがう顔で、ちがう気持ちで、会えるようになるのかもしれない。

「今は丈夫に育てなきゃね。しっかり大地に根付かせて。いつかのために」

「何を?」

「だから、あの花だよ」

爪先《つまさき》立って荷台にかじりつく結希を、敏也は後ろから持ち上げた。

朝の光が紫陽花の葉と結希の笑顔にあたり、どちらもまぶしく輝いた。

解説　小鳥は何色だったのか

ライター　瀧井朝世《たきいあさよ》

空色と聞いて、思い浮かべるのはどんな色だろうか。たいていの方は薄い青を思うのではないか。でも考えてみたら、空といっても夜のそれは黒に近いし、曇《くも》った日は灰色、雪の日は白、朝焼けや夕焼けの空は赤。色はさまざまなのだ。本作も、一章では主人公の本心も、「小鳥」の意味するところである幼い少女についても、物語の様相そのものもグレーだが、次第にその色合いを鮮《あざ》やかに変えていく。

『空色の小鳥』は月刊誌「小説ＮＯＮ」の二〇一四年四月から一年間連載され、一五年九月に単行本が刊行された。本書はその文庫化だ。著者のこれまでのエッセンスを詰め込みつつ新境地を拓《ひら》いた快作であり、個人的には新たな代表作と呼びたい一作だ。

大企業のオーナー西尾木雄太郎《にしおぎゆうたろう》の長男、雄一《ゆういち》が火災で亡くなってから三年。弟の敏也《としや》は実家と縁を切っていた兄に、実は内縁の妻とまだ六歳の娘がいたことを突き止める。二人を訪ねると、母親の千秋《ちあき》は病に侵《おか》され余命わずかな状態だった。母娘の面倒を見ながら敏也は娘の結希《ゆき》と養子縁組をし、千秋を看取《みと》った後は彼女を引き取る。まだ二十七歳、独身の一人暮らしの男にとっては大変な決断だ。実は彼は後妻の連れ子であり、雄太郎とも雄一とも、つまりは結希とも血の繋《つな》がりはない。そんな彼が、なぜこの少女にこだわるのか。この物語はどこに進もうとしているのか。それらがまったく見えない、まさに灰色のスタートである。

さて、ここから先は二章以降の展開に踏み込むので、先入観なく読みたい方は本篇を先に読むことをお薦《すす》めします。

単行本刊行当時、著者にインタビューしたところ、

「ミステリなどを読んでいると、地方の富豪の家に突然ただ一人の相続人が現れる……という話が結構あるんですよね。たいていの作品ではそういう子が突然現れたところから始まって、遺産相続の揉《も》め事《ごと》が描かれていく。でも私は、その子が現れるに至るまではどうだったんだろうというほうに興味があって。それで逆算して書いていくことにしました。自分としては大風呂敷を広げた気分です（笑）」

と語ってくれた。確かに、未知の跡継《あとつ》ぎの登場というのはドラマの予感たっぷりだ。今作は、そのドラマ誕生前夜もまた非常に物語性があるということを提示してくれている。

一章を読んだ時点で、読者はまだ敏也がどんな人間か判断がつかない。兄の家族を探し出して面倒を見る様子は善人の印象だが、決して兄とは特別親しかったわけではなく、ま

た、どう見ても子ども好きという印象もない彼が、なぜ養子縁組までするのか動機が見えてこない。そもそも子育てを甘く考えすぎている。二章以降、結希と日常生活を築《きず》いていくのに四苦八苦する姿は、「それみたことか」という気もする。お洒落《しゃれ》な暮らしぶりが一転、恋人との付き合いも断って残業もせず学童保育のお迎えをし、宿題を見てやり、オムライス作りに苦戦する姿は滑稽《こっけい》であり、微笑《ほほえ》ましくもある。実は結希を引き取った動機が明かされた時には計算高い狡猾《こうかつ》な面も見せるが、それまでの過程でどうしても滲《にじ》み出る人柄の良さのために憎む気にはなれない。彼は彼なりに結希の世話を焼き、会社でも周囲から腰掛けと思われつつも効率の良さを考えてきちんと仕事をこなしている。細かな部分だが好感が増すのは、たとえば公園の健康そうな親子連れを眺めて千秋が落ち込んだという記述の際に「その人たちが見た目通りの満ち足りた家庭を築いているとはかぎらないのに」と前置きをしたり（地の文だが敏也視点の文体のため、彼の考えと受け取ってよいだろう）、結希の学童保育の先生から「友だちが楽しげに語るママの話題がつらいのでは」と耳打ちされると、その言葉を鵜呑《うの》みにするでもはねつけるでもなく「先入観丸出しのうがった見方だと思うものの、六歳の子どもはわかりやすい傷つき方をするのかもしれない」と、柔軟な捉《とら》え方をする。つまりは他の親子はみな幸せだと決めつけたり、子どもの心情を短絡的に解釈したりしない、思慮深さを持っているのだ。だからこそ、彼は結希との生活の中で、少しずつ変化を遂《と》げることができたといえる。

結希は大人しく聞き分けのいい子だという敏也の思い込みと期待をはねのけ、活発な行動で彼を悩ませる。もちろんそれは悪いことではない。また、その一方で、亡くなった母親や当時の生活が忘れられずにいる一面をのぞかせるのも、健気《けなげ》で愛おしい。

他の主要人物といえば、まず挙げたいのは敏也の高校時代からの友人、汐野《しおの》と、交際していた女性、亜沙子《あさこ》である。汐野は高校時代から容姿もまったく変わっているが、こういう人物だからこそ、孤独を抱えて生きてきた敏也と気持ちを通わせることができたのだろう。その言動や服装、恋模様は時にコミカルにも感じさせるが、汐野自身がそうした役回りを引き受けた振る舞いを見せることで、周囲に自分を受け入れさせやすくしている印象もある。亜沙子は一見、結婚願望のないサバサバした女性。だが結希には細やかな愛情を示し、後半にはある事情も吐露《とろ》している。都合よく他人の子どもの面倒を見てくれる駒《こま》として配置しているのではなく、一人の人間としての葛藤《かっとう》や心の変化を説得力を持って描きこんでいるのは、本作の美点のひとつだ。他にも、雄太郎の後継者気取りで自分勝手な将《まさ》人《と》や、好きな道を進んでいるように見えて実は良家に育ったことに自尊心をのぞかせる桃《もも》香《か》など、ちょっとした脇役の人物造形にもぬかりがない。西尾木家の使用人、結希の面倒をみてくれた人間たち、元使用人の松尾《まつお》、マンションの管理人や同級生の母親たちも、それぞれ個性や人生背景を感じさせる点も上手い。そして後半になって顔を見せるラスボス的な存在、西尾木雄太郎も、次第に人間味を見せていくところがよい。敏也の企《たくら》みとその顛末《てんまつ》をミステリーとして読ませながらも、幼い小鳥（＝結希）の登場によって、周囲みなが変化し、人間関係を築いていく姿が、本作の読みどころなのである。

唯一、一体どういう思いだったのか一切分からないのが、故人となってしまった雄一だ。彼はなぜ、実家と縁を切っていたのか。なぜ内縁の妻と娘のことを実家に告げなかったのか。そして敏也のことをどう見ていたのか。その本心はもはや分からないが、推測できるのは、彼自身が母親に捨てられた身であり、敏也が雄太郎に目をかけられず、しかし母親には愛されて育つ様子を見て、親子というものについて思うところがあったのではないか、ということだ。

血の繋がりがあってお金があれば人は幸せなのか。この物語は強く問いかけてくる。そこで明確に提示されるのは、人の生き方はさまざまなのだ、ということだ。また、人生は計画通りにいかないものだが、そうして揉まれているうちに、見たことのない色合いが見えてくる、ということも教えてくれている。

血の繋がりがなくても、人は家族のような絆《きずな》を育《はぐく》める。そこで大切なのは、手を差し伸べるということ。それは、困った状況にある人に手を差し伸べるだけでなく、自分が困った時に、人に助けを求めて手を差し伸べることも含む。一人で生きていくつもりだった敏也が、自分だけでは手に負えない状況に陥《おちい》って周囲に助けを求めたからこそ、彼は真の人間関係を築くことができた。「甘え」と「信頼」は違う。信頼して心を開き、差し伸べた手と差し伸べられた手が強く結ばれた時、人と人との喜ばしい関係は生まれる。動機や理由はどうであれ、これはさまざまな形で、手と手が結ばれていく物語なのである。そのことを優しい眼差《まなざ》しと、先を読ませない筆致で、時にコミカルに、時に切なく、時にスリリングに描き出し、圧倒的な読み応えを持たせていることは、読めばよく分かる。

著者は元書店員。二〇〇六年に書店を舞台にした連作集『配達あかずきん』でデビューを果たし、同作は続篇も執筆され人気シリーズに。先に、『空色の小鳥』には著者のこれまでのエッセンスが詰まっていると書いた。たとえば、若い読者層に向けて書かれた『片耳うさぎ』は地方のお屋敷が舞台であるし、『キミは知らない』は富豪の跡継ぎ問題に少女が巻き込まれる。シングルファーザーが登場するといえば『ふたつめの庭』があるし、青年の心の成長を描くといえば、よさこい祭りをモチーフにした『夏のくじら』、文芸編集者が主人公の『クローバー・レイン』、少女向けティーン誌の男性編集者が主人公の『プリティが多すぎる』などもある。家族小説といえば『よっつ屋根の下』も薦めたい。他にも『配達あかずきん』にはじまる、書店を舞台にした日常の謎シリーズなど、著者の作風は幅広いが、いずれも著者本人の人柄の良さがにじみ出るような、人間に対する優しさが感じられるのが魅力である。

（この作品『空色の小鳥』は平成二十七年九月、
小社より四六版で刊行されたものです）

空色の小鳥

一〇〇字書評

切・り・取・り・線

購買動機（新聞、雑誌名を記入するか、あるいは○をつけてください）

□（　　　　　　　　　　　　　）の広告を見て
□（　　　　　　　　　　　　　）の書評を見て
□ 知人のすすめで　　　□ タイトルに惹かれて
□ カバーが良かったから　　　□ 内容が面白そうだから
□ 好きな作家だから　　　□ 好きな分野の本だから

・最近、最も感銘を受けた作品名をお書き下さい

・あなたのお好きな作家名をお書き下さい

・その他、ご要望がありましたらお書き下さい

住所	〒				
氏名		職業		年齢	
Eメール	※携帯には配信できません	新刊情報等のメール配信を 希望する・しない			

この本の感想を、編集部までお寄せいただけたらありがたく存じます。今後の企画の参考にさせていただきます。Eメールでも結構です。

いただいた「一〇〇字書評」は、新聞・雑誌等に紹介させていただくことがあります。その場合はお礼として特製図書カードを差し上げます。

前ページの原稿用紙に書評をお書きの上、切り取り、左記までお送り下さい。宛先の住所は不要です。

なお、ご記入いただいたお名前、ご住所等は、書評紹介の事前了解、謝礼のお届けのためだけに利用し、そのほかの目的のために利用することはありません。

〒一〇一・八七〇一
祥伝社文庫編集長　坂口芳和
電話　〇三（三二六五）二〇八〇

祥伝社ホームページの「ブックレビュー」からも、書き込めます。
http://www.shodensha.co.jp/bookreview/

祥伝社文庫

空色《そらいろ》の小鳥《ことり》

平成30年 6 月20日　初版第1刷発行

著　者　大崎梢《おおさきこずえ》
発行者　辻　浩明
発行所　祥伝社《しょうでんしゃ》
東京都千代田区神田神保町3-3
〒101-8701
電話　03（3265）2081（販売部）
電話　03（3265）2080（編集部）
電話　03（3265）3622（業務部）
http://www.shodensha.co.jp/

印刷所　萩原印刷
製本所　積信堂
カバーフォーマットデザイン　芥　陽子

 ISBN978-4-396-34425-2 C0193

祥伝社文庫の好評既刊

石持浅海
扉は閉ざされたまま
完璧な犯行のはずだった。それなのに彼女は――。開かない扉を前に、息詰まる頭脳戦が始まった……。

石持浅海
君の望む死に方
「再読してなお面白い、一級品のミステリー」――作家・大倉崇裕《おおくらたかひろ》氏に最高の称号を贈られた傑作！

石持浅海
彼女が追ってくる
かつての親友を殺した夏子《なつこ》。証拠隠滅は完璧。だが碓氷《うすい》優佳《ゆか》は、死者が残したメッセージを見逃さなかった。

石持浅海
わたしたちが少女と呼ばれていた頃
教室は秘密と謎だらけ。少女と大人の間を揺れ動きながら成長していく。名探偵碓氷優佳の原点を描く学園ミステリー。

石持浅海
Rのつく月には気をつけよう
大学時代の仲間が集まる飲み会は、今夜も酒と肴《さかな》と恋の話で大盛り上がり。今回のゲストは……!?

小池真理子
会いたかった人
中学時代の無二の親友と二十五年ぶりに再会……。喜びも束《つか》の間《ま》、その直後からなんとも言えない不安と恐怖が。

祥伝社文庫の好評既刊

小池真理子
追いつめられて
優美には他人には言えない愉《たの》しみがあった。それは「万引」。ある日、いつにない極度の緊張と恐怖を感じ……。

小池真理子
新装版 間違われた女
一通の手紙が、新生活に心躍らせる女を恐怖の底に落とした。些細《ささい》な過ちが招いた悲劇とは——。

近藤史恵
カナリヤは眠れない
整体師が感じた新妻の底知れぬ暗い影の正体とは？　蔓延する現代病理をミステリアスに描く傑作、誕生！

近藤史恵
茨姫《いばらひめ》はたたかう
ストーカーの影に怯《おび》える梨花子《りかこ》。整体師合田力《ごうだりき》との出会いをきっかけに、初めて自分の意志で立ち上がる！

近藤史恵
Shelter〈シェルター〉
心のシェルターを求めて出逢った恵といずみ。愛し合い傷つけ合う若者の心に染みいる異色のミステリー。

市川拓司
ぼくらは夜にしか会わなかった
初めての、生涯一度の恋ならば、みっともなくたっていい。〝忘れられない人がいる〟あなたに贈る愛の物語。